DANIÈLE SALLENAVE

Les Portes de Gubbio

HACHETTE
P.O.L

LES PORTES DE GUBBIO

Ancienne élève de l'Ecole Normale Supérieure, Danièle Sallenave (née en 1940 à Angers) enseigne, pour un temps bref, dans un lycée avant de devenir maître-assistant de littérature française à l'Université de Nanterre, se spécialisant par la suite dans le théâtre et le cinéma.
Parallèlement, attirée par la « nouvelle critique », elle a adhéré à un petit groupe d'écrivains et de théoriciens, et fondé – avec Jean Ristat – la revue Digraphe. *Puis elle découvre que, plus et mieux que l'analyse critique, la fiction permet de cerner la réalité des destinées et des interrogations humaines devant la mort, l'art, la création, la politique. Elle publie en 1975 son premier récit :* Paysage de ruines avec personnages; *en 1977 :* Le Voyage d'Amsterdam ou les Règles de la conversation; *et en 1980* Les Portes de Gubbio, *roman pour lequel, la même année, elle obtient le Prix Renaudot.*
On lui doit également quelques traductions de l'italien.

Dans une ville d'Europe centrale soumise à l'oppression quotidienne d'un régime autoritaire, des mouvements sociaux se préparent que l'on tente d'étouffer. Ville imaginaire? En tout cas, la liberté y est assez menacée pour qu'un homme juge nécessaire de confier à un étranger retournant chez lui des papiers précieux.
Au total, cinq cahiers couvrant la période d'octobre 1966 à juin 1967 : le journal de S., musicien, – neuf mois où, doutant de ses dons, S. s'est accordé un répit en s'attachant à écrire une biographie d'Egon Kaerner, compositeur mort trente ans plus tôt, que ses positions individualistes avaient fait écarter de toute charge officielle et que les autorités redécouvrent à leur manière maintenant que son œuvre connaît un succès international.
Le destin de Kaerner préfigure-t-il celui de S. s'il suit la même voie? Ne peut-on être que « pharisien ou coupable »? La question court à travers les pages où S. a consigné ses actes, ses réflexions, ses angoisses devant les choix à faire concernant sa vocation, sa carrière, sa raison même d'être.
Ceux qui croisent sa route, Anne et Paul, Mme B., le vieux serviteur de Kaerner, bien d'autres encore, sont source d'images et d'exemples, surtout le vieil archéologue F. qui

Suite au verso

tranche à sa manière dans ses incertitudes en offrant la vision d'un devenir différent – si bien que passé, présent et futur se fondent en une construction romanesque d'une étonnante richesse.

Pour mes parents

« Ainsi nous filons, nous filons notre toile et, à la fin, nous nous y incorporons nous-même. »

Robert SCHUMANN

AVERTISSEMENT DU TRADUCTEUR

PARLANT toujours, il se rapprochait de moi. Je le comprenais mal, l'obscurité absorbait sa voix; de grandes rayures verticales de pluie noire traversaient le cône lumineux des réverbères. Je tâchais de marcher du même pas que lui, mais le sien était inégal et fuyant, tantôt il descendait du trottoir, et son visage ne m'arrivait même pas à l'épaule, tantôt, me touchant le coude, il traversait la rue, comme pour éviter quelqu'un, et j'avais peine à le suivre dans les fondrières de neige salie où il enfonçait ses chaussures basses et de mauvais cuir. Arrivé sur le trottoir opposé, il reprenait sa phrase là où elle avait été interrompue, mais parfois il la poursuivait sans m'attendre. Des chaînons manquaient : son récit incomplet, lacunaire, flottant, accroissait encore mon malaise, dans cette ville inconnue, vide, mal éclairée, glacée d'humidité. Pourtant, au passage des camions brimbalants ou des automobiles noires aux rideaux tirés, de grands reflets jaunes couraient sur des façades admirables et délabrées, avec des cariatides énormes soutenant des porches dont les portails avaient été rafistolés à la va-vite de planches grossièrement clouées en croix. Et, aux étages, de lourdes frises sculptées avec des femmes tenant des corbeilles d'où sortaient des raisins. Puis l'obscurité retombait, le faible éclat des lampadaires n'atteignait que le bas des maisons. Les boutiques avaient déjà tiré leurs rideaux. La porte d'un restaurant, d'une cantine plutôt, était encore ouverte, et les clients se baissaient pour passer sous le volet de fer d'où venait une odeur fade de farine cuite et de lard. Un large drapeau flottait au-dessus d'une bâtisse de béton; j'entendis claquer dans le noir, avant de le voir, ses plis mouillés; et sur les marches du perron, j'entrevis un homme debout, en manteau épais, qui avait l'air de monter la garde ou d'attendre quelqu'un, ou de guetter notre passage. Peut-être s'était-il simplement abrité, sous le porche, d'un vent particulièrement coupant.

Au carrefour, mon compagnon s'arrêta, et me posa la main sur le bras, d'un geste inquiet et familier. Nous ne nous connaissions pourtant que depuis quelques heures. L'avenue où nous avions débouché était immense et vide, brillamment éclairée, offerte impitoyablement au vent. Pas de feux rouges, mais, au centre de la place, une sorte de haut baquet renversé, rayé de jaune. Très loin, par-delà la masse confuse d'un parc dépouillé on apercevait un grand bâtiment de verre et d'acier, illuminé jusque dans ses derniers étages. Deux autos passèrent, se suivant de très près, comme si la première avait été une voiture de police chargée d'ouvrir la route à une voiture officielle, ou comme si au contraire la deuxième avait pris l'autre en chasse. Elles étaient rigoureusement pareilles : d'un noir sale, avec de petites vitres allongées au-dessus des ailes larges. Je ne savais plus où se trouvaient le centre, et mon hôtel. Après avoir attentivement regardé autour de lui, mon compagnon me fit signe de traverser; et je le suivis, prenant en diagonale l'immense carrefour, où les rails des tramways brillaient dans la neige.

Il y stagnait des feuilles, de la boue, comme si personne jamais n'empruntait ce chemin. Et c'était probable : sur les trottoirs des autres rues, des chaînes barraient l'accès à la place, et l'on voyait un peu plus loin l'entrée d'un passage souterrain, quelques marches violemment éclairées et une paroi de faïence blanche. A cette heure-ci, le dernier tramway devait être passé depuis longtemps. Un peu plus tard pourtant, tandis que nous longions les grilles du parc, j'entendis le cliquetis caractéristique d'un tram. Quatre wagons peints en jaune, plus sales encore qu'ils ne m'avaient paru de jour. Celui-ci passait aussi vite qu'un tramway peut rouler, tous feux éteints à l'exception de ses deux phares et des lanternes rouges à l'arrière. L'intérieur était vide, à ce qu'il me parut. Il me sembla cependant voir sur la plate-forme arrière quelques silhouettes debout : je ne peux pas assurer qu'elles portaient des armes, mais je le crois bien.

Nous longions maintenant le parc, et il ne disait plus rien. De hautes futaies dépassaient parfois la grille, nous apportant, malgré le froid, cette odeur d'humus et de campagne si étrange au cœur des villes. De puissants arcs au néon éclairaient le boulevard qui n'en finissait pas. Par moments, j'apercevais au bout d'une allée ou dans une clairière les cabanes de bois étroites qui protègent du gel les statues. Une femme au bain regardant par-dessus son épaule me parut, hors de son abri, comme doublement nue; j'eus seulement le temps de voir le reflet d'un lampadaire sur ses reins de pierre froide. Puis j'entendis un appel d'oiseau; mon compagnon se retourna vers moi, et je vis combien il était fatigué : « Ce sont les paons », dit-il.

Nous avions fini par rejoindre l'immeuble de verre qui barrait au loin l'avenue près des ruines noircies d'une église. Les rangées de fenêtres s'éteignaient par bandes irrégulières, avec des rappels. Malgré l'heure tardive, quelques hommes en gros manteaux s'attardaient en haut des marches, se serrant la main sans hâte. L'un d'eux, en remettant son chapeau nous glissa un regard en coin, et il rejoignit les autres près de l'église en ruine. Je vis soudain où nous étions : nous avions en fait parcouru un arc de cercle, et mon hôtel était tout près, juste derrière le bâtiment officiel qui me sembla beaucoup moins majestueux de près que vu du bout de l'avenue qu'il dominait de sa silhouette menaçante. « Voici votre hôtel », me dit alors mon guide en m'indiquant une rue à gauche. Et comme j'allais parler : « A demain, dit-il, dans le parc, près des oiseaux; vous trouverez sans peine, c'est une volière de métal très ancienne et très belle. » Et il me tourna le dos. Il avait à peine fait quelques mètres qu'il se retourna : « A quatre heures, soyez très exact; je tâcherai de l'être aussi. »

Le portier ne me salua pas quand je lui demandai ma clef et il ne répondit pas à mon bonsoir. Il était assis à une petite table où il écrivait tout en surveillant les deux couloirs en angle. La clef de la chambre était dans un tiroir, et il me regarda attentivement en me la tendant, mais toujours sans rien dire. Je suivis le long couloir recouvert d'un tapis épais de couleur rouge; de petites lampes en corolles l'éclairaient, on n'avait rien changé dans cet hôtel depuis au moins trente ans; et il leur succédait soudain des barres de néon d'un blanc brutal dans la partie restaurée, sans doute après la guerre. Je revins sur mes pas : « Où puis-je trouver quelque chose à boire? » demandai-je au gardien lorsque j'eus à nouveau parcouru le couloir dans un silence irréel. Il leva la main; derrière lui un écriteau portait : « Bar-Buffet. Ouvert tous les jours sauf le mardi, de 10 h à 23 h. » Non seulement il était beaucoup plus de onze heures, mais de toute façon nous étions un mardi. Je rentrai dans ma chambre. Les rideaux n'avaient pas été tirés, et la lumière nocturne y pénétrait largement. J'éteignis le plafonnier de l'entrée. La lune éclairait si vivement la place qu'on aurait dit qu'il avait récemment neigé. Ma fenêtre ne donnait pas sur la petite rue par où j'étais entré, mais sur une place que je ne connaissais pas. Une statue en occupait le centre, frappée d'un reflet blanc. Il n'y avait rien d'autre à voir — rien, ni personne. La lune était à son maximum, j'avais froid; je tirai les rideaux qui sentaient la poussière, et je me couchai.

Je fus réveillé par un bruit régulier qui venait de l'étage au-dessus; comme des pas traînants, ou comme le frottement d'un objet trop lourd qu'on aurait fait glisser sur le sol. Puis je m'éveillai tout à fait, et je reconnus le bruit d'un aspirateur qu'on passait le long de ma porte.

Je m'étais longuement promené la veille dans l'avenue autrefois la plus importante de la ville, et je pensais avoir le temps d'y retourner avant l'heure de notre rendez-vous. Il y avait une librairie que je voulais retrouver, à cause d'une gravure que j'avais vue dans sa vitrine, au dessin douloureux, bizarre. Je me souvenais d'une sorte de perchoir à oiseaux fixé au haut d'un bâton planté en terre : une maison de poupée percée d'une ouverture ronde comme on en trouve dans les forêts allemandes ou dans la cour des grands ensembles, assez haut pour que les chats n'y grimpent pas. L'oiseau se tient au bord, il est petit, maigre, ébouriffé, il se penche comme s'il avait peur de s'envoler et mesurait avec inquiétude la distance du sol. Juste au-dessous de lui une petite fille le regarde, les bras dans le dos. Et il regarde lui aussi la petite fille maigre, douce, sauvage, malgré la natte soignée, et les bas bien tirés. Cet échange intense de regards, cette provocation mutuelle et triste, cet étrange colloque me ravissaient; il fallait que je les retrouve. Je perdis beaucoup de temps, et faillis même m'égarer complètement. D'abord, j'avais suivi l'avenue dans le mauvais sens, trompé par un léger brouillard qui m'avait fait prendre une coupole vaguement entrevue pour le dôme de l'ancienne cathédrale. Je ne vois pas comment j'avais pu les confondre : ce dôme-ci était beaucoup plus étroit, il surmontait un bâtiment public qui, je crus le comprendre, était maintenant la Bibliothèque d'Etat. Je fis demi-tour au milieu d'une foule de jeunes gens avec des livres sous le bras et des pardessus boutonnés, comme il y a vingt ans à la bibliothèque Sainte-Geneviève. Sur l'autre côté de l'avenue, quelques vitrines brillaient. La nuit tombait, décidément j'avais pris du retard. Tout l'étalage d'une parfumerie consistait en une grande soie jaune tendue et froncée en son milieu autour d'un échantillon factice de grand format, qu'on présentait pour Noël. A côté, une compagnie d'aviation montrait des modèles réduits d'appareils déjà anciens suspendus par des fils de nylon au-dessus de montagnes en carton découpé, saupoudrées de neige. C'était tout. Un peu plus loin, un enfant me regardait, tapi dans l'entrée d'un bel hôtel, à la façade taillée dans la sévère pierre grise qui alterne dans les quartiers préservés de la ville avec un crépi rose-ocre, étrangement italien. Le rez-de-chaussée était occupé par un café dont le nom n'avait pas changé. C'était avant la guerre le plus célèbre de la ville — il existe une photo de Tzara (ou bien est-ce d'un autre?) jouant au billard sous ses fameuses lampes vertes. Mais c'était maintenant un cercle de vieux travailleurs : on pouvait les voir par tables de sept ou huit, autour de cartes et de dominos. Le décor lui non plus n'avait pas changé, il se fanait seulement, faute d'entretien, et le marbre des tables avait été remplacé par du formica rouge. Je poussai la porte; sans se déranger, une femme me fit un signe négatif, du haut de la caisse. « Ce n'est pas un café », ajouta-t-elle. Je dis que j'étais étranger, et que j'aurais voulu voir la salle du fond. « Ce n'est pas un café », répétait-elle, et elle fit mine de se lever. Je n'insistai pas; je sortis non sans avoir eu le temps de lire un avis concernant la quantité d'alcool autorisée, sous quelle forme et à quelle heure. Ils ne s'étaient même pas retournés quand j'étais entré; leurs chamailleries avaient peut-être baissé d'un ton, l'un d'eux avait haussé les épaules, et secoué doucement la tête. Mais ce geste ne me visait probablement pas; il s'adressait sans doute à son partenaire, à moins que ce ne fût un de ces tics de vieillards qui semblent toujours dire que les choses ne vont pas comme elles devraient.

La librairie était tout à côté. Je poussai la porte et reconnus avec soulagement l'odeur familière des vieux livres. Un poêle tout au fond répandait une chaleur excessive. Deux hommes d'un certain âge et une jeune fille indiquaient les ouvrages, ouvraient des dossiers, avec une douceur que je n'avais pas rencontrée depuis plusieurs jours. Près de moi, accroupi pour atteindre le rayon le plus bas, il y avait un homme âgé que j'avais failli renverser. Il sourit lorsque je m'excusai, et quand il se releva avec effort, je vis qu'il tenait en main une vieille édition allemande des tragiques grecs dont la couverture était maculée de dessins à l'encre noire. Il me sourit encore, il était un peu rouge de l'effort et tapota le livre d'un revers approbateur de la main. Il était vêtu d'un vieux pardessus à col de velours. Je le perdis de vue lorsque la jeune fille vint me demander ce que je cherchais. La gravure n'était plus dans la vitrine, pas davantage dans le magasin. J'eus beau la décrire avec une emphase maladroite qu'expliquait mon peu de pratique de la langue et la déception de ne pas retrouver la petite fille à l'oiseau, à la place que je disais « entre un traité de cosmogonie illustrée et un ouvrage sur la flore brésilienne », la jeune fille secouait la tête, on l'avait sûrement vendue. Un des hommes nous rejoignit; oui, ce matin même, il ne pouvait pas me dire à qui, comment l'aurait-il su? Il regrettait.

Je sortis avec l'amateur d'anciennes éditions scolaires des tragiques grecs qui m'avait peut-être attendu. Dans la rue, il retira son chapeau, et me tendit la main : je la serrai, il me la secoua longuement, d'un air complice. « Je suis très heureux, finit-il par dire, très heureux, monsieur, d'avoir fait votre connaissance. » Et il me salua une dernière fois de la main avant de disparaître dans le brouillard qui envahissait l'avenue.

Finalement, j'arrivai avec cinq minutes de retard seulement au rendez-vous fixé. J'avais compris que je me perdrais si j'essayais de retrouver le chemin de notre promenade nocturne. Je revins donc à mon hôtel et, laissant l'église ruinée sur ma gauche, je m'engageai dans l'avenue. Comme la veille, la grande maison de verre était illuminée; des files de gens entraient et sortaient par ses portes battantes, avec un air empressé et songeur. Son éclat illuminait l'avenue, ou bien était-ce la sorte de terreur et de respect qu'elle m'inspirait? Je sentais ses grandes vitres jaunes et froides comme des yeux dans mon dos. A l'entrée du Parc, un écriteau vert portait la mention « Ouvert tous les jours sauf samedi de 12 h à 17 h, l'hiver;

de 10 h à 20 h, l'été. » Il était un peu plus de quatre heures, et la nuit était presque tombée. Près de l'entrée, un gardien somnolait dans sa capote verte au col relevé; un peu de fumée s'échappait du toit de sa guérite. Une fois encore, j'étais saisi de nostalgie devant toutes ces traces soudain réanimées d'un passé récent, et chez nous disparu sans retour. La vétusté et la patine des pierres, les grandes portes de bois à tourniquet, la coupe ancienne des habits, les poêles de faïence, les galoches, les écoliers en blouse, les tramways, les cahiers à la couverture gris chiné, le papier d'emballage épais, le sucre en pains allongés, m'inspiraient un inexprimable regret, mêlé d'une sensation d'irréalité, comme si j'avais été ramené en rêve à quelques dizaines d'années en arrière, comme si j'avais ouvert un album de vieilles photographies.

L'endroit avait dû être un de ces admirables jardins botaniques dont le XVIIIe siècle couvrit l'Europe, avec des essences rares, des arbres géants, et de place en place des volières, et même quelques cages pour des fauves. Près de l'entrée, sous une grande coupole de métal recouverte de verre épais, des oiseaux gris volaient en rond. Le Parc demeurait cependant fort beau, et j'imaginais ses talus descendant vers le lac, lorsqu'ils seraient au printemps couverts des crocus blancs dont les habitants de cette ville sont très amateurs. Les serres étaient vides, ou abandonnées, les autres volières aussi, il n'y avait plus d'oiseaux. Sur un banc peint en vert bronze, une jeune femme était assise. Derrière moi, j'entendis le cri des paons, abrités pour l'hiver dans une maisonnette basse et vitrée que je n'avais d'abord pas remarquée. C'était donc bien là, mais je ne voyais toujours pas mon ami, et le moment du rendez-vous était passé d'une demi-heure. Je m'assis sur le banc le plus proche des paons, afin d'être sûr de ne pas le manquer; et la jeune femme se leva, entraînant son enfant qui la suivit à regret, se retournant à chaque pas pour me dévisager. J'avais déjà entendu le premier coup de sifflet du gardien, et je m'apprêtais à partir lorsque je sentis une main sur mon épaule : je me retournai vivement, mais la main fit pression sur moi pour que je reste assis. Je levai la tête, un jeune homme était derrière le banc. « Nous sommes habitués à ce genre de chose, me dit-il en français, mais je sais que nous effrayons souvent nos amis étrangers. Nous sommes ici très discrets, très prudents. Votre ami ne viendra pas. Il a pris froid hier soir, vous avez marché longtemps. Mais il m'a donné ceci pour vous. » « Non, ce n'est pas grave, ajouta-t-il avec douceur en voyant mon air inquiet. Il est un peu fragile des bronches, l'air du soir ne lui convient pas. » « Qui êtes-vous ? » dis-je alors. « Cela n'a pas d'importance. Disons : un ami de votre ami, et donc un de vos amis. » Et il posa sur mon bras sa main gantée d'une moufle de laine. « C'est ma mère qui me les tricote », ajouta-t-il comme pour s'excuser en faisant tourner sa main au bout de son bras. Au loin, on entendit le deuxième coup de sifflet du gardien. « On ferme, dit-il, il vaut mieux qu'on ne nous voie pas ensemble. Avez-vous de grandes poches ? » Je n'en avais pas, mais mon manteau était large. « Prenez. » Il me tendit un gros paquet rectangulaire, ficelé en croix, enveloppé dans ce papier de mauvaise qualité.

Je soulevai mon pull-over et l'introduisis dans la ceinture de mon pantalon, que je dus desserrer d'un cran. « Croyez-vous que cela ira ? » dit-il. Une fois le pull-over rabattu et le manteau boutonné, j'avais seulement l'air un peu corpulent. Le jeune homme recula, et me tendit la main en s'inclinant d'un air cérémonieux : « Au revoir, monsieur. » Le troisième coup de sifflet du gardien annonçait qu'il allait fermer. Le jeune homme passa par-dessus la grille et disparut. J'arrivais à la porte comme le gardien la tirait. Il hocha la tête. Ces étrangers, tout de même.

Le paquet me sciait l'estomac, je le maintenais plaqué contre moi d'une main glissée dans ma poche. Je n'avais pas prévu que S. avait quelque chose à me remettre. Et, malgré ma perplexité, j'avais le cœur battant d'une étrange exaltation. A l'hôtel, je n'ouvris pas le paquet avant de m'être assuré que ma porte était bien fermée et qu'il n'y avait personne dans le couloir. Je n'allumai que la lampe de chevet, et m'asseyant sur le bord du lit, d'une main qui tremblait un peu, je desserrai légèrement les ficelles. Je vis alors qu'il s'agissait d'un lot de petits cahiers verts numérotés, de gros carnets plutôt, que je n'eus pas le temps de compter : cinq sans doute, peut-être six. Je refermai le paquet et le glissai dans ma serviette qui demeura toute la nuit, où je dormis fort mal, à mon chevet. Je réglai ma note dès l'aube, et demandai au portier de jour d'appeler l'aéroport. Oui, il y avait un avion pour Paris, à cinq heures ce soir. Il avait l'air étonné que je me sois levé si tôt. « Je dois retourner au musée des Beaux-Arts », dis-je gaiement, mais il ne sembla pas me croire. Cela n'avait pas d'importance.

Je passai en effet la journée entière au musée, la serviette confiée avec mon manteau à un vieil invalide dont l'œil de verre me fit d'abord impression. Je ne le regrettai pas, les collections sont admirables; et je bus du thé au buffet en mangeant des petits pains au salami. J'étais curieux d'examiner le contenu du paquet, mais préoccupé surtout de lui faire passer la douane. Au pire, je serais retenu quelques heures; lui, on ne l'inquiéterait pas, les papiers n'étaient sans doute pas signés – mais si on me les confisquait, ils seraient irrémédiablement perdus. Je marchais à grands pas – ruminant tout cela, à travers les salles de peinture vénitienne.

A l'aéroport, tout se passa bien. Il y avait à bord de l'avion précédent une importante délégation étrangère qui regagnait son pays, de sorte que les formalités furent bousculées, les douaniers et les policiers étaient sur les dents. Notre avion avait déjà du retard, on nous laissa gagner les pistes après quelques fouilles négligentes. L'appareil était français; j'attachai ma ceinture avec soulagement. « Nous avons bien failli ne pas partir, me dit l'hôtesse, ça n'en finissait pas avec les Tunisiens. » Un peu plus tard, nous étions déjà en vol, je sortis le paquet de ma serviette et je feuilletai les carnets, qui étaient divisés en paragraphes datés. A part cela, nulle indication; pas de signature, peu de noms propres, quelques initiales. Un journal, donc. Mais le journal de qui ? Toutes les hypothèses étaient permises : même celle d'un roman dont S. n'aurait pas été l'auteur. Mais non : dès le premier instant, j'en avais été convaincu, et je le suis encore : c'était son journal que S. m'avait ainsi confié, s'en remettant à travers moi au destin, comme un homme qu'un train emporte vers une destination inconnue, et redoutable, et qui parvient à faire passer un papier plié à travers les fentes du plancher d'un wagon à bestiaux.

J'allais rentrer chez moi, et il ne savait même pas qui j'étais. Et pendant ce temps, le train du temps l'emportait sans retour, comme il emportait aussi le jeune homme maigre dont je ne connaissais pas le nom. Ils s'éloignaient déjà de moi, ils reculaient vertigineusement, c'était comme s'ils n'étaient déjà plus, eux dont je n'apprendrais même pas la mort. Raidi d'émotion, cloué par la ceinture sur mon siège, je serrai contre moi le paquet gris.

Je n'étais pas venu là-bas pour rencontrer cet homme; je n'avais jamais entendu parler de lui. J'étais arrivé trois jours plus tôt pour m'entretenir avec un poète dont j'avais traduit les deux précédents recueils et qui voulait m'en confier un troisième. Et je me retrouvai le deuxième jour dans une de ces soirées où l'on est invité par on ne sait plus bien qui, chez Un tel qui a du bon alcool et de la bonne musique, et qui est acteur, ou peintre. Vers minuit on frappa, la jeune femme qui semblait être l'amie du peintre, ou de l'acteur, notre hôte, se leva pour ouvrir sur un signe qu'il lui fit. J'entendis un murmure de voix : « Donnez votre manteau, vous êtes tout mouillé. » Je n'y fis guère attention, nous avions déjà passablement bu, et j'étais soumis au feu roulant des questions d'un jeune couple : oui, j'étais traducteur, comme lui. Elle, elle peignait. Ou plutôt, c'était le contraire; mais cela n'avait pas d'importance : ils travaillaient tous deux dans un grand magasin, lui comme manutentionnaire, il ne paraissait pourtant pas bien fort, elle comme caissière. « Cela n'empêche pas que nous sommes des artistes, dit la jeune femme. Comme lui », ajouta-t-elle en levant son verre dans la direction du nouveau venu, et ils rirent tous trois, gentiment. L'homme nous regardait en souriant, sans mot dire. Il était de taille moyenne, le visage creux, les épaules maigres et voûtées, et paraissait avoir une cinquantaine d'années. Toujours souriant, il leva à son tour un verre rempli de cet alcool clair dont nous avions déjà largement fait usage durant la soirée, et la jeune femme me dit « C'est S... » : Je n'entendis pas, la voix enrhumée d'un jeune chanteur couvrait tout. Notre hôtesse passait avec de petits sandwiches qu'il refusa. Mais il tendit encore son verre dans ma direction, et s'étant incliné, le vida d'un trait. J'en fis autant, et je continuai un moment à bavarder avec le jeune couple tout en échangeant avec lui des sourires et des toasts muets. Il portait un costume élimé, et une écharpe de laine nouée autour du cou, qui lui donnait un air d'étudiant pauvre. Je ressentais une grande sympathie pour lui, un grand désir de le connaître, de lui parler. En fait, nous débordions tous de cette chaude affection partagée, due à l'alcool sans doute, mais surtout à la complicité déchirante de se savoir unis pour une nuit, autour d'un peu de musique, dans une H.L.M. froide et éloignée du centre.

Et puis il fallut se quitter, et ce n'était même pas la peine d'échanger nos adresses puisque de toute façon ils ne recevraient pas mes lettres. S. m'attendait sur le palier. J'ai raconté notre déambulation nocturne et ce qui s'ensuivit.

LE JOURNAL DE S.

PREMIER CAHIER

(2 octobre – 28 novembre 1966)

OCTOBRE

2 octobre 1966.

La salle était vide. Je l'ai traversée de bout en bout. Un store battait. Sur la console du centre, entre deux toiles, une pendule s'est mise à sonner. Un jour pâle venu des fenêtres éclairait les grands canapés rouges barrés d'une cordelette. Il était onze heures. La toile était devant moi. Ombre sur un champ de neige, des oiseaux noirs volent dans le couchant. La lumière froide et vive des beaux jours d'hiver fait doucement place à la nuit.

Comme cet air sec et transparent est différent de la brume qui monte du grand fleuve, sous les fenêtres. Pas la plus petite trace sur la vaste étendue de neige vierge, sauf quelques pattes d'oiseaux... A gauche, non loin du bord du cadre, sur un monticule, un bois vert sombre comme un manteau; un homme est adossé à une souche, les bras croisés sur la poitrine, le chapeau enfoncé sur les yeux, il regarde l'énorme soleil rouge qui presque au centre de la toile achève de descendre au-dessous de l'horizon, illuminant de son reflet la neige et les branches basses des sapins. La partie supérieure du tableau disparaît sous une bande de nuages dispersés comme des îlots dans un golfe à marée basse. La pendule s'est mise à sonner une deuxième fois, et le gardien m'a souri d'un air entendu, hochant la tête avec approbation et comptant par de menus balancements du front les coups du marteau contre une sphère. J'ai détourné le regard pour ne pas répondre au sien.

J'ai fait quelques pas, et je suis revenu vers l'homme noir qui me tourne le dos. Je ne crois pas qu'il regarde le coucher du soleil; c'est un voyageur qui médite et fait halte, ou peut-être un homme coupable qui se souvient. Le soleil descend toujours, le vol oblique des corbeaux se poursuit dans les nuages couleur de fumée; au premier plan des éclats bleus luisent sur la surface coupante du fleuve gelé. Quelle faute, quel remords ont ramené ici l'homme immobile? Sa route semble s'arrêter là.

Ayant achevé de compter les coups de la pendule, le gardien s'est approché lentement de moi; je pouvais sentir l'odeur du tissu de son uniforme épais, et j'entendis le bruit haché de sa respiration lorsqu'il prit place sur une chaise entre deux tableaux avec ce curieux mouvement des vieillards qui se baissent lentement, et s'étant assurés d'un regard de biais qu'ils peuvent lâcher tout, tombent plutôt qu'ils ne s'asseyent. C'est à une prudence de ce genre que j'ai l'autre jour compris que F. était vieux. D'ordinaire, il se jetait sur le divan tout en parlant, et se relevait aussitôt; ou bien il s'installait dans le fauteuil tournant de son bureau, en croisant les jambes assez haut, avec une élégance un peu raide. Mais depuis quelques semaines, il s'assied dans le grand fauteuil que d'habitude il m'offrait et, s'y laissant tomber d'un coup, il accompagne ce mouvement d'un profond soupir.

La lueur bleue sur l'étang aux pieds de l'homme en noir : le vol transversal des corbeaux : ce paysage figé éveille en moi une attente incomparable. Cet homme a vu le monde, et il revient.

(Un peu plus tard.)

Deux enfants son entrés sans bruit derrière moi, menés par une institutrice aux yeux clairs qui les pressait de traverser la salle avant qu'on ferme. Leur piétinement et leurs voix ont disparu rapidement. Le vieux gardien bâille et tire de dessous sa chaise un journal plié en longueur. Il va se mettre à le lire dès que je serai parti. Je regarde encore une fois l'homme au chapeau enfoncé; et il me semble que ses mains tiennent un instrument léger, une petite flûte, un pipeau. Je suis sorti de la salle à reculons, me heurtant presque à deux petites filles accourues en hâte rejoindre les autres et qui n'ont pas eu de regard pour moi ni pour le mystérieux preneur de rats, seul face au soleil couchant sur le monticule de neige rayé par le vol triangulaire des oiseaux.

Aller vers ce champ de neige, s'enfoncer jusqu'au ventre, retenir son souffle sous la brûlure du froid; s'y plonger, dans un éblouissement sans limites.

3 octobre.

Deux fois on le tira du Rhin, il s'asseyait au pied de son lit, et couvrant ses oreilles de ses mains : Dieu, qui me délivrera ? L'habit défait, les cheveux fous, il court vers le quai du fleuve, il traverse une petite place sous les tilleuls, il fait de grands gestes et plonge, d'une barque, d'un pont. On arrive, on le retire, un pêcheur lui donne sa veste, Clara est accourue, et l'ami B. l'emporte dans ses bras. Il n'a guère plus de quarante ans, mais ses cheveux sont blancs. Il supplie, j'allais être délivré, pour l'amour du Ciel, laissez-moi !

5 octobre.

Je suis arrivé en retard chez F. et je sais bien qu'il n'aime pas cela. J'avais eu le tort de passer par la rue L. – ils n'ont jamais ce qu'il me faut. Martha entre et sort, elle pose ses mains en coupe autour de la théière moins pour voir si le thé est encore chaud que pour manifester sa réprobation. Il va et vient, soulève le rideau, se rassied, congédie Martha. Pendant ce temps, il est cinq heures et demie, et je suis en bas, tendant mon chapeau à Martha, m'excusant de mon retard. Et quand je pousse la porte de son cabinet, il est assis à sa table de travail, et repose un livre sans hâte. « Vous voilà ? »

Pour la première fois depuis que nous nous connaissons, il m'a aujourd'hui parlé de sa mère. « Parlé » n'est pas le mot : il m'a seulement dit, en me montrant le portrait ovale d'une femme corpulente, au menton fort : « C'est ce soir l'anniversaire de sa mort. » Mais eu égard à ses habitudes de silence et de discrétion, cette phrase a résonné comme une confidence intime. Il y a dans le coin droit de la pièce où il me reçoit toujours, une vitrine où il range de petites figures anciennes et, au-dessus, une série de photographies de sites archéologiques, égyptiens et syriens. Bizarrement, le portrait de sa mère ne semble pas déplacé au milieu de ces temples massifs. Une sorte d'ignorance calme émane de la personne; elle semble les considérer paisiblement, comme ces choses du ménage dont la patience et la bonne volonté viennent toujours à bout. Près de ses épaules larges sous la robe de dentelle noire, de petits hommes bruns s'agitent, et elle se tient à l'écart de tout cet affairement comme le ferait un torse de sphinx près d'une pyramide, un sphinx sans énigme, et sans bonté.

Mais les figures de la vitrine m'émeuvent bien davantage. L'une d'elles, surtout, une sorte de nain rabougri, à la mine souffreteuse, étrusque peut-être ou grecque, qui lève vers le ciel, ou vers son maître, des yeux ovales dans un visage étroit. Ses bras sont vides, mais arrondis comme pour tenir un instrument, et sa cuisse droite est marquée d'un creux où pourrait se loger une lyre. Son visage est doux, aigu, contracté. D'où fut-elle rapportée, au fond de quelle barque plate, cette petite figure douloureuse qui me regarde depuis la vitrine comme à travers une eau trouble ? F. va et vient dans la pièce, il ne dit rien, il attend que je parle. Depuis qu'il ne sort plus, il compte sur moi pour une sorte de chronique des événements qui se déroulent dans la ville, ou qui s'y préparent. Il m'écoute d'un air indifférent et dur, comme pour masquer l'intérêt qu'il y porte, ou mettre en doute ma version ou mon interprétation des faits. Aujourd'hui, il m'a interrompu d'un geste : « Entendez-vous ? » Et il tendait l'oreille vers un bruit lointain, un grondement que je percevais mal à travers l'épaisse rumeur de la ville. « Non, ce n'est rien, je vous en prie, continuez. » Mais ses mains tremblaient en versant le thé, et il m'a offert par mégarde un de ses cigares, alors qu'il sait bien que je n'en fume jamais.

L'eau noire m'a fait peur, ce soir, quand j'ai traversé le pont V. pour rentrer chez moi, après l'avoir quitté. La première neige n'avait pas tenu, elle formait des grumeaux sales sur les marches d'un appontement, une fumée montait au loin de l'ancienne briqueterie. Et dans la brume, on discernait à peine les hautes colonnes du pont mobile, et les boules qui les surmontent. Sur l'autre rive, ils étaient une dizaine, ils semblaient flotter, hésiter à barrer l'avenue, ou bien venaient-ils de se disperser ? La même lueur rouge qu'hier barrait l'horizon, il n'y avait pourtant pas de soleil. Et le vent d'est rabattait vers nous une odeur de caoutchouc ou de papier brûlé. Demain les journaux ne parleront de rien comme d'habitude. Mais c'est bien ce que je pensais : le mouvement va s'étendre aux quartiers du Nord, et le procès qui s'est ouvert hier, même si on prononce le huis-clos, n'est pas fait pour arranger les choses.

Comment tout cela finira-t-il? A la sortie de l'Institut, ce matin, R. m'a dit en se frottant les mains : « Il est possible que ça chauffe, et j'en serais bien content, il y a si longtemps qu'on se gèle ici, vous ne trouvez pas ? » J'ai bredouillé une réponse, il s'est éloigné. Il doit croire que j'ai peur, mais il se trompe. Il y a bien longtemps que j'en souhaite autant – peut-être même davantage. Cependant, je suis inquiet, troublé, je dors mal. Qu'est-ce que j'attends du monde? Qu'est-ce que j'attends *de moi?*

6 octobre.

Il est plus de minuit, je vais et je viens dans la pièce, ne m'arrêtant que pour boire un peu du café que m'a préparé Mme B. et qui est extraordinairement amer (je l'ai naturellement fait bouillir en le réchauffant). Rien ne va : comme chaque année, quand on rallume le chauffage central de l'immeuble, mon piano me paraît complètement désaccordé.

J'ai enfin reçu ce matin une réponse à la lettre que j'avais adressée il y a plusieurs mois à cet ancien élève d'Egon Kaerner dont J. m'avait communiqué l'adresse. La voici :

Monsieur,

Pardonnez-moi de vous répondre si tard. Je suis heureux que vous ayez fait appel à moi. Voyez-vous, la vie de professeur dans un Conservatoire de province, si elle comporte bien des avantages : air pur, loyers moins élevés, nourriture abondante – n'offre pas de grandes occasions de laisser paraître les dons qu'on a cru avoir autrefois, durant la trop brève période de la jeunesse, et des contacts enivrants avec de grandes œuvres et de grands maîtres. Mais ce n'est pas pour avoir de mes nouvelles que vous m'avez écrit. Il faut, Monsieur, que vous m'inspiriez une bien grande confiance pour que j'ose vous faire le récit de ma dernière rencontre avec le Maître. Sur le point que vous me demandiez, je le confirme entièrement : c'est bien en 1932 qu'il cessa définitivement toute activité, au moment où on lui retira la direction de l'Orchestre Philharmonique. La cause officielle – et que du reste il invoqua lui-même – était la maladie. En fait, on sait bien ce qu'il en est. Je ne mets pas en doute qu'il ait dès cette époque souffert de troubles graves : mais j'ai toujours soupçonné que le mur qu'on avait dressé autour de lui en avait aggravé les symptômes, en lui donnant le désir de rompre sans retour avec un monde qui l'avait déjà exclu. J'ai donc été son élève lors de ma première année d'études au Conservatoire : beaucoup s'en cachent, c'est au contraire un de mes plus grands sujets de fierté, et le dirai-je ? de bonheur. Il n'est pas bon, certes, de le mentionner dans son *curriculum,* la plupart de mes anciens camarades sont très discrets sur ce chapitre, et s'ils ne peuvent dissimuler leur présence au Conservatoire et à l'Ecole normale de Musique dans ces années-là, ils s'arrangent toujours pour laisser entendre qu'ils étaient inscrits dans la classe d'un autre. Vous tenez là peut-être une des raisons qui font que malgré mon âge (cinquante-cinq ans bientôt), je n'ai jamais accédé à d'autres postes que celui de professeur d'harmonie dans cette école que je n'ai jamais quittée, et où le nombre de mes élèves dépasse rarement la dizaine.

Je n'ai jamais raconté à personne les détails de cette ultime entrevue. Je terminais mes études, et j'étais, comme nous l'étions tous, extrêmement fasciné par la grande solitude et le silence où s'était enfermé Kaerner, après son départ pour le moins mystérieux. Sa musique nous bouleversait; au Conservatoire, nous travaillions en cachette ses dernières *Etudes.* Mais j'avais lu aussi ses *Notes sans date,* le seul livre qu'il publia jamais : « Le temps musical n'est rien d'autre qu'une soumission absolue à l'ordre impitoyable du temps... » Je lui avais écrit plusieurs fois; il me répondait avec exactitude, mais refusait de me recevoir. Je le croyais seulement souffrant, et désireux de préserver sa retraite : j'étais loin de deviner quelles ruses insistantes on avait déployées afin de le faire passer pour fou et de le laisser aux mains d'un unique serviteur, son jardinier et son confident, qui ne le quitta qu'à la dernière limite.

Un an s'était écoulé depuis ma précédente lettre, lorsqu'à un mot bref que je lui avais adressé, il me répondit par retour, très laconiquement, que je pouvais venir le voir le lendemain vers trois heures. Je me trompe : ce n'est pas lui qui m'écrivit, mais son domestique, sur une carte de visite gravée au nom de Kaerner, mais qui n'était pas de sa main. Il m'attendait dans le jardin. Il n'avait pas changé. « Voyez-vous, me dit-il en souriant, c'est là. » Et de la main il me montrait un petit pavillon couvert d'ardoises entouré de massifs d'hortensias fanés, on était à la mi-septembre. J'étais étonné de le voir alerte, presque gai. Je l'aurais été davantage si j'avais connu l'existence des accès qui le terrassaient et où, pressant ses oreilles de ses mains, il suppliait qu'on le délivrât. Qu'il eût accepté de me recevoir ne signifiait pas qu'il allait mieux, mais simplement qu'il lui restait peu de temps. Je me demandais à quoi il occupait ses journées : à jardiner, à classer des papiers ? Car je savais que depuis longtemps déjà il ne composait plus.

Il fit seul quelques pas dans l'allée; ma timidité avait disparu, et je me sentais extrêmement proche de ce grand vieillard maigre, vêtu d'un pantalon de velours et d'une veste de peintre. Voyant que je ne le suivais pas, il se retourna, et s'appuyant d'une main sur sa canne, de l'autre, sans un mot, il me fit avec son index replié le signe de le suivre. Des nuages roulaient très vite dans le ciel; dans le jardin voisin, un parc quasi abandonné, on entendait des colombes, vous voyez que tout est resté gravé dans ma mémoire. Le mur du pavillon disparaissait sous un lierre épais; la maison était un peu plus loin précédée d'une véranda vitrée, un jardin d'hiver, où l'on apercevait tout un fouillis de plantes et de grandes fleurs rouges. Je n'y suis pas entré. Je le rejoignis rapidement, non sans froisser au passage quelques plantes sur la bordure de l'allée. Il était irrité : « Regardez où vous mettez les pieds, voyons ! Ces – (j'ai oublié leur nom, il s'agissait de ces plantes au feuillage épais et velu qu'on appelle chez moi des « oreilles-d'ours ») sont si fragiles, elle me donnent tant de mal ! » Et du bout de sa canne il tentait de redresser les feuilles grasses où perlait de la sève. Il ne parvint qu'à en casser quelques autres, et se redressa en émettant un sifflement léger. Son regard était sournois, et si j'avais été au courant de sa maladie, j'aurais peut-être pris peur devant ces sautes brutales de son humeur. Puis il se calma, et son visage rouge foncé reprit graduellement une couleur normale. Nous étions devant le pavillon, la porte résistait, et je voulus l'aider pour réparer ma maladresse, mais il me repoussa gentiment : « Je peux encore ouvrir ma porte, tout de même ! » Et, avec plus de douceur : « En quelle année êtes-vous ? » Je répondis que j'étais en quatrième année, et qu'on me donnerait certainement un poste en juin « Ah ! ah ! », fit-il, mais c'était plutôt une sorte de grognement inattentif. Finalement la porte céda, et l'odeur de la petite pièce me sauta au visage, un parfum fade, familier, qui disait la solitude, la vieillesse, l'ennui. Les volets étaient fermés, et la lumière découpait dans l'entrée un rond pâle sans parvenir à éclairer la pièce. Ce pavillon d'apparence modeste était très agréablement, très confortablement meublé, comme une bibliothèque ou un petit cabinet de travail. Dans l'ombre on apercevait des meubles à la surface polie, et de grands reflets sur des sous-verre.

Aucun détail n'est sorti de ma mémoire : je sais aussi qu'il était entouré d'une haie de grands arbustes qui le protégeaient totalement du voisinage. Il est vrai que je les ai en ce moment même sous les yeux puisqu'ils servent de fond à la photographie qu'il me donna ce jour-là, presque aussitôt que nous fûmes entrés. Je n'ai pas eu le cœur de la joindre à ma lettre, elle m'est trop précieuse. J'ose croire que mes lettres précédentes m'avaient rapproché de lui; mes recherches (ce mot maintenant me fait sourire) allaient si directement dans le sens des siennes, maintenant abandonnées, qu'il n'avait pu manquer d'en être touché. Sur la photo, prise quelques années auparavant, et sûrement par son domestique, car il vivait dans une solitude complète, il porte un costume sombre, déformé aux genoux. Un sourire fait remonter ses pommettes hautes et rondes qui, avant qu'il ait beaucoup maigri, donnaient à son visage une tournure asiatique. Il s'appuie de la main sur une chaise de jardin; derrière lui, une haie touffue, au début du printemps (j'avais sous mes fenêtres les mêmes grandes fleurs mauves de paulownia avant que l'hiver de 1952 ne les gèle, vous vous souvenez de sa rigueur.) Je ne vous dirai pas la dédicace fraternelle dont il a barré son image, et qui cache en partie sa main gauche et le haut de son bras droit : elle est trop élogieuse, mais ce qui m'émeut peut-être le plus, c'est le tremblé de ses lettres, et la faute d'accord maladroitement corrigée qui trahit la maladie dont il souffrait — lui, dont l'écriture était si ferme et la langue si pure.

Mais je reviens à cet après-midi dans le

pavillon de jardin. Je le revois encore, dans l'embrasure de la porte, avant qu'il allume la lampe. Je m'étais avancé dans la pièce, et quand je me suis retourné, c'était comme si son visage avait été couvert d'un voile. Il ne disait rien, de sa poitrine montait un souffle profond, trompeur sans doute, et le bout de sa canne martelait imperceptiblement le carrelage que le tapis ne couvrait pas entièrement. Mes yeux ne s'étaient pas encore habitués à l'obscurité; un grincement me fit comprendre qu'il s'était assis. Brusquement la clarté se fit; il était renversé en arrière dans un fauteuil bas, il respirait lentement, une lumière rose l'éclairait : « Voyons un peu, dites-moi, comment vont les choses depuis mon départ? » Son ton naturel me réconforta, je m'assis à mon tour, et commençai l'exposé, un peu embarrassé par le respect qu'il m'inspirait, des recherches et des travaux de mes camarades et de moi-même. Lorsque je fis allusion à son œuvre et à notre attachement pour elle, je ne pus retenir quelques formules trop conventionnelles, et emporté par mon élan, j'ajoutai : « Nous savons tous quel mal on vous a fait! » « Laissons cela, voulez-vous, répondit-il en se levant, laissons cela. » Son ton avait changé, je n'osais plus rien dire. Il était debout maintenant devant un petit meuble à tiroirs, un cabinet ancien d'un travail exquis, couvert de poussière et de livres. Puis sans se retourner, d'une main tendue derrière son dos, il me présenta la photo que j'ai décrite. Sa canne était appuyée contre la porte, je voyais de profil son visage éclairé par la lampe rose. Il ne bougeait pas. Sa lèvre supérieure était retroussée, il semblait rire et la lumière lui donnait un air d'effrayante jeunesse. L'alliance de ces deux mots vous paraîtra sans doute incongrue, Monsieur. Je ne saurais cependant pas m'exprimer autrement. Ses regards errants montaient le long du mur et finirent par se poser sur une petite gravure au trait fin, mal visible dans la pénombre. Il me sembla y reconnaître une femme aux yeux fermés, le visage penché sous le poids d'une tresse noire. « Qui est-ce ? » dis-je, et le son de ma voix m'emplit de confusion. Il ne répondit pas. C'était un paysage allemand de la Renaissance, avec une cascade que j'avais prise pour des cheveux, et des arbres accrochés à une pente. Mais il ne la regardait pas, il essayait seulement de reprendre son souffle.

La crise passée, il me jeta un regard furtif comme font les vieillards qui se sont endormis au théâtre ou au concert et veulent s'assurer qu'on ne les a pas vus. Un grand désordre régnait dans la pièce. La table recouverte d'un tapis à franges ressemblait à un lit défait; des livres empilés aux brochages jaunis, un coupe-papier, des pastilles pour la toux, du papier à musique, des crayons de toute sorte, des flacons d'encre débouchés et, sur un plateau, une assiette avec des restes figés. Un gros chat fila brusquement de dessous un fauteuil, et le bruit me fit retourner. C'est alors que je la vis : une poupée grande comme une enfant de six ans, étalée dans le fauteuil, montrant de petites dents sous des lèvres très rouges. Au bout de ses courtes cuisses grasses, ses jambes s'enfonçaient dans des bottines vernies, comme celles que gardent dans des placards les mères d'enfants morts. (J'en sais quelque chose : si vous me permettez cette anecdote personnelle, ma mère conserva jusqu'à sa mort les habits de sa première fille, ma sœur aînée, morte à quatre ans, et demanda par testament qu'on l'enterre avec une paire de ses petits bottillons.) Tout cela était extrêmement défraîchi, les dentelles autour de son cou avait jauni et semblaient prêtes à se détacher.

Quant à Kaerner, il s'était assis au piano, et tenant un cahier à musique sur ses genoux tentait d'y recopier un fragment de partition posé de travers sur le pupitre. Par moments, il s'interrompait, posait sa main sur son oreille, et grimaçait un sourire. « Voulez-vous que je... » je ne pus achever, il m'écartait avec impatience. Par la porte que le départ du chat avait laissée ouverte, un souffle frais entrait avec l'odeur de la végétation. Je sortis à reculons, il ne me regarda même pas.

En me raccompagnant, son serviteur me dit : « Revenez bientôt, vous voyez bien qu'il est temps », et il me serra la main avec émotion. « Ah ! Monsieur, tout irait bien, si nous n'entendions pas cette sacrée note ! Il y a des nuits où il nous est impossible de dormir. Cela nous fatigue beaucoup, beaucoup. » Ce « nous » qui les associait dans la souffrance me toucha. Si j'étais vous, Monsieur, je tenterais de le retrouver : peut-être vit-il encore, et dans ce cas, il n'a pas dû s'éloigner beaucoup, il était si attaché au Maître.

Il me tint la porte, et me regarda m'éloigner. Kaerner devait entrer à l'hôpital quelques mois plus tard, au soir de la fameuse conférence, et n'en plus jamais sortir. Pardonnez, Monsieur, à l'émotion que ce souvenir fait naître, et qui me force d'interrompre ce récit : je n'ai du reste été que trop long, et plus disert sans doute qu'il n'eût convenu.

Nous ne nous rencontrerons sans doute jamais, et il se peut que vous n'ayez pas l'usage de ce que je vous ai raconté. Sachez cependant que j'ai pris à le faire un plaisir et une douleur extrêmes.

Croyez-moi bien sincèrement vôtre,

Albert L. »

7 octobre.

Ils ne m'ont pas bousculé, ils m'ont au contraire parlé très doucement. On aurait dit qu'ils m'attendaient, quand je suis sorti de la papeterie avec deux rames de papier à musique. Je suis habitué à ces sortes de ruses : chaque fois que mon travail n'avance pas, je m'entoure d'un matériel nouveau – comme un écolier qui voit ses bonnes résolutions tout entières incarnées dans la couverture d'un cahier neuf. Ce subterfuge du reste ne me réussit pas toujours : il a du moins l'avantage de m'obliger à sortir de chez moi, et de fixer le cours de mon angoisse sur des objets secondaires (les difficultés de l'approvisionnement, le froid, les trottoirs embourbés). Et enfin, la marche elle-même, par le rythme qu'elle impose à ma respiration et à tout mon corps, me libère du poids de faute que fait toujours peser sur moi la crainte de la stérilité.

« On ne passe pas », m'ont-ils dit. C'étaient deux garçons très jeunes, avec des casquettes de travers sur leurs cheveux épais. Le plus jeune avait une barbe. « On ne passe pas. » « Otto, criait-on au bout de la rue, Otto. » Il s'est retourné, ils étaient une vingtaine un peu plus loin, à l'angle de la rue L. et du nouveau boulevard. Une sirène a retenti, elle se rapprochait, et ils se sont dispersés. La pluie s'est alors mise à tomber, et mes deux rames ont été entièrement perdues. Cet innommable papier ne protège rien. Je ne travaillerai pas davantage ce soir. J'ai ouvert les journaux : toujours rien. Va-t-on garder plus longtemps le silence sur ce qui se passe dans ce quartier? L'inauguration des Floralies couvre deux pages, avec de grandes photographies.

8 octobre.

En juin dernier, soudain, j'ai lâché prise. Que le temps ainsi, insaisissablement, glisse sans m'apporter ce que j'en attendais : pas même le début d'une œuvre, mais un signe qui l'eût de loin annoncée — je ne pouvais m'en accommoder plus longtemps. Il fallait que quelque chose change dans ma vie, dussé-je artificiellement provoquer la secousse : il fallait que ma liberté me soit rendue, que j'en aie de nouveau le plein usage, pour qu'enfin confronté à moi-même je sache si, un jour, seul le temps m'aurait manqué pour accomplir une « œuvre ». Même ce que je donnais à Kaerner, je voulais le lui reprendre : tout devait revenir à l'art, ce Moloch. Du reste, je n'avais jamais espéré publier un ouvrage sur lui : on ne m'y aurait d'ailleurs pas autorisé, la disgrâce continuait.

J'ai alors demandé une mise en congé d'un an. Depuis, rien : et je connais de nouveau les mêmes heures solitaires et désespérées devant mon piano.

Cette lettre cependant. Voici que renaît en moi le désir de savoir comment dans la vie de Kaerner l'art et la folie se sont noués pour produire les œuvres les plus hautes — puis dénoués dans la mort. Si je parvenais à le comprendre, il me semble que je ne le paierais pas d'un prix trop élevé, même si ce prix devait être pour moi *l'absence d'œuvre.*

9 octobre.

Passé à la Radio ce matin en sortant de mon cours. Je sais qu'il doit s'y trouver des enregistrements des tout derniers concerts de E.K. Mais il était trop tard, le service ferme à l'heure du déjeuner. Je n'ai pas reconnu la place des Ormes; son nom même a changé. La face nord – de petites maisons de bois découpées en festons, des pots de fleurs aux pauvres fenêtres et parfois des oiseaux, des jardins trois mois par an sous la neige –, la face nord de la place a entièrement disparu : on y a édifié la tour émettrice qui écrase toute cette partie de la ville. Et les autres côtés sont remplacés petit à petit par des immeubles de bureaux. Il y a cent ans, peut-être moins – qu'on relise *La peine capitale,* ou n'importe lequel de ces grands romans des années 80 qui ont tourné autour d'elle comme des phalènes autour d'une lampe – c'était une sorte d'îlot inexpugnable où nul (pas même la police) n'osait s'aventurer passé cinq heures dans le dédale de ses ruelles et de ses cours communiquant entre elles. Même les petits canaux, aujourd'hui asséchés, de cet ancien marécage avaient sous les becs de gaz une réputation sinistre. Ni le droit ni la loi n'y avaient jamais pénétré : la misère, l'insalubrité y régnaient – et pourtant, oserais-je le dire? une forme de joie de vivre dont nous n'avons aujourd'hui plus idée. Son malheur datait du jour où l'on avait édifié, près du fleuve, les premières usines; car c'était auparavant une bourgade champêtre, comme l'attestaient il y a peu de temps encore, les guinguettes au fronton orné d'un bouquet quand arrivait le vin nouveau. Mais les fabriques avaient obscurci l'air, chargé les pierres des façades d'une âcre poussière grasse et noire; les travaux des champs avaient fait place à toutes les formes de l'esclavage à domicile. Et dans les chambres sans air, dans les courées, sur des tables éclairées au ras des trottoirs par un soupirail étroit, des femmes grattèrent pendant cinquante ans des boutons de corne, des enfants cassèrent des noisettes avec leurs dents pour les mettre en sac...

Tout cela a disparu, et c'est tant mieux. Comment ne pas regretter cependant le temps d'*avant,* quand les tilleuls faisaient des auvents au-dessus des tables de bois blanc tachées de ronds de vin? Aujourd'hui, il s'y tient encore un des rares marchés de la ville; et des paysannes vont et viennent riant de toutes leurs gencives rouges parmi des paniers où piaillent des poules; que savent-ils d'elles, ceux-là qui ont entrepris d'assumer notre héritage, lorsqu'ils traversent la place d'un air impatient, les bras chargés de dossiers qu'elles auraient bien de la peine à lire? Ce sont leurs mères cependant.

A trois heures et demie il y avait enfin quelqu'un pour me répondre au guichet d'entrée de la Sonothèque. Mais il ne put rien me dire : d'abord, on ne gardait rien ici, tous les enregistrements antérieurs à la guerre avaient été rassemblés aux Archives nationales, et je devais bien savoir qu'il s'y appliquait la clause des cinquante ans. Peut-être H. pourrait-il me renseigner plus complètement, mais je manquais de chance, c'étaient justement ses vacances annuelles. On appela l'employé à ce moment au téléphone. J'avais vu que derrière le bureau s'ouvrait une porte de fer : elle n'était pas fermée, je la poussais. Derrière, s'étendaient assez loin des rangées d'étagères couvertes de boîtes de métal rondes : la première que j'atteignis portait la mention MATINÉE SCOLAIRE 23 JANVIER 1938. Et toute la suite était de la même année. Il m'avait donc menti. J'eus le temps de me rasseoir avant le retour de l'employé. « Vous êtes encore là ? » me dit-il sans amabilité. « Tenez, écrivez votre nom ici », il me tendait un bloc et un crayon. « Et le motif de votre demande, on vous avisera. » Je n'en fis rien; je le remerciai, et je sortis.

Depuis deux jours, il fait un temps d'automne exceptionnellement froid, et sec, la lumière découpe à vif les grandes constructions de l'Avenue et, de place en place, les taches vertes des arbres que le gel n'a pas encore dépouillés. Cela donne à nos journées quelque chose d'alerte et de gai – de solennel aussi, d'impitoyable. Pas d'ombre, pas de brume, nul refuge : nul réconfort. Comme un face à face qu'on ne pourrait éviter – avec qui ? Avec soi-même sans doute. Tout me fait signe; le monde entier est comme un ordre à moi adressé : « Oui, c'est le moment. » Mais *le moment de quoi ?*

10 octobre.

Dans l'ancienne rue aux Juifs, j'ai trouvé cet après-midi une édition des *Carnets* de G.D. Neumitz tout à fait récente : comment est-elle venue jusqu'ici ? « L'archéologue a la passion de la mort. Il ne découvre que pour tuer : et ce que l'ombre et la terre ont commencé, c'est au soleil qu'il demande de l'achever. »

Comme je sortais de la librairie, une vieille femme m'a abordé, elle avait les yeux rouges et larmoyants. Elle s'est avancée vers moi, et tout en pressant mon bras de sa main à plusieurs reprises comme font les enfants pour attirer votre attention : « Monsieur, m'a-t-elle dit, monsieur, vous n'entendez pas ce bruit, vous n'entendez pas ? » Et en portant sa main à sa tête, elle siffla doucement, puis : « Tan-tan; tan-tan; depuis hier. » Elle me montrait un soupirail de cave : « Ça vient de là. On creuse, monsieur, on creuse. » Je n'entendais rien. « Bientôt, ils déboucheront ici. Et alors... » De son chapeau enfoncé dépassait de petites touffes de cheveux sèches et jaunes. Elle reprit le cabas qu'elle avait déposé contre le trottoir. Puis elle disparut après m'avoir jeté un regard complice, et soudain sévère.

14 octobre.

Après avoir bu son thé, F. voulut comme d'habitude allumer un cigare. Depuis quelque temps, ses gestes sont moins précis, comme ralentis par la distraction profonde qui s'est emparée de lui. La boîte se renversa entre ses genoux, sur le tapis, et il lui fallut longtemps pour ramasser les allumettes une à une. Il était rouge, le cou tendu, penché en avant, et je n'osais pas le regarder ni m'interrompre. Et il aurait encore moins aimé que je tente de l'aider.

Quand il eut fini, il se redressa avec effort, et me sourit; une satisfaction rogue était peinte sur son visage — la vieillesse est faite de ces humbles victoires sur la désobéissance croissante du corps.

Je me suis rappelé ma grand-mère, lorsqu'au cours de nos promenades (elle qui se fatiguait vite) elle décidait d'atteindre avant nous le haut d'une petite colline dont nous faisions souvent notre but : parvenue au petit bois qui en couronnait le sommet, elle s'arrêtait et nous appelait d'une voix forte et vive, pour masquer son essoufflement. Mon père, qui comprenait la raison de cet enjouement forcé, feignait de ne rien remarquer.

En revenant, elle se mettait au piano et chantait « Anne-Lise avait deux amants... » mélodie que j'affectionnais entre toutes dans mon enfance. Elle jouait avec deux doigts la partie de la main droite, mais sa voix était juste.

17 octobre.

C'est vraiment le début de l'hiver, pourtant la neige ne tient pas encore très bien sur la terre trop chaude. Elle s'accumule sur les tas de feuilles qu'on retrouvera intacts au printemps quand elle aura fondu. Par la fenêtre de ma chambre, je vois la statue sur la place du Vieux-Marché – je n'arrive pas à lui donner son nouveau nom – et une grande partie de la place elle-même. La surface vide brille, des ombres très noires soulignent le bas des murs. Je reviens à ma table. Mon piano est fermé, noir et luisant comme une gondole; je ne l'ouvre pas.

Rien n'est plus concret que la musique – rien n'est plus immatériel cependant. Parfois, la musique que je rêve – d'écrire? d'entendre? – m'apparaît comme une ligne pure et droite, sans support et sans épaisseur, que les instruments accompagnent de leurs bavardages grossiers, tandis qu'elle se tient, très loin au-dessus d'eux, dans la haute région sans atteintes de son orgueilleuse autonomie. Elle est comme la danseuse tenue à bout de bras par son partenaire ou par tout un groupe de jeunes hommes, et qui semble les attirer vers le haut, sans effort, de tout son pouvoir irrésistible d'ascension.

Impalpablement matérielle, comme la lumière.

Et elle a vis-à-vis de nous l'indifférence supérieure d'un grand fleuve, qui coule toujours et ne se dérange pas, et recouvre ses rives, et se retire, et n'a pas de souci pour les flottaisons dont on le charge. Et, où qu'on aille, sur ses berges bruyantes où passent maintenant des routes et des camions, c'est toujours l'odeur puissante de l'eau, son ardeur frémissante, essentielle. Que rien ne peut souiller : le grand fleuve est là, et nous le regardons couler comme le temps, avec un serrement de cœur, debout sur la rive, les pieds dans la douce vase, et un remorqueur qui passe nous rejette de grandes vagues contre les jambes.

Telle devrait être la musique, et couler dans nos cœurs, nourricière et pourtant glaciale, *impitoyablement.* Car c'est de son impassibilité que nous avons besoin, non de sa pitié, afin que nos angoisses, nos terreurs, nos remords, nous deviennent à nous-mêmes indifférents.

18 octobre.

Une fois encore, F. n'a rien répondu aux questions que je formulais tout haut. Il a déposé le journal qu'il feuilletait, et me regardant attentivement : « Voulez-vous encore du thé? » J'ai fait non de la tête. Martha est entrée pour débarrasser. « On ne sait rien, que voulez-vous? » – c'était une ébauche de réponse, une satisfaction qu'il me donnait là, pour me montrer sa bonne volonté. « Le procès commence demain, ai-je repris. Il paraît que les principaux accusés refusent depuis des mois de se laver, de se raser, de changer de vêtements, et qu'ils ont à deux reprises commencé une grève de la faim. Ils sont dans un tel état qu'on va sûrement prononcer le huis clos. » F. sourit : « J'avais tort. Tout finit toujours par se savoir. On ne peut rien garder durablement secret. J'ai toujours été frappé par cela : la technique n'est rien. Isolez des hommes, privez-les des moyens normaux de communiquer, dressez toute sorte d'obstacles : ils les contourneront. Mon expérience me l'a cent fois montré : à plusieurs milliers de kilomètres de distance, j'ai trouvé des inscriptions, des monnaies, des poteries qui prouvaient irréfutablement l'existence d'un échange, d'une communication, entre des hommes que séparaient des chaînes de montagnes, des déserts sans eau. Comment les avaient-ils franchis ? Nul ne le sait. Ce qui est sûr, c'est qu'ils les avaient franchis. Cela me donne confiance. Notre époque est une époque curieuse, vous en conviendrez. Partout, on invente des moyens inouïs de supprimer les distances, de rapprocher les hommes. Sauf chez nous : on nous sépare les uns des autres, on ne nous dit rien, les journaux sont muets. Et c'est normal : qui veut former l'opinion ne l'informe pas. Et voici que nous redécouvrons les modes archaïques de l'échange, les on-dit, les conversations furtives, la transmission orale. Le tam-tam et les feux ! »

Nous nous sommes quittés là-dessus. Mais quels étaient ces blessés, ou ces morts, qu'on transportait hier sous le hurlement des sirènes ? La barrière rouge de l'hôpital s'est levée un instant, des infirmiers se sont précipités au-devant de l'ambulance, l'entrée de l'hôpital était fermée par un cordon de soldats qui se sont écartés pour le passage des brancards. Les rares passants se hâtaient, la brume descendait, on allumait les premières lumières. Je me suis alors souvenu du séjour de F. dans le même hôpital, il y a huit ou neuf ans. Neuf sans doute — Béatrice m'attendait en bas. Il était venu à ma rencontre, dans un peignoir bordeaux à rayures blanches, le visage rouge, les cheveux collés, et il m'avait dit d'un air bourru : « Pourquoi êtes-vous venu ? » Béatrice lui avait apporté des fleurs rouges et blanches.

20 octobre.

Ma nuit commence et elle sera profonde. Seul, ce soir, devant ma table, dans une de ces dispositions d'esprit dont je sais qu'il ne sortira rien. Sous ses grandes dalles, la place vidée de ses passants est comme une eau gelée. La statue immense du poète se dresse, le vent tord ses cheveux, un pli marque son aine. Je me suis assis en fin d'après-midi malgré le froid sur le rebord du socle, en souvenir des soirées d'il y a vingt ans où l'un d'entre nous, les sortant de sa poche, lisait les vers des poètes interdits.

Très loin, au bout de l'avenue, un convoi militaire est passé, sans escorte, dans un grand bruit de ferraille. Du ravitaillement, peut-être.

J'étais sorti pour aller chez F. : j'ai fait demi-tour sur la place, et je suis rentré. Je savais que seuls la solitude et le silence sauraient me mettre dans l'état d'attente et de fragilité où je dois entrer pour que la nécessité de la musique s'impose à moi. Comme si une paroi d'ordinaire opaque devenait poreuse, et laissait filtrer cette sourde source d'angoisse à quoi l'œuvre apportera réponse. Mais quelle réponse ? et saurai-je me la donner à moi-même ?

Entre la musique et la nuit une alliance ancienne a été nouée, une complicité. La nuit complote pour elle, en gommant le monde, en effaçant les formes, en suscitant le réveil des anciennes terreurs. Alors la musique règne, comme sur certaines mélancolies qu'elle seule apaise. Son pur et vif éclat est comme le résumé de toutes les joies et de tous les objets abolis. Et il y a quelque chose d'essentiel et de profond dans l'image du castrat chantant le même air chaque soir pour le souverain fou, dans le geste du claveciniste s'asseyant à son instrument, et traçant sa constellation lumineuse dans la nuit de l'insomnie. Nous n'aimons pas que Bach ait reçu courbé le gobelet de pièces d'or que lui tendait un valet du comte de Kayserling : c'était là une façon grossière de s'acquitter d'une dette infinie. Le musicien s'était tenu entre lui et la mort, ou la folie, ce qui est la même chose; il avait durant des heures barré la route à l'indicible menace, tapie dans les rideaux autour du lit, et jusque dans les replis de son âme.

Tel est sans doute le théâtre imaginaire qu'édifie autour d'elle toute musique. Une chambre, la nuit; un lit élevé dans l'angle le plus obscur; une ombre que ne parvient pas à percer le flambeau placé sur l'instrument. Un lit haut et large, profond et creusé, et entre les rideaux, un homme qui souffre et rêve, et dans un demi-sommeil éprouve la dangereuse proximité de la mort. Et la musique est alors comme une digue qui ne doit pas rompre.

22 octobre.

« La musique est l'âme de l'âme : inscription sans matière, pur trajet, lumière, eau. » (Egon Kaerner, *Notes sans date.*)

23 octobre.

Le procès des grévistes du printemps et de leurs « meneurs » est reporté *sine die :* est-ce une façon de céder ? De reconnaître qu'on n'a rien de sérieux à leur reprocher ? Je n'en suis pas certain : il se peut aussi qu'on les laisse croupir en prison jusqu'à ce que le souvenir de l'affaire s'éteigne, faisant ainsi payer à ces innocents les manifestations de colère que leur arrestation a soulevées sans courir le risque d'en déclencher de nouvelles à l'occasion d'un procès.

Une chose en tout cas est certaine : il y a bien eu un incendie, la semaine dernière, à l'ancienne briqueterie. Vite jugulé, a-t-on dit : mais j'ai entendu longtemps la circulation des voitures de pompiers, et les sirènes. Faut-il croire que les blessés de l'ambulance venaient aussi de là ? F. m'a écouté distraitement ; le monde fait parfois trop de bruit pour lui, et il est las de se livrer à d'invérifiables conjectures. A un moment, tandis que j'exposais ce que je sais, ou ce que je devine, il s'est levé, et se dirigeant avec sûreté vers les rayons de sa bibliothèque, il a ouvert un volume de Pouchkine et m'a lu ces vers : « Quand je regarde un chêne isolé / Je pense Patriarche des siècles / Il va survivre à mes cendres oubliables. »

Puis s'étant retourné vers moi, il claqua le volume d'un mouvement qui signifiait : « Vous voyez bien ! »

(*Un peu plus tard.*)

Lu quelques pages du *Journal* de Neumitz écrites au moment où, abandonné par l'équipe des terrassiers, il se voyait contraint d'abandonner une série de fouilles prometteuses. Et pourtant la ville enfouie est là, il le sait, sous les replis du sable : demain, à l'aube, avant que sa raison chavire complètement, il entreprendra de se frayer un chemin vers elle à coups de pioche : ... « Qu'en sera-t-il de nos travaux, et de nous, dans cent ans ? Que pensera-t-on de nos veilles ? »

Il se peut que nous soyons tous pareils à lui : toujours sur le point de devenir des découvreurs fous, marchant sur un étang gelé, au travers duquel des formes nous font signe. (Et les promeneurs en vêtements fourrés s'assemblaient sur la Tamise gelée afin de contempler sous la surface bleue, les bancs de poissons immobiles, et une vieille marchande avec son châle à carreaux, assise dans une barque, ses paniers sur les genoux.)

24 octobre.

« (...) Car la musique n'est pas la grâce, elle est la malédiction. » (*Notes sans date.*) J'ai rappelé à F. cette phrase de Kaerner : il a haussé les épaules. La leçon de Kaerner pour sensible qu'il y soit, lui paraît d'un mysticisme excessif – en admettant que ce mot ait un sens pour parler d'un homme si épris de raison; et sa mort elle-même dans la solitude de l'aphasie comme paradoxalement trop grandiloquente et peu conforme à l'idéal de réserve auquel il souhaite que tout artiste se conforme, et qu'il a lui-même toujours scrupuleusement suivi. Pour sa part, F. ne laissera ni journal, ni carnets : son œuvre s'achèvera avec lui, tout ce qu'il avait à dire se trouve dans ses livres. Et s'il a été lui-même artiste, c'est en secret, et dans les intervalles de la science.

Tout autre était Kaerner : cet homme déchiré me touche parce qu'il savait que la musique – l'art en général, peut-être ? – ne peut nous sauver que jusqu'à un certain point. Mais pas au-delà. A la musique, il demandait *un peu moins que tout* : ce qu'elle ne pouvait lui donner, il a eu la sagesse de ne pas le lui demander. Mais pas le pouvoir d'y renoncer. Et cela, qu'il ne pouvait se résigner à n'obtenir jamais, quel autre nom lui donner que celui de bonheur ? A moins que bonheur soit encore trop pour désigner l'état où il désirait se fondre, et perdre même jusqu'au souvenir du désir. Mais l'art est un dieu redoutable à qui l'on ne donne rien si l'on ne se donne en entier : Kaerner l'apprit à ses dépens, et prisonnier désormais sans recours de la demande que l'art exerçait sur lui (car l'art à travers nous cherche l'existence, et exige qu'on la lui donne lorsqu'il vous en a reconnu capable) il ne pouvait lui échapper que dans la folie, et dans la mort.

25 octobre.

Nous avons à jamais perdu ce que la musique pouvait nous offrir quand on ne lui demandait rien.

Il y a quelques semaines, j'étais entré pour me protéger de la pluie dans un petit café au coin de la rue B... Les tables étaient toutes libres, les rideaux tirés donnaient une triste lumière orange. Le patron faisait ses comptes à l'aide d'un boulier, un homme du Sud, avec des épaules étroites et des cheveux très frisés. Puis deux clients sont entrés, petits et frisés eux aussi, et sans les regarder il a mis en route un vieil électrophone au bout du comptoir. Et la musique s'est mise à couler comme un filet d'eau entre des caisses sur le quai d'un port. L'un d'eux a repris la mélodie, à mi-voix, en s'accompagnant de petits tapotements des doigts sur la table; et nonchalamment, le patron a posé une nouvelle fois le bras de l'électrophone sur le début du disque.

Une autre fois – c'était dans ce grand café d'avant la guerre, près de la gare, où les travailleurs de la région des Lacs, qui sont pour la plupart employés aux usines de camions, se retrouvent le soir sous la véranda avant de rentrer dans les banlieues, j'avais assisté à une espèce de fête pour l'anniversaire, ou le mariage, de l'un d'entre eux. Un jeune homme s'était levé, et on l'avait aussitôt applaudi, puis on s'était écarté pour lui faire place. Le jeune homme attendait, les mains aux hanches, les yeux baissés, sans sourire. Puis l'un des hommes du cercle s'était mis à chanter à bouche fermée, bientôt suivi par les autres; et le jeune homme avait commencé à danser. Lentement d'abord, bougeant à peine; puis plus vite, et se donnant sur les cuisses de petites tapes. Un peu à l'écart, seul à sa table, un garçon qui portait un nœud de ruban à la boutonnière, levait de temps en temps son verre de bière en direction du groupe, et souriait gravement; tous lui répondaient. C'était celui qu'on fêtait. Ils ont continué longtemps. Je ne les dérangeais pas, ils étaient tout absorbés en eux-mêmes. Puis je me suis levé, et je les ai regardés de loin, un moment. Les passants ne levaient même pas les yeux sur eux. Ils faisaient seulement un détour.

27 octobre.

Pour couper court à toute allusion aux événements récents – et rompre avec l'habitude épuisante qui s'est emparée de nous tous ici de commenter à l'infini le vrai, le faux, le probable, le possible, sans espoir de vérification immédiate – F. m'a montré de nouvelles acquisitions, de vieilles photos d'Egypte. Je ne sais comment il se les est procurées : il existe, il est vrai, tout un marché clandestin où d'anciens collectionneurs trouvent des moyens d'existence aléatoires. Plus que le détail des pierres, parois ou têtes géantes, c'est l'aspect même du sol qui me retient sur ces images : comme si dans les accidents de sa surface je lisais la figure inversée des ruines qu'elle cache.

28 octobre.

Anniversaire de ma mère : elle aurait aujourd'hui soixante-huit ans.

C'est officiel maintenant : une épidémie s'est déclarée il y a plusieurs mois dans les banlieues dont je parlais hier, où vivent les travailleurs du Sud et leurs familles : une forme de méningite foudroyante, dont au moins dix enfants seraient morts. On l'attribue aux mauvaises conditions d'hygiène où vivent ces familles, « par tradition plus que par nécessité » : c'est toute une affaire, écrivent les journaux, pour convaincre les mères de conduire les nourrissons à des visites régulières. On reconnaît qu'il existe un grand entassement dans ces blocs de ciment édifiés à la hâte; mais le médecin, souvent appelé trop tard, n'arrive qu'après les bonnes femmes et leurs remèdes traditionnels. Et il semble qu'on ait eu toutes les peines du monde à empêcher le déroulement d'une procession autour du quartier menacé, au plus fort de l'épidémie. Il y aurait eu des bousculades, des arrestations. Des mesures fortes ont été prises, dont les journaux parlent avec satisfaction : literies et vêtements jetés dans la rue, arrosés d'essence et brûlés; lait de chaux sur les murs. Pour finir on a capturé et abattu les animaux domestiques. Oui, concluent les journaux, il faut en finir avec ces « ferments malpropres » : mais qu'entendent-ils par là ? Sous la croûte lisse de la surface sociale, quelque chose en effet bouillonne, que les formes civiles imposées ne contiendront pas toujours : entre les modes de vie de ces hommes transplantés et les nôtres, il se crée comme des différences de pression et de température, dangereuses pour toute la machine sociale. Leur résistance est grande à l'assimilation, leur culture tente désespérément de se maintenir. Il suffirait que d'autres parois cèdent – et les signes d'échauffement ne manquent pas, çà et là, pour qui sait les interpréter – et c'est tout l'ordre qu'on nous a imposé qui serait remis en cause.

Ces hommes ont abandonné la terre, rarement de leur plein gré; venus d'abord seuls, ils se sont mariés ici; plus souvent ils ont fait venir leur fiancée ou leur femme, que tout destinait à l'élevage des bêtes, aux travaux des champs, et qui, dans ces maisons grises à étages, sans même un carré de jardin à cultiver, font de petits travaux de couture plus ou moins clandestins, et un jour ou l'autre, se laissent embaucher à l'usine, où elles capitonnent les sièges et les portières des voitures officielles. Mais rentrées le soir chez elles, il leur arrive de préparer le repas sur les braseros anciens, et de ramasser dans les parcs des feuilles mortes pour la literie des nourrissons. Le dimanche, les hommes seuls s'entassent dans l'autobus, les laissant à la maison, car elles ont peur du centre de la ville. Et ils vont et viennent par petits groupes dans le centre vidé de ses habitants, partis pique-niquer dans les parcs ou sur les bords de la L... Ils s'y promènent suivant des trajets qui ne sont pas les nôtres, se perdent à travers des signes qui ne leur sont pas adressés et qu'ils ne comprennent pas. Le dimanche, l'odeur de la ville change. Seuls leurs cafés sont ouverts, et c'est comme s'ils peuplaient déjà, barbares sans mémoire, nos ruines futures. Quand le soir est tout à fait tombé, certains rentrent à pied entre les petites maisons aux volets fermés. Puis la route devient boueuse, c'est le signe qu'ils sont arrivés. Parfois, il neige trop, ils ne sortent pas et jouent interminablement aux dés.

29 octobre.

Depuis deux jours les oiseaux se rassemblent en foule autour de la statue du poète. L'inscription du socle est recouverte de leurs déjections blanches : « De quel nom vous nommera-t-on, mers, lorsque l'homme n'y sera plus ? » Ce sont des corneilles ou des choucas, ils tournent en rond et leurs cris métalliques obscurcissent l'air.

F. aujourd'hui n'avait pas bonne mine et il semblait préoccupé. Il ne cessait de regarder ses doigts et de tirer sur le dessus de ses mains, contemplant la peau qui tarde à revenir. « C'est un signe assuré de la vieillesse », m'a-t-il dit un jour. Et soudain, aujourd'hui : « Je me suis remis au travail; et vous ? » Malgré le mépris non dissimulé où il tient ses collègues et ses successeurs à l'Institut d'archéologie, il semble avoir été flatté qu'on lui demande une nouvelle édition de ses *Archéologies du Moyen-Orient* qui ont maintenant plus de trente ans. « Et vous ? » Non, je ne travaille pas.

Il est un peu plus de dix heures du soir. J'ouvre et je ferme la fenêtre, le bruit de la ville monte et s'interrompt par vagues. Un sifflement vient du radiateur. « Si je viens à bout de mon entreprise, qu'importe que je meure ? Mes notes alignées sur la page, chatoiement dispersé de mes "oubliables cendres" attesteront que j'ai été. » (Egon Kaerner, *Notes sans date.*)

Dans une cour, comme je passais ce soir en revenant de chez F. une voix de femme chantait; puis elle s'interrompit soudain et on entendit : « Jean, à table ! » et la chanson reprit, qui ne venait peut-être pas de la même.

NOVEMBRE

3 novembre.

Quand il m'arrive encore de jouer, je suis parfois l'objet d'un curieux dédoublement : je me tiens derrière moi-même, en observateur détaché, et c'est comme si les touches mues d'elles-mêmes aspiraient mes doigts. Cela se produit généralement lorsque je suis parvenu à saisir le rythme rapide d'une page : mon corps entier est alors comme un grand pont qui vibre sous le pas d'une colonne en marche, dangereusement parfois. Et en effet quelque chose en moi pourrait se rompre, si la fusion s'opérait trop exactement entre les vibrations de la musique et celles de mon corps. Ce que j'éprouve alors ne peut pas se dire, et je ne l'échangerais pour rien : je sens dans la musique qui se déroule une certitude, une infaillibilité qui ne sont pas miennes d'ordinaire. Cette froideur, cette sûreté impersonnelle, ôtent sans doute au jeu la part de risque dont ne peut se passer la véritable beauté. Mais j'en ressens un grand apaisement : comme si j'étais déchargé d'un poids de responsabilité, et devenu moi-même un grand instrument fidèle, sans passions et sans défaillances. Et soudain un vertige me prend, comme celui qui saisirait un homme en train d'accomplir sans presque s'en rendre compte une acrobatie périlleuse; et je m'arrête brusquement, comme si je tombais, ou comme si je me réveillais.

Il y a quelque chose de somnambulique dans les réussites de l'art, à quoi le réveil de la conscience est néfaste. Et je rêve de connaître un état de cette sorte, où, débarrassé enfin de moi-même, je composerais une œuvre unique, sans interruption ni calcul, une œuvre comme une seule note modulée, éternelle comme le silence. Où, impassible, halluciné, devenu moi-même rythme (quel artiste n'a rêvé d'avoir la froideur de la forme qu'il poursuit des coups de son ciseau dans le marbre?) j'aurais enfin accès à ce qu'il ne m'est donné d'éprouver que dans les plus hauts moments de l'écoute ou de l'interprétation musicales : *une plage de temps pur.*

Mais je ne peux attendre de la composition musicale ce que la musique offre si libéralement quand on l'écoute : le mirage heureux d'une durée soustraite à l'approbation et à la haine, au désir et au regret, où l'on pressent une promesse, l'annonce d'un retour, la fin de l'existence séparée. Celui qui compose, en revanche, travaille obscurément au revers d'un tapis dont les figures éclatantes se forment pour d'autres, non pour lui. Dans ce face à face aride avec l'envers de la musique, il ne trouve qu'une algèbre, non une consolation. Aucun art n'est soumis à un pareil divorce.

Et pourtant, je ne peux concevoir de vivre sans expérimenter à chaque moment l'opposition entre le cours ordinaire des jours, et l'appréhension saisissante d'un temps autre où je sais que l' « art » me ferait entrer. En composant de petites pièces pour le piano, j'ai posé quelques équations que j'ai résolues. Sans bénéfice : l'énigme de la vie, dont les œuvres des autres me paraissaient la solution fulgurante, était toujours entière. Puis je crus la saisir en me donnant pour objet le dialogue imaginaire de deux voix : celle d'un violoncelle et celle d'un piano. Il y a des mois que je m'y épuise, sans autre résultat qu'une sorte de haine pour la musique, et pour moi-même.

5 novembre.

Comme, en sortant de l'Institut, je traversais le fleuve pour me rendre chez F., j'ai été frappé de le voir couvert d'une écume noire qui faisait des bouchons compacts autour de planches brûlées et de branches d'arbres. Une fois encore j'avais dû emprunter le deuxième pont, l'autre était levé quoique en ce moment il ne passe guère de bateaux. Mais c'est sans doute pour couper la circulation vers les quartiers Nord : il suffirait de barrer à l'est les deux ponts sur le petit canal – et ils sont si étroits que dix hommes y parviendraient sans peine, pour se rendre maître de ces îlots totalement coupés du monde. C'est ce que, du reste, on avait fait en 52 pour mettre un terme à la grève. J'aurais pu passer par le centre : mais je n'aime pas remonter la Grande-Avenue. J'ai préféré faire un détour un peu plus long à travers l'ancien quartier juif; les maisons y sont noires et hautes, car l'espace était strictement mesuré et on ne pouvait qu'empiler les étages. Mais certaines cours sont très belles, avec des puits maintenant bouchés et des enseignes encore visibles au-dessus des porches. Près de la devanture aux volets fermés d'une ancienne boulangerie, dans l'entrée d'un immeuble, un vieil homme était appuyé à un mur sale et gras. Il remuait la tête de droite à gauche, et j'ai cru qu'il voulait me parler. Mais quand je me suis approché j'ai vu qu'il était aveugle, ses yeux étaient d'un bleu très pâle, et il chantait doucement. A vrai dire, il ne chantait peut-être pas, il émettait de petits gémissements modulés, de courts cris sans suite, comme s'il cherchait à se rappeler une mélodie, ou bien à conjurer une douleur tenace. Deux garçons qui passaient bruyamment se sont approchés, et l'un d'eux pour l'effrayer a frappé du plat de la main contre le volet de bois : le vieil homme disparut dans l'ombre du couloir. Mais quand je me suis avancé, il était toujours là, immobile, aux aguets. « Tu cherches quoi? m'a crié un des garçons, des cigarettes? » J'ai fait signe que non. « Alors t'as rien à faire ici. » J'ai repris ma marche. Il y a, je le sais, un trafic assez prospère de tabac de contrebande dans deux ou trois endroits retirés de la ville, j'aimais mieux qu'on ne me suppose pas de la police.

D'étranges musiques sortent, presque inaudibles, de ceux qui souffrent, et qui vont mourir. Le vieillard de cet après-midi m'a rappelé, par l'expression fixe et cependant paisible de son visage tandis qu'il chantait, une scène d'ex-voto que j'avais vue dans l'église de Cr. qui en compte des centaines. Dans une chambre rustique et enfumée, un malade est au lit, la tête enveloppée d'un bandage; il a les épaules nues, le drap passé sous ses bras l'enserre comme un linceul. Autour de lui, on s'affaire; les héritiers, déjà, et le notaire. Mais une femme qui le regarde par l'entrebâillement de la porte, s'étonne, et lève les bras vers le ciel : celui qu'on croyait mort revit, il a ouvert la bouche et rit en regardant au plafond une silhouette maladroitement peinte qui lui tend la main dans un nuage doré.

8 novembre.

En admettant qu'il vive encore, où chercher le vieux serviteur de Kaerner ? Il doit avoir plus de quatre-vingts ans, et il se trouve sans doute dans un asile de vieillards.

J'ai demandé cet après-midi au chauffeur de taxi qui me ramenait de chez F. de faire un détour par le quartier du Parc : la maison de Kaerner est comme d'habitude fermée, les arbres ont encore poussé, un mur est entièrement recouvert d'un lierre épais. Les autres maisons sont mieux entretenues. Il m'a semblé cependant que les rues étaient anormalement calmes. Nous roulions doucement. Je reviendrai à pied demain.

Tout le quartier me semble hors du temps : jusqu'à son nom qui n'a pas changé. Partout de petits canaux, que franchissent des ponts fortement bombés, séparent des groupes de villas, la plupart entourées de parcs. Le silence y est extraordinaire; on entend distinctement les paons du jardin public, et le bruit de l'eau qui coule. De place en place, des réverbères à l'ancienne, et tout respire l'atmosphère feutrée des « beaux quartiers » d'avant-guerre — s'il n'y avait ces hommes qui font les cent pas à l'entrée de certaines maisons. Quoique sans uniforme; mais rien ne leur échappe.

9 novembre.

Pourquoi n'y avais-je pas songé plus tôt ? Il m'a suffi de pousser une porte de jardin branlante, et c'était comme dans un rêve : il y avait derrière un vieillard paisible, hors du temps lui aussi, et qui semblait m'attendre.

La maison de Kaerner est très isolée, séparée des autres villas par le foisonnement de son parc mal entretenu; ses arbres mal taillés passent par-dessus le mur. Les balcons de bois qui en font le tour s'interrompent brusquement sur la façade de la rue : le bois pourri s'est effondré, personne ne l'a réparé. J'ai suivi le mur du jardin; la poignée de métal de la sonnette a failli me rester dans la main, le fil était coupé juste derrière le mur.

Je suis entré; deux gros chats ont bondi entre les massifs envahis de ronces et d'orties; un peu plus loin le mur était percé d'un trou, et les gamins ne se seraient pas fait faute d'emprunter ce chemin, s'il y avait encore des gamins dans le quartier. Mais tout semblait froid, mort. J'ai fait quelques pas, cherchant le pavillon dont avait parlé Albert L. : il était bien là, quoique totalement effondré, une porte étant cependant restée debout dans son chambranle intact où grimpaient des plantes. L'intérieur était rempli de ronces. Faut-il si peu de temps pour faire un site archéologique des lieux de notre vie? Les herbes sauvages avaient tout recouvert, on ne voyait ni massifs ni allées, et les arbres du jardin voisin pesaient dangereusement sur le mur. Je me trouvais à l'arrière de la maison; aucun bruit, pas même celui de la ville. Deux avions passèrent assez bas, et le silence se reforma.

On avait visiblement ajouté à cette partie de la villa une véranda fermée, vitrée. Le toit faisait terrasse pour les chambres de l'étage, dont les volets étaient aussi hermétiquement clos que ceux de devant. Mais la véranda avait une porte ouverte, par où sortit un petit chat. Je m'avançai. A l'intérieur, dans un grand fauteuil à bascule, il y avait un vieil homme extrêmement maigre, qui se balançait lentement. Je frappai au carreau, le grincement régulier du fauteuil s'arrêta, l'homme tourna la tête. Il était enveloppé dans une couverture à carreaux, et ses mains longues et jaunes sortaient de mitaines tricotées. « Entrez, entrez donc », dit-il, et il se leva avec effort. Un poêle à bois chauffait dans un coin, il faisait une chaleur étouffante. Je ne savais par où commencer. Le chat était rentré, et il avait sauté sur un fauteuil couvert de vêtements et de livres; d'un geste, le vieil homme le fit partir, et je m'assis. Il avait repris son balancement monotone, et me regardait. Je me présentai rapidement, et je lui tendis la lettre de Albert L. « Voulez-vous lire ceci ? » Ce fut une autre affaire, il n'avait pas ses lunettes. Le temps qu'il les trouve, et qu'il lise la lettre, j'essayai de m'orienter dans le désordre de la petite pièce. Il y avait des tableaux aux murs, dont un très beau Levine, des cartonniers, des livres sur plusieurs rangées, du linge, des casseroles, des plantes vertes desséchées dans de grands bacs, et sous un amas mal identifiable, le couvercle d'un piano noir dont le reste se perdait sous des couvertures. Je me demandai où il dormait; sans doute s'étendait-il le soir sur un matelas près du poêle.

Il avait fini de lire, et il replia soigneusement la lettre de ses doigts aux extrémités bleutées. « C'est bien moi, quoique je ne me souvienne pas de la visite de ce jeune homme. Vous ne vous attendiez pas à me trouver là, n'est-ce pas ? » Il souriait. Non, en effet, je ne m'y attendais pas. « On m'a laissé le droit d'utiliser cette pièce », et il fit un geste large et inachevé qui englobait les murs, les livres, le piano et le plafond noir de fumée. « On y était bien obligé, son testament était formel. Le reste de la maison a été réquisitionné, mais il y a près de vingt ans qu'on n'y a pas touché. Et j'ai moi-même condamné les portes qu'ils n'avaient pas fermées. Je crois bien que la cave a été inondée, oh ! il y a bien cinq ans, ou même plus, mais je ne suis pas allé y voir. »

Je ne disais rien, je me contentais de hocher la tête. « Je vais vous offrir à boire, reprit le vieux, quelque chose de ma façon. » C'était une liqueur rouge foncé où il avait fait macérer les fruits du jardin. « Car ça n'en a pas l'air, mais c'est encore un très beau jardin. Mais je n'ai plus la force d'y faire grand-chose. » C'était sucré, sans goût défini, et je bus. Donc, la maison avait été reprise par l'Etat pour en faire, à ce qu'il avait compris, le consulat d'une nation modeste; les travaux avaient commencé dans la partie de devant, puis ils s'étaient mystérieusement interrompus, et n'avaient jamais repris. Depuis, rien. Il allait toucher régulièrement sa petite rente, et deux hommes passaient de temps en temps, il n'aurait pas pu dire si c'était toujours les mêmes, pour s'assurer qu'il était toujours en vie. Par routine, parce que c'étaient les ordres ? « Un jour, ils m'emmèneront à l'hôpital, mais j'espère que ce sera le plus tard possible. » Et il regardait autour de lui l'entassement de ses propres souvenirs mêlés à ceux de la vie de Kaerner. Il était particulièrement fier d'une boîte en coquillages, mais il ne sut pas me dire d'où elle venait. Quel âge pouvait-il bien avoir ?

« Cette histoire de poupée ! » reprit-il après un petit moment de silence que je respectai. « Je l'ai brûlée, le soir de sa mort, avec beaucoup d'autres choses, comme il me l'avait demandé. » « Il est mort ici ? » dis-je. « Non, à l'hôpital, les derniers temps, je n'avais même plus le droit de le voir. » Il me resservit de sa liqueur, malgré mon geste de refus. Par les baies vitrées, qu'on n'avait pas nettoyées depuis longtemps, je voyais le jardin haut comme une savane, et la grille rouillée. « Vers la fin, il ne venait plus grand monde, mais avant ! Je veux dire avant la note. C'était un défilé, je devais me gendarmer, il me disait : " Louis " – mon vrai nom, c'est Michel, mais il m'appelait toujours Louis – " Louis " il me disait, empêche-les d'entrer, dis-leur quelque chose, n'importe quoi, ils m'étouffent. C'étaient des jeunes gens surtout, comme votre ami, qui venaient lui demander conseil et lui dire qu'ils ne l'avaient pas oublié. Oh ! ils n'étaient pas bien difficiles à chasser, ils étaient si timides : " Dites au Maître que, etc. " Je disais " Oui, oui " et je refermais la grille. Parfois il en recevait un, et le soir il était plus gai. Mais le lendemain il était trop fatigué. Et puis à partir du moment où il a entendu la note, il n'a plus voulu voir personne. » Le jour tombait, il n'allumait pas. La pièce était éclairée par le reflet rouge du feu derrière les petites ouvertures de mica du poêle. « On est venu me dire qu'il était mort, j'étais sans nouvelles de lui depuis deux mois. Au bout d'un moment, on m'avait interdit de le voir – comme à tout le monde du reste, mais qui se souciait encore de lui à cette époque ? Mais j'avais trouvé le moyen d'entrer en relation avec un employé de l'hôpital – un jardinier, comme moi. » Il souriait : « Enfin, moi, j'étais un peu plus qu'un jardinier, je faisais tout, et même la correspondance. Mais le jardin, c'était mon premier métier. » Il secouait la tête : « Oui, mon premier métier. Il y a si longtemps de ça ! Donc, je m'étais mis en rapport avec ce jeune gars, c'était facile, par la grille du fond du parc. Je causais avec lui, je lui offrais des cigarettes, il était un peu simple, et nous parlions de boutures, de semis, et petit à petit je l'avais mis dans la confidence. Il m'aimait bien, il n'avait plus personne. J'arrivais par le petit chemin, il me voyait de loin, il me disait, " Ce matin, ça ne va pas, il n'a pas voulu sortir. " Ou bien : " Il chante. " Je savais bien ce que cela voulait dire. C'est que la note était revenue. » « Quelle note ? » dis-je enfin. « Oh ! *la* note. » Il s'arrêta. « *La* note ! Nous la connaissions bien, lui et moi. » Il ne disait jamais Monsieur, comme un ancien domestique. « La première fois qu'elle était apparue – vous ne me croirez pas, j'avais presque fini à la longue par l'entendre – la première fois, il me l'avait montrée du doigt, en l'air, tout en la sifflant entre ses dents : " Tu entends, Louis ? " Evidemment, je n'entendais rien. C'était peu de temps après qu'on lui ait retiré son poste de chef d'orchestre, en décembre 32. Du coup, il avait tout quitté, et démissionné du Conservatoire. Ç'avait été un coup très dur, mais cela ne l'empêchait pas de travailler, au contraire. Il était toute la journée à son piano. Et il ne voyait plus personne. Un beau jour, j'étais tout près, en train de frotter les meubles, le voilà qui s'arrête et qui pose sa main sur son oreille. " Vous avez mal ? " je lui dis. " Oui ", il me répond et c'est tout, il recommence à jouer. Mais un instant plus tard, il s'arrête de nouveau. J'ai alors fait ce que faisait ma mère, je lui ai versé un peu d'huile chaude dans l'oreille, c'est comme cela qu'elle nous soignait quand nous étions gamins, mon frère et moi. Et le lendemain c'était passé. Puis elle revint régulièrement, il disait : " Tiens, la voilà. " Cela durait parfois des heures, à la fin il disait : " Je n'en peux plus, je n'en peux plus " et il allait et venait dans la pièce – son cabinet, là-haut. S'il jouait du piano pour la couvrir, c'était encore pis. Il fallait qu'il se calme. Alors je m'asseyais auprès de lui pour recoudre une doublure, et il me regardait comme un enfant. Quand on sonnait à la grille, il me faisait non de la tête; j'allais répondre qu'il était souffrant, c'est comme cela que malgré moi le bruit de sa maladie s'est répandu. »

« D'autres fois, il venait à la cuisine. " Elle est

encore revenue, Louis. ″ Et il frottait son oreille de sa main. » Le vieil homme se penchait vers moi par-dessus le bras de son fauteuil, il tenait sa main en coquille contre son oreille gauche. Malgré son peu de ressemblance avec Kaerner, c'était lui que je voyais apparaître ainsi, derrière la glace de la mort. « Et il ajoutait : ‶ Elle n'est même pas juste, elle chevrote, elle hésite, et elle siffle, elle siffle ! ″ Et puis il y a eu la conférence, il s'est laissé convaincre par ce jeune critique, vous savez bien qui je veux dire. Et après, l'hôpital. » Il se tut et se leva pour remettre quelques morceaux de bois dans le petit poêle : « Ce n'est pas le bois qui manque ici, avec tous ces arbres morts ! » Il se rassit. « Et puis un jour, le jeune gars est venu, il n'arrivait pas à ouvrir la petite grille, il faut dire qu'elle se coince tout le temps. Il faisait de grands gestes, l'émotion, et puis il n'était pas bien habitué à parler. Alors j'ai compris, et j'ai fait ce qu'il fallait. » « Quoi donc ? » dis-je. « Oh ! ce qu'il fallait. Ça n'a d'ailleurs pas traîné, ils étaient là à cinq heures. » « Qui donc ? » Il ne répondit pas. « J'avais fait entrer le petit gars, il était tout pâle. ‶ Il a passé ce matin, me dit-il, ça faisait un mois qu'il n'avait pas chanté. Il paraît qu'il ne voulait plus manger, mais je l'ai encore vu avant-hier, dans son fauteuil près de la fenêtre. ″ Le petit gars, il en pleurait presque. Il s'excusait. ‶ Je ne pouvais plus venir à la grille, ils m'avaient mis aux parterres, devant. Mais de là je voyais bien sa fenêtre, il ne bougeait pas pendant des heures. ″ Je pense bien qu'il ne bougeait pas ! Il n'y a que ça qui faisait partir la note. » Je m'étais levé. Le vieux Louis était raide, dans son fauteuil, les mains aux genoux, dans l'attitude qui était sans doute celle de K. lorsqu'il attendait la fin de son supplice. « Je ne vous fatigue pas trop ? » lui dis-je. Il changea brusquement de position, comme s'il avait eu honte soudain d'être surpris à imiter les gestes de Kaerner. Et il se leva. Je gardai en moi cette image : un homme maigre aux cheveux blancs, le regard fixe; puis quelqu'un arrive par-derrière, saisit les poignées du fauteuil, et la silhouette s'efface pour toujours.

Il arpentait maintenant la pièce aussi vite que lui permettait son âge, suivant entre les meubles un parcours sinueux et habile, qu'il devait refaire chaque jour comme un prisonnier dans sa cellule.

« Je ne vois jamais personne, monsieur, sauf la crémière et le boulanger, je ne me nourris que de pain et de lait; on sait bien que je suis là, on me connaît dans le quartier, mais on ne sait pas qui je suis. Sauf dans les hautes sphères, mais là, on prend son temps, on attend que je meure. Mais ils n'auront rien. Tout y est passé, tout. Les photos, les papiers, je ne pensais pas qu'il mourrait si vite, j'aurais dû commencer plus tôt. Toute la journée, ça a brûlé, et le soir même ils étaient là, trois gros en imperméable. J'habitais encore ma chambre sous les toits, je ne me suis installé ici que plus tard. Tout le reste de la maison était fermé, les meubles couverts de housses, en attendant son retour. Je suis descendu, l'air de ne pas y toucher : " Qu'est-ce qui se passe ? " Ils m'ont écarté sans me répondre : " Où est la bibliothèque ? " Et les voilà en train de fouiller. Je les regardais faire, je savais bien qu'ils ne trouveraient rien, mais dans le jardin les tas de cendre étaient encore chauds. Ils n'ont même pas eu l'idée d'y aller voir. » Il avait pris une boîte sur une étagère : « Ça, il m'avait fait promettre de ne pas y toucher quoi qu'il arrive. Ce sont des lettres, des lettres de lui, qu'il écrivait dans les derniers temps, et qu'il gardait sans les envoyer. Quand ils sont partis, je leur ai dit : " Est-il arrivé quelque chose à Monsieur ? " " Ça te regarde ? " me dit le plus jeune. " On n'est pas éternels, non ? " Ça les a fait bien rire, je me souviens. Mais ils sont partis sans avoir rien trouvé. Cette boîte, elle était sous mon lit, ils n'avaient pas eu l'esprit de monter. » Il me tendait la boîte : c'était une marque luxueuse de cigares. « C'est lui qui fumait ça ? » « Non », me répondit-il et il souriait : « C'est moi. Moi, qu'ils avaient traité de larbin en entrant. Oui, ils m'ont dit : " Allez, le larbin, montre-nous la bibliothèque. " Et je déteste qu'on me tutoie : lui, il le pouvait, j'étais comme son père. Il me les offrait pour Noël, je n'osais pas trop les fumer devant lui, je les fumais à la cuisine, quand j'avais fini les cuivres, en lisant. » « Vous lisez beaucoup ? » « Beaucoup, monsieur, même maintenant, d'ailleurs depuis quelque temps j'y vois mieux, c'est incompréhensible, j'arrive parfois à me passer de mes lunettes, alors qu'avant... Oui, je lis, tout ce que je peux trouver, c'est ma passion. Surtout Schopenhauer, c'est lui qui me l'a fait connaître, j'en sais des passages par cœur. Mais je lis aussi des récits de voyage, et des livres d'archéologie. Je regarde les plans, les photographies, j'essaie de m'imaginer. J'aurais tellement aimé voyager. »

Le temps passait, il allait falloir que je le quitte. « Le seul sujet de discorde entre nous, c'était sa musique. Oh ! pas celle du début, celle des derniers temps. Je ne m'y faisais pas trop. » Et il se mit à chanter d'une voix grêle, mais assez juste le motif de la troisième *Etude pour la main gauche.* « Vous avez une bonne voix », dis-je. « J'ai eu, j'ai eu ! une bonne voix. Maintenant, c'est une casserole. Je suis comme le piano, complètement désaccordé. C'était une personnalité très forte, quand il voyait que je ne disais rien, il me jetait à la porte, et dans ces moments-là, il me disait même vous. " Vous êtes un... etc. Vous n'y entendez rien ! " Il avait sûrement raison. » Je me levai. « Vous lirez cela tranquillement et vous me les rapporterez. Quand vous voudrez. Je suis bien content que vous ayez eu l'idée de venir, je ne m'attendais plus à rien. » Il était visiblement fatigué, ému. « Bien, dis-je, allez, à bientôt ! » Et je lui tendis la main qu'il serra entre les siennes : « C'est ça, à bientôt, à bientôt ! »

Je sortis par où j'étais entré. Il n'y avait personne dans la rue, sauf les deux hommes en imperméable que j'avais déjà vus en arrivant, mais ils me tournaient le dos.

En rentrant, j'ai ouvert la boîte. Elle contient une vingtaine de lettres de K., avec leur enveloppe souvent, et le nom du destinataire.

(Dans la nuit du 9 au 10 novembre.)

La pluie qui menaçait quand j'ai hier soir quitté le vieil homme s'est transformée en neige. Tout est silencieux, étouffé. Le sol et les toits blancs éclairent le ciel. J'ai tiré les rideaux, mais quelque chose passe et vient jusqu'à moi de l'extrême pureté de l'air, de ce calme exalté que la neige communique au monde. Et je pense à ce vieillard, à F. et à moi-même, points noirs autour d'un feu sur cette étendue blanche; demain, dans toute la ville, les dômes également recouverts seront comme de légers accidents de terrain dans un paysage. Et les passants dans les rues comme des mots sur une page.

10 novembre.

Les journées d'aridité, où je n'écris pas de musique, où elle semble se refuser à moi, ne sont vraiment douloureuses que parce qu'il s'y mêle la crainte de l'infécondité. Mais, si loin que je me souvienne, l'euphorie des réussites – quand j'en ai connues – durait peu, et me laissait toujours déçu, insatisfait, comme abandonné sur une rive sans ombre, sous le soleil droit. Ce qui m'avait échappé, ce n'était pas la beauté, l'harmonie, une qualité supérieure de l'œuvre qui m'eût été inaccessible : c'était l'essence même de la musique, de la même façon et aussi douloureusement que quand j'étais resté stérile. Alors qu'il me suffisait d'entendre – pas même au concert, non, mais sur le disque le plus rayé – la mélodie la plus simple, la plus humble, pour que la musique fût tout entière présente dans sa rayonnante splendeur. Tant de musiciens, et des plus grands, semblent le confirmer, lorsqu'ils décrivent l'impérieuse pression qui leur a dicté d'écrire et la douleur d'un enfantement sec, aride. Il est vrai qu'on s'en tient trop souvent aux exemples qui vous conviennent : mais j'ai connu peu de musiciens heureux.

J'écoute ce soir, le plus bas que je peux, le *Quintette en ut majeur* de Schubert. Et j'y entends comment le musicien qui ne pouvait recevoir de la musique la consolation qu'il en espérait (le « soulas » des anciens, l'allégement de la peine de vivre) n'avait cependant pas renoncé à la lui demander. Qui pourrait nier que quelque chose de sa douleur ne passe dans les arrachements presque humains du violoncelle ? Je ne comprends rien aux querelles sur l'art : je ne me soucie pas qu'il soit philosophiquement douteux que la musique puisse exprimer ou traduire la douleur. Je ne sais qu'une chose : c'est que je l'y vois à découvert, nue, indéniable. Et qu'à moi-même qui l'écoute, cette musique fait éprouver les tortueux passages de l'attente, de l'angoisse, de la résolution, de la joie.

L'année 1828 est pour lui celle des pires souffrances, de la pauvreté, de l'abandon, de la mort : « Il n'eut aucun repos cette année-là », dit son biographe. Et il ne lui sera même pas donné d'entendre les extraordinaires compositions des derniers dix mois de sa vie. Nulle part au monde il n'y avait pour le musicien de consolation à sa douleur, et surtout pas dans la musique que celle-ci lui dictait. Quand je l'écoute cependant, j'y perçois les échos de la douleur et ceux de la consolation : mais la musique ne peut apaiser que des souffrances imaginaires non des souffrances vécues; elle ne peut soulager que la douleur qu'elle-même a fait fictivement naître.

Il faut donc croire qu'à travers le musicien devenu lui-même un instrument douloureux, quelque chose d'autre se disait que sa douleur privée, contre laquelle il n'eut de recours que dans la mort. Une douleur plus abstraite, une douleur plus générale : communicable, passait à travers lui. Celle qu'éprouve l'âme à devoir quitter le corps, celle qu'éprouve le corps à devoir être disjoint d'elle. Car il n'y a pas une note, pas un mot, pas un trait de pinceau ou de plume qui ne soient donnés sous le regard de la mort. L'artiste est comme ces femmes japonaises qui, penchées sur les puits, y crient le nom du mort pour le rappeler à la terre : mais ce nom qu'il clame n'est autre que le sien. Alors les corbeaux s'arrêtent au bord des toits, les girouettes cessent de grincer, le vent tombe, et la musique se fait entendre, qui est le cri du corps soulevé par l'âme et provisoirement arraché par elle à la mort.

Cependant, la musique est un art impur : on ne sait ce qu'elle désire, ni ce qu'elle déplore. Il y a dans l'homme un sombre penchant à la défaite, un sourd désir d'être vaincu, et une innommable satisfaction à l'être. Noués à l'horreur de périr.

Pour le reste : il y avait le souci, le froid, le

manque d'argent. Peut-être aussi quelques rares moments d'oubli et d'exhaussement au-dessus de soi-même dans l'ivresse de la création. Et la dure joie de se sentir transparent aux douleurs nues de l'Etre.

12 novembre.

J'avais un peu négligé F. ces temps derniers; je me contentais de téléphoner en fin d'après-midi pour prendre de ses nouvelles, après le petit refroidissement de la semaine passée qui l'avait obligé à garder le lit un jour ou deux.

Martha est venue m'ouvrir comme d'ordinaire, avec cependant une expression nouvelle sur le visage, d'inquiétude et comment dire? de triomphe. Depuis quelque temps, il perce sous la soumission de la gouvernante comme un désir de montrer l'autorité grandissante qu'elle a prise sur lui, et que la maladie ne fait que renforcer. J'ai longtemps eu en horreur l'humilité des femmes (ou des gouvernantes) des artistes, qui portent sur leur visage le reflet éteint de la gloire de ces grands hommes qu'elles veillent sans les comprendre, comme des enfants précoces ou des fous. Il ne pouvait pas me recevoir, il était encore trop fatigué. Avait-il vu le docteur? « Oui », dit-elle laconiquement. Je pris congé, non sans avoir entendu, venant de son cabinet, la voix irritée de F. « Martha, qui était-ce? »

Un brouillard couleur de fumée planait sur la ville, venant, semble-t-il, des quartiers Nord. La neige a cessé de tomber, les rues sont déblayées, et sur les trottoirs on dégage à coups de pelle les amas salis. La pureté de l'autre nuit a fait place à une fange monotone, qui durera six mois, avec de courtes rémissions à chaque nouvelle chute de neige. Je suis rentré sans me presser, surveillant du coin de l'œil la progression des nuages jaunes. Dès cinq heures, la nuit est tombée. J'ai tiré les rideaux et, après avoir mangé légèrement, je me suis remis à ma table tout en buvant une sorte d'eau-de-vie amère qui a le front de se dire « Cognac français », et qui doit être distillée à quelques pas d'ici. Mais on ne trouve rien d'autre. Et comme disait à Paris le veilleur de nuit de l'hôtel où nous étions descendus : « Ah ! Monsieur, l'entendrait-on sans boire, cette fameuse musique des sphères ! »

Le pont mobile était toujours levé. « Ce sera comme en 52, m'a dit Mme B. ce matin. Comme en 52, vous pouvez en être sûr. Ça avait commencé de la même façon : le pont levé pendant une semaine. » En 52, la version officielle avait été l'assainissement du quartier Est, si humide que le cimetière est constamment inondé et qu'on entend un clapotis sinistre quand on descend les cercueils.

Il y avait tout de même eu trois morts.

(Un peu plus tard dans la nuit, en écoutant le *Quintette en ut maj.* de Schubert.)

Sans doute, est-il une autre musique, qui veut que son chemin soit allègre et pur, haute, sans repentir, comme sans but : attentive seulement aux règles qu'elle s'est données (Stravinsky). Cette musique-là pourrait être écrite par des êtres très jeunes sans presque l'expérience de la vie. Et il est sans doute vrai que la musique issue de l'épreuve n'aura jamais cette pureté tantôt glacée, tantôt ensorcelante. Angélique. Mais je choisirai toujours l'autre, qui « porte encore les marques des fers à ses tempes », comme dit le poète. Car, si elle nous déchire, c'est parce qu'elle fait entendre les résistances d'un corps forcé, comme on le dit à la chasse d'une bête. Et qui se rend, sous la sollicitation du plus haut de soi-même. L'âme ? Qu'on ne me cherche pas querelle sur ces mots : dans la musique, je sens un duel et il faut bien que j'en nomme les combattants. Je dis « corps » pour ce qui est matériel et résiste, mais aussi pour ce qui est chaud, vivant, rouge, coloré, mortel. Et je dis « âme » pour ce qui anime, et monte, et tire. Et ne meurt pas. Mais ce sont des images sans doute, car je ne sais pas si l'âme est immortelle, même si nous en avons une. Je sais seulement qu'il y a dans certaines musiques l'affrontement de deux natures, unies et dédoublées, et que cet affrontement est sans pitié.

14 novembre.

F. a pu me recevoir aujourd'hui, et il semblait assez bien remis. Mais silencieux, comme à son ordinaire. Quand il ne se surveille pas, ou quand il réfléchit, son visage se fige, comme sous un masque pesant qui tire ses traits. Comme si dans son corps un travail commencé cherchait à formuler à son insu l'énigme, courte et butée, en quoi se résume toute vie.

Il m'a laissé seul un instant, j'ai fait quelques pas dans son cabinet, j'entendais au loin des bruits de tasses, Martha préparait le thé. De petites photographies sont posées sur la cheminée, dont une de lui, très jeune, sans barbe, les cheveux drus et frisés sur le front. Il porte une cravate flottante, et laisse sa main droite qui tient l'archet reposer contre les cordes d'un violoncelle.

Il n'en joue plus beaucoup maintenant. Il y a cinq ou six ans pourtant, je l'avais entendu, en montant l'escalier, mais il s'était interrompu à mon entrée. La photo est signée « Winkler. Portraits. Berlin. »

17 novembre.

De nouveau, un grand rassemblement d'oiseaux sur la place. Des petites machines toutes semblables, qui s'abattent par vagues massives, avec des sifflements aigus d'avions en piqué, et qui occupent en un instant tout l'espace libre. Comme ferait une armée d'invasion venant prendre possession d'un monde qui ne nous appartiendrait plus, dont nous aurions été balayés par une catastrophe : et ils jettent à droite et à gauche de petits coups d'œil froid de leurs yeux ronds comme pour évaluer le profit qu'ils peuvent en tirer.

Je suis rentré de chez F. un peu avant cinq heures, et j'ai voulu pour une fois descendre l'avenue. C'était l'heure de la relève au Monument aux Morts, et je les ai vus arriver de loin, musique en tête, le torse droit, le bras plié à l'horizontale sur le fusil tenu sous la crosse. Sur les marches du mausolée, la même cérémonie s'est déroulée au pas cadencé : une foule éparse s'est rassemblée un instant, mais avec indifférence. J'avais le cœur battant : comment osent-ils, comment osent-ils ! je ne cessais de me répéter ces mots. Un claquement de talons, les fusils abattus avec fracas sur le sol, des oiseaux se sont envolés. Je me suis éloigné.

18 novembre.

« Que venez-vous me parler d'âme? m'a dit F. en frappant avec impatience la boîte de son violoncelle. Oui, c'est peut-être vrai, il y a là-dedans quelque chose qui voudrait me persuader que l'homme n'est pas seulement chose périssable. Mais je refuse d'entendre, par devoir. Comprenez-vous? Par devoir! J'ai vu sous des buttes de sable millénaires, des peuples entiers, avec leurs arts, leurs armes, leur littérature dont nul n'avait plus connaissance. Rien n'avait survécu : leurs écritures nous demeurent à jamais indéchiffrables, nous retrouvons le manche d'un luth, ce que nous croyons être la caisse d'un instrument, mais nous n'avons aucune idée des rythmes qu'on y jouait. Dans dix, dans cinquante ans, après des heures patientes de recherche, des équipes entières devront s'avouer vaincues, et ce peuple retournera au sable, cette fois dans notre mémoire. Et vous voudriez que je croie à l'immortalité de l'âme. » « Tout de même pas, dis-je. Que ces civilisations soient mortes, et mortes sans retour, qu'est-ce que cela prouve? Du reste, vous n'en étiez pas vous-même persuadé, puisque vous êtes parti à leur découverte. » Il m'arrêta d'un geste : « Pas du tout! Vous avez sur l'archéologie des idées toutes faites! Je suis parti sur le terrain pour me convaincre du pouvoir absolu de la mort, non pour rendre quoi que ce soit à la vie. » « Permettez-moi d'en douter, répondis-je, d'ailleurs toute votre œuvre me donne cette permission que vous-même vous ne m'accorderez sûrement pas. Mais laissons cela. Voilà des peuples disparus, comme un bateau s'engloutit. » « Moins vite, mais tout aussi sûrement, c'est vrai... » « Et qu'est-ce que je dis d'autre? Sinon l'horreur de cette disparition, prévue, imaginée, redoutée? Qu'est-ce que l'art, sinon ce pressentiment qui affleure à chaque note, à chaque mot de l'artiste? Bien : je vous l'accorde, il mourra et son art avec lui, ou peut-être un peu après lui. Mais pendant un temps cet art aura porté témoignage qu'*il y a en l'homme quelque chose qui refuse de mourir,* et qui donc ne meurt pas. » « Je ne sais pas, dit-il, j'ai peur que nous soyons en fait complètement d'accord : seulement, moi je ne veux pas faire de littérature, etc. » En me raccompagnant, il revint à notre conversation précédente, qui entre-temps avait dévié : « Je n'aime pas qu'on me rappelle que j'ai une âme. » Et il me serra la main. « Ce n'est pas moi qui vous le dit, répondis-je, mais la musique. » « C'est bien ce que je lui reproche : elle arrive même à en convaincre les militaires et les foules. » Je le regardai : « Encore un mauvais procès? » Il rit : « Oh! celui-là nous le reprendrons une autre fois. En attendant, bonsoir. »

20 novembre.

Schopenhauer, *Le monde comme représentation et comme volonté,* livre III, chapitre XXXIX :

« Les quatre voix de toute harmonie, savoir la basse, le ténor, l'alto et le soprano, ou ton fondamental, tierce quinte et octave, correspondent aux autres degrés de l'échelle des êtres, c'est-à-dire au règne minéral, au règne végétal, au règne animal et à l'homme. »

Telle est peut-être la clef des grands « quatuors métaphysiques » – et j'y inclus certains quintettes, obtenus par le redoublement de l'une des voix (violoncelle ou alto). Car la matière ne s'oppose pas en bloc à l'esprit, ce ne sont pas deux natures séparées, éternellement en discorde : ici Schopenhauer parle comme Diderot. La chaîne des êtres ne souffre pas de discontinuité : selon quatre étapes essentielles, un même chemin va de la matière inorganisée à la matière douée de conscience et de vie, et le dialogue des instruments à cordes est donc comme l'échange de sublimes réponses (ou répons ?) où s'incarne le conflit entre les parties basses (violoncelle et parfois alto) et les parties élevées (les violons). La matière y lutte avec l'esprit qui veut s'arracher à elle et à sa demande pressante d'union. Cependant l'âme – l'esprit, ou la conscience, comme on voudra – cède, et accepte la fusion proposée, qui va spiritualiser la matière et lui donner une chance d'expression. L'âme vaincue s'abandonne alors aux douceurs de cette conjonction, mais à sa grande terreur, elle comprend bientôt dans quel piège mortel elle s'est laissé prendre. La matière l'entraîne vers le bas, pis : vers l'anéantissement, l'immobilité. Il lui faut donc s'arracher à elle, mais par la mort, dont elle souffrira toutes les agonies matérielles, elle qui est pourtant principe spirituel.

Ce récit n'est-il pas celui d'une passion ? Et la grandiose signification de la mort du Christ et de son agonie au Mont des Oliviers, est que l'âme ne se sépare pas sans douleur du corps, qu'il lui faut cependant accepter ce passage par le plus étroit (*angustia*) sous peine d'être dissoute, comme la matière et avec elle.

L'âme se rebelle; elle revendique ses droits; mais elle les a perdus dans son union avec la matière. Il lui faut alors reconquérir douloureusement son unité spirituelle, et s'ôter elle-même les lambeaux d'une chair qu'elle a portée. Car la matière s'apprête à retourner à son inertie. Mais si l'âme souffre d'être désormais privée des douceurs mortelles de l'incarnation, la matière de son côté éprouve la nostalgie de ce qu'elle va perdre : elles s'unissent une dernière fois, puis la matière soupire, se secoue et s'endort. L'âme, libérée, s'échappe; la matière reprend d'autres voies, plus rudes et plus mystérieuses, devient plante et animal, puis de nouveau homme, et conscience.

Dans les grands Quatuors, le musicien épuise le sens tragique de l'incarnation, après en avoir vécu réellement et symboliquement le drame. C'est la raison pour laquelle, au propre comme au figuré, ces grandes œuvres métaphysiques sont toujours des œuvres testamentaires. Le plus pathétique de ses quatuors, Haydn l'a emblématiquement consacré aux Sept Dernières Paroles du Christ : et chacun d'eux pourrait avoir en exergue le « omne consummatum » de la sixième sonate. Sur le point de mourir (serait-elle à quarante ans de lui, il se représente la mort proche), dans une concentration de toutes ses forces, l'artiste résume et expose les contradictions de l'existence : l'alliance contre nature d'une âme et d'un corps. Je ne veux pas dire nécessairement l'âme immortelle des chrétiens. Je veux dire la puissance de sentir, de savoir, d'être conscient de soi-même et des autres.

Ce dialogue entre l'éternité — qui est l'apanage de la pensée — et la nécessité de la mort, fomente une série de débats entre la mémoire et l'oubli, la déchéance et le déploiement des forces vitales. L'âme effrayée de cette incarnation mortelle se prête pourtant à la matière qui lui demande de l'arracher à ses sombres lois. La musique possède ses façons propres d'incarner ce déchirement : les dissonances aspirent à la consonance, la résolution est au bout de chaque unité mélodique. Et tout cependant se termine dans le silence, car la musique, comme l'écrit Kaerner, « n'est qu'une parenthèse dans l'effroyable silence du monde ». Je n'ai pas eu l'à-propos de citer cette phrase à F. : elle nous aurait peut-être mis d'accord.

(Tard dans la nuit.)

Note inédite de Kaerner : « Je me suis avancé si loin, ce soir, que mon image dans les miroirs me fait peur, et que je souhaiterais qu'ils fussent tous voilés, comme dans les maisons des Cyclades quand il y a eu un mort. Cependant la question est : mais qui donc est mort ? »

21 novembre.

Comme à chaque fois, elle était assise au deuxième rang et elle me regardait. Je voyais la chair souple de son cou dans l'échancrure de son corsage. Son odeur doit être douce, un peu fade, un mélange de bonbons, de craie et de pastilles pour le rhume. Elle est toujours très silencieuse, prend peu de notes, mais rend les exercices avec ponctualité.

22 novembre.

Une grande lassitude, ces jours-ci, et le désir de ne pas revenir sur ces questions de philosophie qui m'ont tellement absorbé les nuits passées.

De nouveau, des incidents, et peut-être des morts. Les journaux disent qu'un éboulement s'est produit il y a deux jours dans une tranchée d'inspection des égouts, au nord de la ville, près de l'ancienne briqueterie. Il y aurait au moins cinq morts, et autant de disparus. On fait tout pour que cet accident ait l'air suspect : on accumule les causes probables, terrains friables, humidité excessive des derniers mois, accumulation de gaz dans des poches, tuyauteries vétustes, imprudence d'un conducteur de travaux, etc. Mais on se garde bien d'aborder le problème essentiel : les conditions dans lesquelles on emploie de prétendus « condamnés de droit commun », qui sont en fait ceux qu'on a jugés après les événements de 1962. Et les grévistes de ce printemps iront sans doute les rejoindre, quelle que soit l'issue du procès, même si on les acquitte, car ils ne retrouveront pas leur ancien travail et seront affectés d'office à des tâches de cet ordre. C'est de cette façon qu'on assèche les marais du quartier sud, non loin du jardin botanique. Ces terres encore malsaines il y a cinquante ans forment maintenant de grands espaces où l'on construira des maisons, des terrains de jeux, mais à quel prix? Ces hommes ne sont pas habitués à de pareils travaux et on dit qu'on les nourrit très mal.

23 novembre.

Je n'ai pas vu F. depuis quelques jours, à cause de cette fatigue qui ne cédait pas. Je ne le verrai pas davantage demain, puisque je dois me présenter à cinq heures au Palais P... pour un entretien avec le directeur des Enseignements artistiques.

Est-ce que je sais ce que j'attends de la liberté que je vais demain lui demander? Suis-je encore capable d'en user, et à quelle fin? Pendant des mois, la réponse n'aurait pas fait de doute. Mais aujourd'hui? La crainte me saisit parfois que, confronté sans excuse et sans recours à moi-même, je fasse seulement l'expérience de la solitude et d'un silence inféconds. Car si c'était le prix qu'il fallait acquitter pour s'assurer le pouvoir de créer, je l'accepterais sans regret. Mais j'ai parié et je m'avance sans nulle garantie. Si loin que j'aille, si proche que je me fasse de l'enfermement et de la folie de Kaerner, je n'y trouverai jamais l'assurance que je sois capable d'une œuvre. Car on peut partager les souffrances d'un créateur sans partager son génie. Beaucoup d'entre nous ont appris à parler de leurs œuvres avant même qu'elles soient écrites, et ce qu'ils en disent est souvent frappé du sceau de l'authenticité. Mais c'est tout ce qu'ils ont en commun avec les auteurs de grandes œuvres. Si juste qu'elle soit, et si fortement qu'ils l'expriment, l'expérience qu'ils ont des peines de la création n'est pas la garantie du talent. Ils écrivent leur journal en marge d'une œuvre absente et qui seule pourtant lui donnerait son sens.

La plus haute morale de l'art, c'est son immoralité : l'œuvre n'est jamais la récompense assurée de l'effort, comme l'aisance à créer ne prouve pas l'existence du don. Et cette extase sévère que je goûte dans la nuit – la solitude, la musique et l'alcool – ne me met pas sur un pied d'égalité avec ceux qui laissèrent de grandes œuvres. Il ne suffit point de s'abêtir, et d'imiter les gestes : l'art n'est pas donné de surcroît comme la foi. Il faut être élu.

J'ai éteint toutes les lampes, sauf celle de ma table, et le monde obscur me semble prendre sa source et rayonner à partir de ce point lumineux : trompeuse illusion. Le monde ne m'appartient pas.

24 novembre.

On m'a fait attendre près de deux heures avant de m'admettre. Je suis resté tout ce temps-là dans une haute antichambre boisée jusqu'au plafond décoré de lourds médaillons en plâtre, de torches, de faisceaux, de balances. Tout cela très noir, très empoussiéré. De place en place, de hautes bibliothèques fermées d'un grillage si serré que je pouvais à peine lire les titres sur les reliures brillantes. Il faisait sombre, la nuit était presque tombée, du couloir on a allumé une lampe. Une seule, au bout d'un fil, sans abat-jour. D. est venu vers moi à grandes enjambées : « Vous êtes là depuis longtemps ? » Je ne l'avais pas entendu. « Entrez, entrez. » Et il me poussait vers son bureau, qui n'était pas du tout la pièce vaste et bien meublée que l'antichambre m'avait fait attendre, mais une sorte de loge étroite, visiblement prélevée sur un salon grâce à une cloison qui coupe en deux la fenêtre et le panneau de boiserie. Deux classeurs, un bureau noir, quelques tableaux statistiques au mur. Une peinture du grand salon est visible dans l'angle : deux figures aériennes en trompe l'œil, de couleur pastel. C'est un élève de Tiepolo qui a décoré le « palais du favori », ainsi qu'on le nomme.

D. est un petit homme court et jovial, en costume gris croisé, avec une cravate mince sous le col d'une chemise qui ne m'a pas paru très propre. A part le costume, lui non plus, je ne l'imaginais pas comme cela. Il s'assit et me désigna un siège. Il sortit de sa poche un petit bout de carton plié, et le passa sous les ongles de sa main gauche. Puis, le remettant dans sa poche : « J'ai votre lettre là (il tapotait de la main un mince dossier fermé) et tout ce qui vous concerne. Nous avons examiné cela attentivement, ne vous étonnez pas qu'on ait tardé à vous répondre. Je serai franc. Je ne vous cache pas que c'est une démarche assez, disons le mot, inattendue, et qu'elle a été interprétée comme telle. Vous n'avez pas froid ? » Il se leva, et tira la ficelle d'un petit vasistas. « Quelle belle saison, mais tout de même ! » Il terminait toutes ses phrases par de courtes exclamations de ce genre : « Mais bah ! », « Eh oui ! », quel qu'en soit le sens. Un vent froid me descendait en effet sur le dos. Oui, malgré cette accalmie, qui sans doute durerait peu, l'hiver serait rude, mais nous étions des hommes aguerris, lui et moi. (Je faillis répondre : « Mais tout de même ! ») « Et ce froid est excellent contre tous les germes ! Du reste, il n'y a pas de trace d'épidémie, pas la moindre, un peu de surmenage peut-être, pas assez de légumes verts, les femmes ne veulent plus prendre le temps de faire la soupe à l'ancienne, vous savez, les choux, les pommes de terre et le lard. C'est comme cela que nous avons été élevés nous autres. » Nous perdions le fil, un coursier entra sans frapper. « Posez cela ici, posez cela ici », dit-il en montrant la petite table près de son bureau.

« On a tout son temps, tout son temps, il n'y a pas le feu. » Il s'arrêta et me regarda fixement. Puis il éclata de rire. « A propos, quand la fabrique a brûlé... Mais vous êtes au courant, j'espère ? » Je levai la main d'un geste vague (les journaux avaient parlé de l'imprudence d'un veilleur de nuit, d'une bouteille de gaz enflammée, etc. Du gaz, pour quoi faire ? Pour ses repas. Ce détail valut aux journaux une correspondance abondante : comment, un fonctionnaire se faisait de petits plats durant son service, etc. On ne fut pas dupe de cette tentative de diversion, et les bruits continuèrent de courir. Qui avait mis le feu à l'usine ? Des ouvriers en colère ? des provocateurs? ou des provocateurs mêlés aux ouvriers?) Je m'aperçus que je ne l'écoutais plus. Il poursuivait : « Mais parlons d'autre chose, je vois que je vous ennuie. Oui, vous l'aurez votre congé. » Il se penchait vers moi comme pour ne rien perdre des manifestations de ma joie. « Oui, vous l'aurez. Pas tout de suite, dans quelques mois. Si tout va bien. » Je ne disais rien. « Hein? » Son regard durcit. « Je vous répète qu'on n'a pas regardé cela d'un très bon œil. Il y a certaines pièces dans votre dossier qui feraient aussi bien de ne pas y être. On a passé l'éponge sur tout ça, les responsables ont été éliminés, mais vous aviez été bien imprudent. » Je ne disais toujours rien. « Personne n'a intérêt à voir ces choses-là revenir sur le tapis, le passé est le passé. » Il parlait sûrement du tract qui avait été rédigé par des étudiants, je voyais bien que ce n'était pas une affaire classée et qu'elle ressortirait quand on le jugerait bon. « Il n'y a que huit ans que vous enseignez à l'Institut. » Il souleva une feuille « Non, douze, mais enfin... Et on ne vous voit pas toujours aux réunions. Mais bah! » Ce bah! pour une fois était à sa place. « Et puis, il y a les résultats de vos travaux personnels. Vous êtes le seul, – il feuilletait – le seul, non, il y a aussi votre collègue R., dont on n'ait rien joué dans les concours de fin d'année. Et ils y tiennent beaucoup. » Je tentai de m'expliquer, mais il m'interrompit : « Je sais : il vous faudrait plus de temps, un congé. Bien, vous l'avez. Notez qu'un peu de bonne volonté aurait suffi. Qu'est-ce qu'on vous demande? De petits arrangements sur des thèmes gais, faciles, comme on en chantait autrefois. » Il sifflota. « Mais vous avez plus d'ambition. Ce n'est pas mal en un sens, et puis, ce n'est pas mon affaire, mais celle de vos collègues. Cela ne me regarde pas. J'ai plaidé en votre faveur, j'ai dit qu'un congé vous aiderait à y voir clair, à mener à bien le travail entrepris. Vous voyez. Je parle évidemment de composition musicale. Nous ne sommes pas des littérateurs, n'est-ce pas ? (De quoi parlait-il ? de la biographie de Kaerner ? Ou de ce journal ? Non, j'ai confiance en Mme B.)

Il s'était levé, et regardait la petite cour intérieure du palais, toute plongée dans l'ombre. La fenêtre d'en face s'éteignit. Il lâcha le rideau. « Evidemment, nous y mettons quelques petites conditions. On n'a rien sans rien, n'est-ce pas ? » Il avait tiré son fauteuil de derrière son bureau pour l'amener en face de moi. « Bon, je ne veux pas vous retarder. Venons-en au fait. Elle aurait dû brûler plus tôt, on avait laissé les choses en arriver trop loin. »

D'un dossier que je n'avais d'abord pas remarqué, il sortit une sorte de tract imprimé sur du papier gris. Il l'agitait si fort que je ne pus en lire que des bribes : « atelier 42 », « port du masque », « protestent contre la suppression de la pause de dix heures ». Il le froissa et le jeta par terre, puis l'ayant ramassé, il poursuivit tout en le lissant du plat de la main : « Mais le programme est très serré. Nous n'y pouvons rien. Il y a des machines qu'on ne peut arrêter ni jour, ni nuit. Nous serions bien avancés s'il fallait tout reprendre dans un an. D'autres que nous s'y intéressent, vous le savez comme moi. » Je ne disais rien. « Et il y a des choses qu'on a tout avantage à découvrir, et à produire les premiers. La chimie est une grande science ! » « Je suis musicien », dis-je. « Nous y sommes, nous y sommes ! » Il avait levé les bras au ciel et faisait tourner ses mains rapidement : « Il faudra bien reconstruire cette usine, ici ou ailleurs, et tâcher d'améliorer ce qui ne va pas sans nuire au rendement. » Il saisit son fauteuil à deux mains entre ses jambes et se rapprocha encore de moi. « Nous avons cinq ans pour venir à bout de ce plan. Pas un mois de plus ! Il ne faut pas que de pareils incidents se renouvellent. Nos ouvriers sont nerveux : je reconnais que le produit est dangereux. Alors, il faut les aider. Oui, les aider, parfaitement. Et nous le pouvons. » Il pointait le doigt vers moi : « *Vous* le pouvez ! » Il s'était levé de nouveau. « Ils y ont déjà pensé en Amérique. Ils ont étudié tout cela. C'est encore au stade expérimental, mais les résultats sont étonnants. Vous lirez ça tranquillement chez vous, à tête reposée. » Il me tendait une petite brochure, visiblement une photocopie. « Vous lisez l'anglais, n'est-ce pas ? Sinon vous l'apprendrez, bonne occasion. » Il se dirigeait vers la porte, l'entrevue était terminée : « La musique adoucit les mœurs, comme on dit, mon cher ! » Il s'appuya du dos contre la porte, et baissant le ton : « A un niveau sonore très faible, certains rythmes ont des effets qu'on ne soupçonne pas. Tout cela est très technique, je n'y comprends pas grand-chose. » Il me tendait la main : « Disons, nous nous revoyons dans trois mois, quand vous m'aurez rendu votre rapport. Ensuite, une petite mission d'études d'un an, ou un peu plus, et mieux payée que l'Institut ! On établit quelques programmes d'après vos indications, on teste, et hop ! si tout va bien, vous êtes libre. Un an de congé, un an tout à vous, et qui sait ? un petit séjour à l'étranger. » Je lui serrai la main, l'huissier s'avançait pour me reconduire. « A propos, une dernière chose, vous êtes remplacé à l'Institut. Oh ! provisoirement ! pour vous laisser le temps de souffler. Pas officiellement, cela va de soi. Vous aurez la grippe, et dans un mois, ce sont les vacances d'hiver. Et ces grippes se prolongent parfois plus qu'on ne voudrait. L'année dernière ma femme a mis trois mois à s'en remettre. » Il me tendait de nouveau la main, je ne la saisis pas, il la leva jusqu'à son front en la faisant voltiger : « Tranquillement, tranquillement : vous n'avez que cela à faire. Sans engagement de votre part ni de la nôtre. Et dans quelques années, quand vous serez à la tête d'une véritable œuvre, vous me remercierez. » L'huissier s'était retiré de quelques pas en arrière, voyant que D. me retenait. « Diable d'homme! et ça se permet de faire le difficile, pas un mot de satisfaction. Ah! les artistes. Mais je les aime moi, je dis toujours : il nous faut de la musique, que diable, de la musique. Il n'y a plus de noces, plus de villageois, mais ce qu'ils avaient là (il était appuyé de la main gauche contre le chambranle, de sorte qu'il se frappa le cœur un peu trop à droite) ce qu'ils avaient là, nous l'avons toujours. » Sur ces mots, il me tourna le dos. L'huissier ne bougeait pas, j'allai vers lui. La porte de D. se rouvrit : « Strictement confidentiel, est-il besoin de vous le dire? Bonsoir, mon cher, et bon courage. Et nous oublierons à notre tour vos petites conjurations. »

25 novembre.

J'ai retrouvé cet après-midi avec F. une intimité que nous n'avions plus depuis quelque temps. De petits gâteaux ronds saupoudrés de sucre étaient empilés dans un compotier, et Martha servit le thé avec de la confiture d'airelles. « Quel luxe! » dis-je. Il sourit. Toute trace avait disparu de l'ironie dont il use d'ordinaire. « J'ai quelque chose pour vous. » C'était la photographie du petit esclave musicien. « Je l'avais depuis longtemps, mais je ne savais pas où je l'avais mise. Mais nous avons fait quelques petits rangements, Martha et moi. » La photographie n'avait pas été prise ici, on devinait d'autres meubles, des plantes sur une bibliothèque en désordre. Mais le fond était à dessein très flou. « J'ai beaucoup fait usage de la photographie dans mes travaux », dit-il alors. « Vous n'en faisiez pas vous-même ? » « Non, jamais. » Il se tut. « Je sors du palais P., dis-je enfin, j'y ai passé l'après-midi, hier. » Il me regardait : « La dernière fois que j'y suis allé, c'est en 50, lorsqu'on m'a demandé mon avis sur la nomination de T. à la chaire d'archéologie du Moyen-Orient. Vous pensez si j'étais content. Je ne leur ai pas caché ma façon de penser, du reste. » « C'est moi qui avais demandé l'entrevue », repris-je. Et je lui dis comment j'en étais arrivé en juin à une demande de congé, et ma rencontre hier avec D. « D. ? Je ne le connais pas. » « Il vous intéresserait », dis-je. Un temps s'écoula. Je continuai mon récit. « Je ne sais que vous dire. » Il s'était levé, et regardait par la fenêtre, les mains dans le dos. « Il faut que nous réfléchissions soigneusement à tout cela. » Je me levai à mon tour pour prendre congé. « Merci pour la photo. » « Lui non plus, il ne faisait peut-être pas la musique qu'il voulait », dit F. « Merci encore. Vraiment. » Il garda ma main dans la sienne. « Je vous attends demain, n'est-ce pas ? »

Le ciel était très rouge au-dessus du canal. Je suis rentré rapidement, il était tard. Il ne neige plus, mais il fait très froid.

(Plus tard, de mon lit.)

Quelque chose s'effrite en moi. Comme sous la poussée d'une masse énorme que je ne vois pas. Qui cherche à se faire place, à voir le jour.

26 novembre.

Grande promenade à pied, ce matin, le long du fleuve, en sortant de l'Institut. A plusieurs endroits, la chaussée s'est effondrée sous le passage des camions. Des oiseaux noirs que la neige affame s'entassaient sur le seuil d'une maison qu'on est en train de démolir. Je me suis approché, ils se sont dispersés pour, aussitôt, se poser de nouveau et se remettre à déchiqueter le cadavre d'un gros rat ou, peut-être, d'un chat. L'un d'eux en s'envolant laisse tomber près de moi un lambeau noirâtre. Une grande affiche déchirée battait au vent sur la façade éventrée : « Utilisez le Destérol. Le Destérol désinfecte, assainit, dératise. »

Nuit : Béatrice. Le souvenir de ses courts gémissements.

27 novembre.

Comme sur les fresques anciennes, ils ont l'air tristes les chevaux des batailles sous leurs harnachements lourds ! Leurs yeux sont gros et écartés, leur poitrail fragile est offert aux lances. Parmi les corps enchevêtrés en pourpoints rouges, ils lèvent des sabots larges comme une poêle. Dans le fond, des villes brûlent, et les paysans indifférents tracent des sillons sur les collines à la forte pente.

28 novembre.

Il y avait dans le tram cet après-midi en face de moi, un jeune homme en pull-over rouge à torsades, sans manteau malgré le froid. Son camarade lui ayant touché le bras au moment de descendre, le jeune homme ouvrit largement la bouche en le regardant fixement et un son rauque en sortit; l'autre parut comprendre et fit oui de la tête. Le jeune homme au pull-over rouge sourit de nouveau, en émettant encore un terrifiant grincement de gorge. Ils se levèrent.

J'ai apporté ce soir à F. une petite eau-forte : on trouve si peu de chose ici que chaque cadeau qu'on veut faire doit être puisé sur vos réserves personnelles, ce qui en limite assurément le nombre, mais leur donne sans doute plus de prix. D'un amas de terre dure un corps s'extrait péniblement, un insecte sans doute dont les pattes supérieures s'agitent, les autres encore collées au corps. Cette image n'est cependant pas désespérée : elle peut figurer une naissance. F. l'a regardée longuement, d'un air heureux. Un crissement de victoire semble sortir de la bouche ouverte de l'insecte, qui va enfin accomplir sa tâche obscure, quoique nécessaire.

DEUXIÈME CAHIER

(1er décembre 1966 – 14 janvier 1967)

DÉCEMBRE

1er décembre.

Les conséquences chez nous de la dernière guerre m'avaient empêché, à ma sortie du Conservatoire, de commencer ce qu'on appelle une carrière de pianiste. Je ne serais sans doute jamais devenu un véritable virtuose, et le désir de me réserver pour la composition m'avait fait refuser des emplois trop contraignants. Je fus vite las des leçons – d'ailleurs on n'en trouvait plus guère – et il me fallut un jour accepter le poste qu'on me proposait, à l'Institut d'Art qui venait de s'ouvrir. Mais pendant un moment, j'avais fondé beaucoup d'espoirs – comme tant d'autres de ma génération – dans quelques hebdomadaires d'un ton nouveau qui ne durèrent pas. Malgré les différends qui nous opposaient, nous nous étions retrouvés à quatre ou cinq (dont Jan K. que j'ai maintenant à peu près perdu de vue) à la rédaction d'une *Revue Musicale,* dont nous attendions beaucoup. Elle fut réorganisée autoritairement en 1955 et disparut faute de public l'année suivante. On ne m'y laissait d'ailleurs plus que de rares interviews, où le rédacteur sabrait de rouge les questions qui ne lui convenaient pas.

C'est ainsi pourtant que j'ai rencontré Charles

Weber. Il était né dans la région des Lacs d'où sa famille s'était exilée dès le début des années 30, et il vivait à Paris où il ne donnait pratiquement plus de concerts. Est-ce pour cette raison qu'il fut l'un des rares artistes à revenir ici après la guerre? A vrai dire on ne l'invitait pas officiellement : on lui accordait un visa pour un séjour à Bad G. et, petit à petit, il avait pris l'habitude d'y donner quelques récitals. J'obtins l'autorisation d'aller m'entretenir avec lui à l'automne de 1955 : on n'ignorait pas qu'il avait été très lié avec Kaerner, et qu'il avait créé à Paris, en 1930, sa grande *Sonate pour Violoncelle* (op. 12).

« Pas de questions inutiles, me dit le directeur de la revue. Tenez-vous-en au présent et à ses projets. » Je fis observer que, s'agissant d'un homme de plus de soixante-dix ans, il était à craindre que ses perspectives d'avenir ne fussent singulièrement limitées... « Vous me comprenez très bien, et d'ailleurs cela vous regarde. » La menace était voilée, mais je la saisis, et mon article ne fit aucune espèce d'allusion à Kaerner.

J'étais heureux de ce petit voyage, que je fis dans des conditions d'inconfort extraordinaires : de vieux trains militaires avaient été hâtivement pourvus de banquettes pour réorganiser les transports réguliers dans cette zone : il nous fallut plus de six heures pour faire trois cents kilomètres, et sans rien trouver à boire qu'un ersatz de bière. Mais je fus très surpris en arrivant à Bad G. que les bombardements avaient épargné, et sans doute aussi, les privations. L'automne était magnifique; les vignes mûrissaient sur les collines que dominait le palais des anciens Princes-Electeurs. La station thermale était rouverte : les hauts fonctionnaires y envoyaient leurs épouses, et elles n'y manquaient de rien. Le Casino évidemment avait été fermé; mais il y avait des arbres, des vérandas en fer forgé, et toute la journée le bruit des fontaines. La ville était petite, tout entière tournée vers les établissements de cure. Et on y croisait partout des bandes joyeuses de jeunes médecins et d'infirmières.

Les soirs où il jouait, Charles Weber arrivait précédé d'un domestique qui portait la boîte de son instrument. Sa silhouette était très droite, il marchait à petits pas et ses joues rondes luisaient sous ses cheveux blancs plaqués en arrière. Il ne semblait pas y voir très bien. Puis, dans cet automne particulièrement doux, il s'asseyait sous les découpures de métal du petit kiosque qui semblait moins fait pour Webern ou pour Bach (par scrupule envers ses hôtes, il ne joua jamais rien de Kaerner sauf une courte pièce, lors d'un rappel) que pour Johann Strauss. Les dames arrivaient presque en même temps que lui; lourdes et moroses, jetant aux jeunes hommes des regards interrogateurs. Il se mettait à jouer; le bruit du jet d'eau, et les pépiements d'oiseau couvraient les petits gémissements dont il ponctuait son jeu. Les dames s'ennuyaient et ne le montraient pas trop; et je n'osais pas croiser le regard d'une jeune femme à qui j'avais fait passer par le maître d'hôtel un mot qui lui fixait un rendez-vous laconique, et qui n'y avait pas répondu. Il régnait partout une atmosphère de liberté et presque de dévergondage; on disait qu'une femme de ministre exigeait des garçons de bains avec lesquels elle couchait qu'ils ne retirassent pas leurs vêtements souillés de la boue sulfureuse et pestilentielle des cabines. A ces mœurs romaines, seul échappait Charles Weber, qui avait pourtant l'air d'un sénateur, lorsqu'on le rencontrait aux bains, enveloppé d'une éponge blanche. Nous l'écoutions jouer presque tous les soirs, parfois au sein d'une petite formation de chambre qui restait toute l'année à Bad G.

Mais savions-nous bien à quoi nous assistions ? Il mettait dans l'exécution un détachement, une délicatesse, une transparence, comme s'il avait déjà fait son deuil de tout sauf de la musique. Comme séparé de lui-même par la pureté de son jeu. Je n'avais pas osé me présenter à lui tout de suite. Je rentrais à l'hôtel, mécontent de moi-même et de ma timidité; un soir, je croisai la même jeune femme dans le couloir de l'étage; quand elle fut dans sa chambre, j'allai frapper à sa porte : elle m'ouvrit.

Ce qui me décida à lui parler, c'est que j'avais reconnu dans une courte pièce qu'il joua à une seconde demande de *bis,* l'Adagio de la *Grande Sonate* de Kaerner : mais il n'en avait prélevé que quelques mesures, qu'il avait aussitôt liées à la *Suite* de Bach qu'on lui réclamait toujours. Je l'attendis à la fin du concert qui avait eu lieu dans l'ancien casino, les soirées étaient maintenant trop fraîches. On éteignait les lampes; les femmes remettaient sur leurs épaules grasses les étoles de fourrure sauvées de la guerre, et le domestique de Weber l'attendait assis au dernier rang. Je montai les marches de la petite scène et je me présentai. Il y a dans la vieillesse des grands hommes quelque chose qui nous attire : c'est que dans l'affaiblissement de leur force vitale ils deviennent transparents à une vérité jusque-là cachée, mais dévoilée par la proximité de la mort. Cette mutation ne les affecte pas tous également : ils ne sont en général plus soumis (je parle des hommes, non des femmes) à cet obscurcissement de l'être que cause le désir physique et qui voile le regard de l'âme d'un sang trop épais. Et ils sont alors vis-à-vis d'eux-mêmes comme des enfants; parfois trop faibles pour créer encore, parfois au contraire puisant dans le dépérissement de tout ce qui n'est pas l'art une force nouvelle. Inconnue, jamais désespérée : le dernier quatuor de Janáfiek témoigne magnifiquement de l'énergie et des ressources du dernier instant. Et l'on n'y trouve qu'à un moindre degré les angoisses dont sont pétries les œuvres testamentaires de compositeurs plus jeunes, que la mort arrache plus difficilement à la vie.

Tout cela était représenté à l'évidence en Charles Weber : ce petit homme effacé rayonnait. Il me parla peu de Kaerner. Il était heureux cependant que j'aie reconnu l'Adagio de la *Grande Sonate* : mais les choses n'allèrent pas bien au-delà. Non qu'il les eût oubliées : sa mémoire était entière. Mais il vivait avec la musique dans un état d'union intemporelle où les faits anecdotiques ne jouaient plus aucun rôle; il ne m'aurait pas davantage parlé de lui-même, de son apprentissage, de sa carrière. Sa femme était restée à Paris, il me parla d'elle avec émotion, il avait hâte de la revoir. Et le reste de notre entretien ne porta que sur la musique dont il était tout imprégné comme d'une maladie douce et cependant incurable qui l'emporterait un jour sans souffrances. Il avait ponctué son temps de petits rituels maniaques de vieillard où s'exprimait pourtant la consécration absolue, presque mystique, de sa vie à la musique. Il lui fallait par exemple, où qu'il fût, jouer chaque matin la sixième *Suite* de Bach. C'était en même temps à sa manière un sage : de cette sagesse précisément qu'avait refusée la hauteur exigeante de Kaerner. Celui-ci avait échoué au moment de forcer l'accès à des régions interdites : dès cette époque, j'étais convaincu que sa maladie en avait été la conséquence, et non la cause. Charles Weber avait au contraire toujours vécu sous la protection de son instrument, dont la médiation lui avait évité la proximité foudroyante du dieu. Mais Kaerner, dans la confrontation de plus en plus étroite avec les ressources inédites de l'expression musicale et avec lui-même, s'était un jour retrouvé comme nu sur un plateau de pierres froides battu de vents coupants.

J'aidai Weber à remettre son manteau, et nous sortîmes ensemble. Dans le couloir, qu'éclairait une lampe faible, il tira de son carnet une petite photographie, où on les voyait tous deux à la campagne, de part et d'autre d'une barrière de bois. « Il était beaucoup plus grand que moi, beaucoup plus », me dit-il avec admiration. Il rangea la petite photographie. Sur le chemin de l'hôtel, nous n'échangeâmes pas trois mots. Il devait partir le lendemain. Je ne l'ai jamais revu.

3 décembre.

Martha est venue ouvrir aujourd'hui un long moment après mon coup de sonnette. Et elle restait à me regarder, tandis que j'ôtais mon chapeau, les bras ballants, comme une paysanne méfiante. Il y avait sur son visage quelque chose d'humble et de tyrannique qui m'a rappelé ma mère lorsque mon père rentrait tard dans la nuit et que nous étions restés tous deux à l'attendre dans le salon malgré sa défense. Il passait droit sans presque nous regarder – il fallait traverser la grande pièce que nous appelions le salon pour gagner l'escalier et les chambres à coucher – me caressait distraitement la tête. Ma mère se levait, posait sur les touches une bande de tissu brodé, et rabattait le couvercle du piano. Puis elle éteignait toutes les lampes, et je restais un moment seul dans le noir, percevant soudain les roulements des voitures dans la rue, et la lumière rouge du ciel. Je sentais le froid me gagner, mais je ne voulais pas monter me coucher, espérant qu'elle redescendrait m'en prier et me dire bonsoir. Au-dessus de moi, un peu à gauche, j'entendais leurs pas dans la chambre et des mouvements brusques comme s'ils avaient déplacé un meuble. Elle m'avait donc oublié. Je montais à mon tour et je passais rapidement devant leur porte d'où ne sortait aucun rai de lumière, mais le bruit alterné de deux souffles courts qui me terrifiait.

« Est-ce qu'il se passe quelque chose? » ai-je dit à Martha pour faire cesser l'interrogation muette de son regard. « Non, rien. Montez, il vous attend. » Et je l'ai entendu refermer sur elle la porte de la cuisine, avec décision, comme pour montrer qu'elle savait où était sa place. F. ne se lève plus beaucoup maintenant, il reste tout l'après-midi dans le grand fauteuil qu'il parvient à faire tourner sur le parquet, de sorte qu'il atteint sans se déranger les livres qu'il lui faut, ses cigares ou la théière. Les choses s'organisent en cercle autour de lui et j'ai dû m'y faire une place commode pour lui et qui ne l'oblige pas à trop d'efforts. Comme l'immobilité lui donne froid, il a pris l'habitude de s'envelopper les genoux d'un châle. Et il reste là, comme un infirme affairé et gai alors qu'il marche très bien. Mais je ne sais pas la cause de ce changement. Il a même ajusté une sorte d'étagère entre son bureau et la petite table où nous prenons le thé, pour y disposer une série de fascicules de la *Revue d'Archéologie.* « Vous n'avez pas connu Solimovski? » m'a-t-il dit à un moment. « Moi, si. Quand il a dirigé l'enregistrement intégral des *Symphonies* de Beethoven, ce fut son testament du reste, il était entièrement paralysé des deux jambes et dut rester assis. Les séances étaient publiques. On arrêtait son fauteuil roulant derrière les portants de la scène et on l'asseyait sur une petite chaise dorée que deux huissiers gantés portaient sur le devant du plateau. Il avait exigé un rideau pour qu'on ne le vît ni entrer ni sortir. Et quand il saluait, sa grosse tête blanche pendait entre ses jambes, on aurait dit une marionnette dont les fils auraient cassé. »

4 décembre.
(Tard dans la nuit.)

Egon Kaerner, lettre à un destinataire inconnu :

> « La solitude où je m'enfonce n'aura pas de fin. Merci, mon cher ami, d'avoir tenté ce que vous pouviez mais je ne veux pas d'une opération. Cette lettre sera courte, ma main se refuse à tenir plus longtemps la plume, je mets un temps que vous n'imaginez pas à former les mots.
>
> Aujourd'hui est un jour de répit. J'ai cessé d'entendre une note inlassablement martelée sur un piano invisible et faux, un *sol dièse* ou un *la*. Dans ces moments-là l'ordre du monde s'effrite, la douce harmonie des sons se change en une discordance effroyable qui culmine enfin dans le plus effrayant silence où son écho s'affaiblit par degrés, comme le souvenir d'une faute.
>
> Déjà l'évidence s'impose à moi que je n'échapperai à la folie que par la mort. Qu'on m'oublie ne serait rien, qu'on essaie de faire oublier ma musique ne serait rien encore, qu'on interdise aux orchestres de la donner en concert, tout cela me serait indifférent, car je sais que tôt ou tard on la redécouvrira – après tout, Bach, le grand Bach lui-même, ne dut-il pas attendre la fougue et le jeune génie de Mendelssohn pour réapparaître dans la gloire qui n'aurait jamais dû cesser d'être la sienne ?

Mais le pire est que je me sens menacé de l'oublier – j'allais écrire : de m'oublier – moi-même. Et cela, mon cher, est bien le comble de l'horreur, bien que cette souffrance suprême comporte en elle-même sa guérison, puisqu'à son tour elle sera oubliée.

Les dernières années m'avaient engagé petit à petit dans la voie d'une solitude croissante : je ne m'en plaignais pas. Depuis longtemps ma silhouette n'était plus familière aux jeunes gens, je les regardais vivre sans émotion comme s'ils avaient été d'une autre espèce, et même avec une sorte de réprobation. Mais un trouble indescriptible s'emparait de moi dans certaines circonstances humbles. Un jour je vis dans un jardin public un vieillard qui étendait un journal sur ses genoux pour y peler une pêche : j'avais oublié ces gestes simples et je faillis pleurer. Car j'avais senti que si je parvenais à m'oublier moi-même jusqu'à l'extase, jusqu'à la folie, il me serait donné de voir " chaque chose s'exprimer soi-même " pour parler comme Jacob Boehme. Sans jamais fuir la compagnie des hommes, j'avais eu dès ma jeunesse un grand amour de la solitude. Lorsque j'étais seul, en effet, il me semblait éprouver la présence nue du monde : rien ne venait contrarier la patiente immobilité des choses. Déjà, dans les grands jardins de mon enfance, je pressentais que les bruits délicats et enchevêtrés de la nature ne m'étaient pas donnés par hasard, qu'ils composaient mystérieusement un ordre que nul autre que moi ne saurait déchiffrer.

Ce jour-là, devant le vieillard qui faisait tourner entre ses doigts le noyau de la pêche où pendaient des filaments roses comme d'un organe fraîchement arraché, je compris l'équivalence absolue de la parole et du silence : le monde pouvait se passer de moi, parler par d'autres bouches que la mienne, ou s'exprimer ainsi muettement dans le geste parfait d'un vieil homme. Le lendemain, j'entendis pour la première fois la note qui me signifiait dérisoirement mon congé. La première atteinte dura des mois, au cours desquels sans pouvoir écrire je me suis tenu, immobile et souffrant, comme Job " debout derrière ma peau ". Puis le silence lui succéda, un silence dont vous n'avez pas idée. J'étais abominablement exaucé de ce vœu imprudent et peut-être impie. C'était là sans nul doute la récompense de mon ascèse. Je n'avais pas eu la force de devenir un mystique ou un saint, c'est de l'art que j'attendais tout, et quand je sentis qu'il fallait y renoncer pour des régions plus hautes, à l'air raréfié, quelque chose en moi n'y résista pas.

J'arrête cette lettre. Je sens de nouveau la douleur qui étreint la partie gauche de ma tête, et qui annonce le retour de la note. Un jour viendra, je le sens, où je ne me reconnaîtrai plus moi-même, où je n'aurai pas plus conscience de moi-même qu'une pierre, ou qu'un oiseau. Où je m'enfoncerai petit à petit dans une surface froide, sous un soleil blanc à force d'être rouge, dans les cris assourdissants des corbeaux. »

5 décembre.

Nous parlions, nous parlions, dans la nuit toujours plus épaisse. Nous ne fermions jamais les rideaux, et j'apercevais au-dessus de sa tête la ligne noire des toits sur le ciel rouge. Parfois le sommeil nous faisait taire d'un coup, mais elle se réveillait toujours la première et elle s'habillait sans mot dire tandis que je lui préparais un peu de thé, qu'elle ne prenait en général pas le temps de boire.

7 décembre.

Quand je suis arrivé ce matin à l'Institut à l'heure de mon cours, la salle était vide. Le secrétariat était fermé : une note sur le panneau d'affichage signalait que je serais absent jusqu'aux vacances d'hiver pour raison de santé. J'ai tourné un moment dans le couloir vide, et je suis redescendu comme si ma présence même avait été coupable.

L'étudiante dont j'ai déjà parlé (je crois qu'elle s'appelle Anne B.) m'attendait en bas, et nous avons fait quelques pas ensemble. « Je savais bien que vous n'étiez pas malade. » J'étais trop préoccupé pour répondre. N'aurais-je pas dû revenir en arrière, chercher quelqu'un, déposer une lettre ? Je n'ai rien fait de tout cela. Elle marchait silencieusement à côté de moi. Cette fois je ne voyais pas son cou, elle portait une écharpe de laine à grosses fleurs roses. « Voulez-vous regarder ceci ? » C'était un exercice de transposition. « Je n'ai pas beaucoup de temps en ce moment. » « Cela ne fait rien, je ne suis pas pressée. Je viendrai le reprendre chez vous, ce n'est pas la peine qu'on vous voie ici, puisque vous êtes malade. » Elle avait l'air grave derrière ses petites lunettes rondes, et me serra la main.

Qu'ai-je fait ? Mon silence déjà m'engage et me lie; il fait de moi leur complice.

9 décembre.

Journées de grand abattement. Cette note inédite de Kaerner : « L'ordre invisible, mûrissant, grandissant, et *que je ne comprends pas.* » (Souligné par lui. Sans date.)

10 décembre.

En 1960, notre Institut décida de participer pour la première fois à des rencontres internationales qui avaient lieu chaque été dans une petite ville d'Ombrie sur des sujets d'esthétique comparée. Je ne sais pourquoi je fis partie de la délégation : il y avait aussi un membre de la faculté d'Architecture – et deux spécialistes de littérature slave.

Nous étions à peine plus d'une vingtaine dans le palais aux pièces immenses, tendues de tapisseries, et la plus jeune des filles de Loth tordait son beau cou vers moi tandis que j'écoutais l'allocution d'ouverture du président, le vieux J.L. qui dirigeait à l'époque notre Institut. A travers les carreaux déformants de la fenêtre, de petits verres bombés sertis de plomb, je voyais le jardin d'un vert épais, indistinct, comme si la végétation y avait été taillée dans une seule masse tropicale. Le soir, après le dîner qu'on nous servait dans l'ancien réfectoire – le palais avait servi de séminaire pendant des siècles – nous sortions sur les remparts; vers l'ouest, le soleil éclairait encore la grande plaine où l'on voyait entre les cyprès de petites fermes aux murs de pierre ocre. Puis la lumière baissait mais le ciel demeurait transparent longtemps encore après la chute du jour, comme sur un Corot. Vers le sud, des fumées roussâtres montaient des chantiers et des usines de la ville moderne, surmontée nuit et jour de la flamme dansante des raffineries. Une statue était dressée à l'angle des remparts; colossal dans la nuit, un jeune dieu musclé nous dominait, les reins couverts d'une peau de bête, le visage rieur, en proie à une ivresse intérieure sur laquelle il refermait les yeux. Chaque soir le ciel était derrière lui du même rose, et les deux cyprès noirs et plats comme pour un décor de théâtre. Ce dont je me souviens encore, c'est de l'odeur délicate des feuilles mêlée aux parfums plus humbles de la cuisine à l'huile qui imprégnait les rues en pente douce pavées de galets ronds. Des bouquets d'arbres passaient par-dessus les murs; on entendait le bruit de l'eau; des voix; une radio; et les portes des garages étaient marquées de bandes transversales blanches et rouges. Les deux délégués russes qui ne se quitttaient jamais poursuivaient dans le noir une obscure querelle sur le sens du mot *slovo* dans la poésie ancienne. Puis la belle et tendre nuit italienne qu'ils n'avaient jamais connue et ne connaîtraient sans doute jamais plus les faisait enfin taire. La petite camionnette du ferrailleur montait en zigzaguant la côte raide sur le versant Est des remparts; et le silence se faisait. Vers minuit, la ville était à nous; il aurait fallu rentrer car les séances commençaient à huit heures chaque matin. Mais nous restions assis sous le ciel clair devant un verre de vin blanc. La fin du mois d'août s'annonçait par quelques brouillards légers le matin dans la vallée; mais les soirées étaient encore douces, toutes les fenêtres ouvertes et les femmes penchées entre les plantes en pots sur les balcons. Quelque chose alors passait dans l'air que nous n'avions jamais respiré; et nous cessions de parler faute de connaître assez l'italien de peur que nos voix dans ces parlers étrangers ne vinssent offusquer les vieilles pierres, les vieilles gens. Au loin, vers Assise, la plaine se soulevait en collines noires surmontées sous la lune de cyprès plus noirs encore. Tout cela nous était donné avec une libéralité douce, indifférente, et nous en profitions sans avoir été élus, par notre seule présence, ce qui nous épargnait la gratitude et le remords. Et nous finissions par croire que cette terre que nous foulions et qui ne nous traitait pas en étrangers, était véritablement la nôtre – un mince jardin bordé de pierres sèches, chauffées par le soleil, où nous aurions fait pousser des figues et du raisin. Nous sentions que nous aurions pu passer notre vie à en gratter le sol, ou à peindre dans une maison sans étages, à la lueur méditative d'une lampe à huile, des figures ou des lettres sur des parchemins, des personnages de fresques roses et bistres sur un fond bleu : des femmes accolées, tempe contre tempe, aux yeux sévères, aux lèvres minces. De petits édifices comme le toit d'une châsse, avec des linges barrés de rouge laissant pendre des franges par-dessus la tige de fer qui joint deux colonnes; des villes étagées, des turbans entre des palmiers; un âne aux oreilles longues. Et un vieillard endormi la joue dans sa main, au pied d'un rocher compliqué en carton-pâte avec des moutons plats sur les pentes trop fortes.

Nos hôtes avaient-ils prévu le désespoir qui s'emparerait de nous, et nous empêcherait peut-être à jamais de travailler lorsque nous aurions quitté ce jardin sans espoir de retour ? Je ne sais. La nuit sans lune est ce soir comme du plomb;

tout près de moi, le tram passe avec fracas sur les constructions métalliques du pont. Le brouillard s'est levé, la neige menace, et à tous les kiosques les journaux du soir donnent les mêmes nouvelles que ceux du matin, autour des mêmes photos.

13 décembre.

A F. je n'ai tout à l'heure rien caché du chantage que l'on commence à exercer sur moi, ni de ma faiblesse à y faire obstacle. « Travaillez, m'a-t-il dit, travaillez. Et vous serez justifié. » La neige est tombée toute la nuit, il se plaint que l'air vif le fatigue; je l'ai trouvé rouge et tendu. Un mouvement brusque de son coude a fait glisser toute la série des revues qui s'entasse près de lui, il s'est mis en colère, et j'ai pris peur en le voyant reprendre son souffle avec difficulté, les narines pincées, le visage blanc. Aujourd'hui, il ne restait pas en place; il rejetait le châle de ses genoux, se levait, tournait en rond. Son humeur visiblement s'altère, il a de soudaines poussées d'irritation, auxquelles succède le retour d'un calme presque suspect. Il a fait monter par Martha dans un coin de son cabinet une pile de vieux livres dont certains sont simplement cousus dans un parchemin et n'ont jamais été reliés. « Je tiens ce fatras de mon père et de quelques-uns de mes voyages. Regardez si quelque chose vous plaît là-dedans. Le traité de Calogero doit sûrement s'y trouver. » Il a vidé sa tasse d'un trait et s'est mis à genoux pour commencer à faire le tri. Je voyais bien qu'il se fatiguait : « Laissez-moi vous aider. » Mais il se relevait déjà d'un air triomphant, époussetant de la main un gros livre aux pages effrangées, couvert d'une peau jaune et fine. Il ouvrit la première page : on y lisait ces mots à l'encre, « Seminario di San Pietro Liberato : libro proibito. » Et cette même indication figurait au-dessous du titre : « PROIBITO ». « Mon père tenait toute l'œuvre de Spinoza de la même source, et avec la même mention, ainsi que celle de Giordano Bruno. Il les avait acquis dans une vente, probablement. » « Il faut croire qu'il y avait tout de même eu de bons Pères pour les lire », dis-je. « On ne connaît bien le péché qu'en l'ayant pratiqué. On sait alors de quoi on parle. » Le livre entre-temps avait appartenu à un noble personnage qui y avait apposé son ex-libris : deux licornes affrontées, avec la devise : « Mirabilia non sunt pluria. » « Archaïsme pour *plura.* » F. soulignait le mot de l'ongle, puis il ouvrit le livre : « Question de rime. Vous connaissez ce Calogero ? » Je fis non de la tête. « C'était un moine qui a laissé aussi un traité de notation musicale très curieux. Du reste, on a peine à croire que son livre soit du début du XVIIe siècle. » « En latin ? » « Oui, avec une traduction française. C'est une des premières traductions juxtalinéaires qu'on connaisse, avec celle de Lucrèce, parue vers 1640. Ce Calogero (ou Caloger, comme il signe parfois) sentait le soufre. C'est un libertin comme on disait, mais il le masque soigneusement en rendant hommage à la Providence chaque fois qu'il le peut, tout en se passant complètement d'elle dans l'étude des causalités physiques car ce qu'il cherche à découvrir, ce sont les causes des phénomènes naturels, mais aussi des phénomènes humains. Et quand il en arrive à l'écriture – au langage d'abord, puis à l'écriture – au chant, et aux beaux-arts en général, donc à la musique, il se livre à d'étranges spéculations philosophiques et même psychologiques, où la place du Créateur est bien moindre que celles des terreurs archaïques et d'une théorie toute moderne de la *psyché.* »

« Vous permettez que je note deux ou trois choses ? » dis-je à F. « Oui, écrivez cela ici, c'est curieux, je suis superstitieusement attaché à ce livre que mon père aimait beaucoup, cela m'ennuierait de le voir sortir d'ici. Vous me pardonnez, j'espère ? » F. était redevenu calme. Je lui versai encore un peu de thé. « Je ne devrais pas en boire, il est très noir, mais c'est ainsi que je l'aime. Tenez, installez-vous ici. » Il poussait de la main les revues d'archéologie. « C'est parfait, ne touchez à rien. »

« Qu'on se figure, écrivait Caloger, ou Calogero, le désespoir et la terreur qui s'emparaient de l'homme que n'animait pas encore un fervent espoir en la personne du Christ (« Regardez si ce n'est pas un ajoût du traducteur », dit F.), lorsque la nuit entièrement tombée, incertain s'il reverrait encore le soleil, il s'accroupissait devant le feu qui projetait sur les parois irrégulières de la grotte les ombres fantastiques et mouvantes du groupe des femmes et des enfants apeurés. Ses animaux familiers lui semblent alors autant de démons, les vieillards geignent, les enfants pleurent; du dehors parviennent le bruit effrayant du vent dans les branches qui craquent, le mugissement des eaux en tempête et les roulements du tonnerre. Afin d'en conjurer la terreur et peut-être le maléfice car ces épouvantables rumeurs ne pouvaient être attribuées qu'à des génies malfaisants, on se saisissait d'instruments primitifs, d'ustensiles de cuisine, de calebasses, et pour chasser les monstres du dehors et les fantômes que l'imagination faisait naître dans des cœurs encore simples, on y frappait en mesure, avec des outils ou des os, accompagnant ce tapage de murmures à bouche fermée de la sorte de ceux que font au lit les petits enfants lorsqu'ils ont peur du loup. Dehors la tempête s'apaisait, les roulements de l'orage s'affaiblissaient car tout dans la Nature a son terme. Leurs esprits bercés par le bruit, leur effroi apaisé, ils s'endormaient, convaincus d'avoir par leurs artifices repoussé des ennemis invisibles, ayant seulement subi l'enchantement des rythmes musicaux et le prodigieux effet qu'ils ont sur notre âme pour y dissiper ses terreurs, et couvrir les voix redoutables du Dehors, des Ténèbres et du Mal. »

« Ainsi s'exprime excellemment un moine, dit F., lorsqu'il a cessé de penser à Dieu et tente son propre chemin. » « Oui, dis-je. Toute la musique est là : la nuit, un abri précaire, une menace diffuse, sans origine, une terreur irraisonnée, la crainte de ne pas voir le jour à nouveau se lever : contre quoi il n'existe d'autre remède qu'un rythme soutenu, à plusieurs. » F. avait repris le livre : « Notez encore ceci : « Tout sort d'une « caverne : l'enfant ne vient-il pas du ventre de sa « mère, qui est l'antre dont nous avons toujours « la nostalgie — le Psalmiste ne parle-t-il pas du *« giron de Dieu* ? » Ce moine y va fort, dit F. qui poursuivit : « Ainsi la musique y fut inventée sans « autre secours. Comme on dit aussi la peinture « par un amant se languissant du départ de sa « belle, qui suivit d'un charbon prélevé à l'âtre les « contours sur la paroi de son visage aimé. » Amsterdam, chez Bayle et fils, 1636 », conclut F.

14 décembre.

Pour la deuxième semaine, je ne vais pas à l'Institut. A 11 heures, j'ai appelé au téléphone le directeur du département. Comme s'il voulait me faciliter les choses, il ne m'a pas laissé parler : « Ah! c'est vous ? Comment allez-vous, mon cher ? J'allais justement vous appeler, mais j'ai été retenu tous ces jours-ci par les réunions du conseil. Ne vous inquiétez de rien, nous avons reçu vos certificats à temps. Saluez de ma part le docteur R. c'est un vieil ami, je ne savais pas qu'il vous soignait. » (Moi non plus.) Il reprenait : « Je sais qu'on ne choisit pas le moment de tomber malade, mais c'est maintenant que votre absence gêne le moins l'Institut. » Il n'y avait pas de sarcasme dans sa voix qu'il rendait visiblement bienveillante et rassurante, soit qu'il crût que j'étais réellement malade et voulût m'épargner une anxiété inutile, soit qu'on l'eût mis au courant lui demandant de jouer le jeu et d'entretenir la fiction. A moins qu'il eût deviné partiellement la vérité, et l'ayant mal interprétée, décidé de ne pas prendre le risque de contrarier un personnage aussi bien en cour.

J'ai raccroché sans avoir émis rien d'autre qu'un remerciement poli : ma froideur va le renforcer dans le sentiment que, décidément, je suis très fort. Et de nouveau seul il va s'interroger, revenir sur quelques détails du passé : ne s'est-il pas montré imprudent, en ne m'accordant pas l'attention que je méritais sous mon apparente réserve, ou, au contraire, en s'étant autrefois inconsidérément confié à moi ? Lors de l'affaire du tract, par exemple, il y a cinq ans. Et voici que nous nous retrouvons l'un et l'autre sans l'avoir voulu les serviteurs et les complices d'une sorte de machination, dont pas même une confidence franche ne pourrait nous faire sortir : car je demeurerais à ses yeux quelqu'un qu'on a élu pour un dessein mystérieux et même s'il admettait qu'on ne m'a pas laissé d'autre choix, je n'en serais pas moins suspect de duplicité pour avoir laissé les choses aller leur cours sans protester.

J'ai retrouvé les notes que j'avais prises lors de cette affaire; pour cela j'ai dû rouvrir l'un des dossiers où chaque année vers décembre je vide les restes de l'année précédente comme dans une fosse : bouts de papiers où j'ai noté des rendez-vous, agendas, petites notes sans signification. Ils y demeurent tels qu'ils y sont tombés, dans l'attente d'une improbable résurrection.

J'y ai même trouvé ce que je ne cherchais pas : les fragments incomplètement rédigés d'un chapitre de la biographie d'Egon Kaerner que je n'ai pas relu depuis ce temps-là.

Cette nuit encore, le même rêve que la semaine dernière. C'est la guerre; le pays est occupé; je parviens cependant à gagner la petite ville de B. et la maison où ma mère vivait les derniers temps. La maison est bien la même, je la reconnais sans peine, mais comme reconstituée pour les besoins du rêve : tout y semble artificiellement préservé, embaumé, recouvert d'une patine soigneusement entretenue. La porte n'est pas fermée, j'entre dans la petite pièce du rez-de-chaussée dont elle avait fait sa chambre après la mort de mon père; et je ne m'étonne pas de la trouver chaude et habitée comme s'il allait de soi que ma mère, bien que morte depuis de nombreuses années, y connût à l'insu de tous dans ce village vidé par la guerre une survie exceptionnelle. Comme il y a trente ans le divan est au fond à droite près du piano et sur une table basse la radio est allumée bien qu'il n'en sorte aucun son, mais je vois luire l'œil vert du cadran. J'appelle, sa voix me répond de l'étage, je monte, elle est occupée à faire le lit de la chambre de mon père. Mais elle s'y prend mal, elle se fatigue, je l'entends respirer difficilement; et quand elle se relève, elle est rouge et décoiffée, égarée. Je m'approche, elle m'entoure le cou de son bras, et pose sur ma joue ses lèvres dont le pourtour est humide et froid. Par hasard, sa bouche effleure le coin de la mienne, et comme je détourne légèrement la tête, elle dit : « Non, encore, c'est chaud », et je la laisse faire avec dégoût et pitié. Comme nous sommes faibles dans nos rêves, à quoi ne consentirions-nous pas! Mais cet acquiescement nous laisse brisés : je me suis réveillé avec des douleurs dans les genoux. Je la serre contre moi, je la soulève presque, la peur d'une innommable contagion me rejette en arrière, mais je crains de la blesser en lui rappelant sa condition de morte. C'est elle qui me lâche la première, et elle s'assied sur le lit mal recouvert, le dos rond, tenant dans sa main gauche les doigts de sa main droite, groupés en fuseau, qu'elle serre doucement. Elle me regarde : « Veux-tu m'aider à descendre, maintenant? » Elle peut à peine poser le pied sur le sol, je la charge sur mon dos mais elle glisse et pèse à mon cou; la main courante de l'escalier manque à plusieurs reprises de m'échapper, je suis baigné de sueur et d'angoisse, et plus que jamais effrayé de ce contact. Enfin nous sommes en bas : elle s'est redressée, elle va et vient, elle dit : « Tu n'as pas oublié, c'est bien », mais je ne sais de quoi elle parle. Dans un effort de mémoire où je m'épuise, le vague souvenir me revient d'avoir quitté précipitamment mon appartement sur un appel obscur, et mon désir d'arriver à temps après tant de retards et d'occasions manquées. Mais je me réveille.

A chaque fois le même rêve, qui est un voyage et un retour. L'espace que je franchis n'a pas de couleur ni de nom : il est uniforme et lisse, et je le prends à pleins bras, comme une eau. Au bout de cette route désertique, sur la surface plate du sable gonflée en petites vagues toutes semblables, une ville m'attend, intacte, dressant ses murs ocres que rien n'a pu atteindre, dans son grand âge immémorial bien moins précaire pourtant qu'une apparente jeunesse. Tout a changé autour, rien n'est plus pareil, les choses sont retournées à l'immobilité lisse de la mort : tout, sauf elle, la ville, chambre, pyramide, où ma mère m'attend, sans mouvement, sans nourriture, sans lumière, sans sommeil. Elle ne me regarde en général pas, ses mains sont posées l'une sur l'autre, et peut-on encore dire qu'elle est patiente, puisqu'elle n'est plus dans le temps ? Dehors, les rues sont vides. Les poules caquettent dans l'après-midi tombant et les cours se sont refermées sur la solitude des vieilles femmes. De nouvelles eaux jaunes ont envahi le fleuve et déposé sur ses bords des sables que je n'ai pas connus.

Je ne suis jamais retourné à B. : mais dans mes rêves, la fin de l'été y dure éternellement, la plaine rousse est couverte au loin de chaumes séchés; il y a un petit bois noir, et des oiseaux, et des coteaux bleutés où poussent les vignes. Et seule au milieu du parc – nous disions : le parc, c'était un grand jardin planté de vieux arbres très hauts – indestructible quoique oscillant parfois imperceptiblement sur ses fondements, la maison s'offre miséricordieusement à mes retours nocturnes. Mon souci chaque fois que j'y entre est d'apporter un peu de nourriture à ma mère. Et mon remords est grand lorsque je m'aperçois que mes mains sont vides. Il y a en chacun de nous lorsqu'il dort un homme pieux et fidèle de l'ancienne Egypte, qui n'approche jamais ses morts sans un peu de miel, de gâteaux et de lait. Car la condition des morts est rude et il faut tâcher de l'adoucir.

15 décembre.

Comme je passais devant sa loge en partant cet après-midi pour me rendre chez F., la concierge m'a appelé : « J'ai quelque chose pour vous, je n'ai pas eu le temps de vous le monter. » C'était une grosse enveloppe du ministère barrée de quelques tampons officiels et qui n'a pas été envoyée par la poste. Je ne l'ai pas encore ouverte, elle est sur ma table comme pour me dire : prends ton temps, nous aussi, nous avons tout le nôtre.

Quand je suis entré dans la loge, le mari de la concierge qui ne travaille plus depuis deux mois (à cause d'une faiblesse des poumons, m'a-t-elle dit : je crois en fait qu'il a maintenant des fonctions occultes dans l'immeuble et les maisons voisines) et ses deux petites filles étaient accroupies dans un coin, les mains aux genoux, l'air préoccupé. Je me suis approché; les petites se sont redressées : « Regardez, elle va mourir. » Il y avait sur un tissu plié une petite chatte rousse qu'elles avaient sortie du coin où elle se terrait depuis deux jours. « Elle ne mange plus, m'ont dit les petites filles, elle dort tout le temps. » L'une d'elles a rectifié : « Elle ne dort pas, elle ronronne. » Je me suis penché à mon tour. La petite chatte est très maigre, le poil collé, ses flancs se creusent quand elle respire. J'ai posé la main sur elle; en effet elle ronronne, mais elle n'a pas ouvert les yeux. Je suis sorti, les petites filles avaient repris leur veille où se mêlait beaucoup de curiosité.

En posant la main sur le flanc humide de la petite bête, j'ai pensé : « Tous, nous serons un jour comme cela, derrière un fauteuil, le poil collé. » Déjà la fourrure ne me semblait plus tenir très bien sur les os.

F. cet après-midi. Il est en plein dans la refonte de son livre; il a sorti des dossiers qu'il n'avait pas ouverts depuis des années, il s'y perd un peu, ce qui le rend fébrile et irritable, mais en même temps très heureux.

« Un jour, nous avons découvert un coffre parfaitement intact alors que depuis des semaines nous n'étions tombés que sur des restes fragmentaires, difficiles à identifier. Sous le sable et la terre qui le recouvraient, j'ai vu tout de suite qu'il ne portait aucun des éléments décoratifs de l'habituel mobilier funéraire. Il était incontestablement moderne, mais quand nous disons moderne, nous autres archéologues... Enfin je réussis à le dégager avec l'outil que je préférais, une sorte de cuiller à soupe aux bords aiguisés. Je l'ai emporté sous ma tente : par précaution, car le vent chaud et le soleil altèrent rapidement ce qu'on y expose, et puis j'ai toujours aimé être seul pour certaines découvertes. Le couvercle de bois était à peine entamé et les charnières quoique rouillées fonctionnaient parfaitement. Je l'ai ouvert sans difficulté : ce n'était pas celui d'un Aksanide, je m'en doutais un peu. En un sens, c'était quelque chose de plus précieux et de plus rare : il contenait les instruments d'archéologue et de dessinateur d'un de mes prédécesseurs, oh! pas d'hier. Je crois que j'ai pu le dater sans trop d'erreur du milieu du XVIIIe siècle. Qui avait pu s'égarer jusqu'ici? A cette époque, il est vrai, le grand temple de Bêl-Atar était encore debout, ainsi que le portique des Lions : c'est un tremblement de terre survenu vers 1810 qui les a définitivement couchés, et dans ces régions le sable a vite fait de tout recouvrir. Son carnet de croquis, où l'encre s'était décolorée, montrait encore une esquisse de la colonnade Sud – mais le papier est tombé très vite en poussière, je n'ai pas pu le conserver. Il est dommage que nous n'en ayons pas fait de photographie. Pour le reste, c'était surtout des crayons, des pinceaux, un compas, et un sceau. Je l'ai toujours : j'ai remis le coffre au British Museum, le voyageur inconnu était anglais, cela ressortait des annotations portées en marge d'un croquis. » F. avait rangé le sceau parmi sa collection de sceaux égyptiens dont il se distinguait à peine. Il portait une petite figure usée, comme un bec d'oiseau, ou une fleur de lys : sans doute, une pièce plus ancienne, découverte par lui. « Vous savez, la rencontre de cet inconnu m'a plus ému que la mise au jour d'un petit temple, plus ancien que celui de Bêl-Atar, et dont on avait complètement perdu la trace, que je fis quelques semaines plus tard. Nous n'avons rien trouvé d'autre au sujet de ce voyageur anglais, pas même les restes d'une tombe, ou les fragments d'un squelette. Peut-être avait-il abandonné son coffre pour alléger sa route; peut-être l'avait-on assassiné pour le lui voler, et dans ce cas, on n'avait pas pris la peine de lui donner une sépulture décente. Mais visiblement rien n'avait été touché dans le coffre que le voleur déçu avait dû refermer et enfouir un peu plus loin. J'ai souvent pensé à cet homme mystérieux qui m'avait précédé sur un site où personne après lui n'était jamais revenu. Sa folie et sa grandeur m'impressionnent encore : j'aurais aimé savoir son nom. »

Ouvert la lettre du ministère : elle contient des feuilles du papier officiel que je dois utiliser pour mon premier rapport et un document photocopié (dû à quelque service d'espionnage technique) sur l'installation dans deux usines de New Jersey à l'insu des ouvriers de diffuseurs spéciaux de musique « infraperceptive » et des améliorations du rendement qui en ont découlé : « On constate une diminution spectaculaire des conflits, manifestations d'agressivité, et absences sans motifs. »

17 décembre.

Tôt ou tard, les morts reviennent, et l'archéologue le sait bien, lui qui les guette au bord des trous où ils ont disparu comme un jardinier les taupes de son jardin. Ceux qui les ont enfouis aussi le savaient quand ils les ont entourés de tant de précautions; séchés au bitume, comme en Egypte, ou plongés comme en Chine dans un liquide rouge. Eux-mêmes, embaumeurs et esclaves, ils étaient gens de peu et on ne s'est pas soucié de les conserver longtemps. Mais ils chargeaient leurs maîtres d'un message pour un avenir dont ils n'avaient aucune idée; ils les vêtaient comme pour un voyage, ils plaçaient leurs vêtements dans de petites valises d'osier ficelé; avec des couverts, de la vaisselle, des boîtes d'onguent, des stylets, des armes, des livres, des animaux, des plantes. Au bout de ce voyage, il y a nous : qui nous croyons le droit de l'interrompre, qui ouvrons les coffres et déroulons les bandelettes des momies et qui les installons dans des châsses vitrées, sur des velours ou des soies, sous les projecteurs de nos musées.

Nous aurions pu ne pas déranger cette longue marche souterraine et remettre les momies et leurs parures dans la tombe où nous les avions découvertes comme on rejette à l'eau un poisson qu'on a pêché. Mais nos musées ne seront-ils pas à leur tour et pour ces hommes si anciens, de nouvelles pyramides ? Comme des bateaux radoubés, ils reprennent à notre insu leur cheminement vers d'autres temps aussi éloignés de nous que leur temps est loin du nôtre; et dans toutes ces traverses, ils subsistent, images d'eux-mêmes à la peau noire, aux dents visibles sous les lèvres tirées. Et quand il ne restera plus rien de nous, ils seront encore là avec leurs paniers et les statues innombrables de leurs petits joueurs de flûte.

Egon Kaerner, lettre à Clara, décembre 31 (non envoyée) :

> « La nuit où je mourrai sera, je l'espère, une nuit parmi d'autres où quelqu'un cependant veillera, comme je le fais en ce moment, en proie aux douloureuses incertitudes de l'œuvre. Sa solitude et son silence seront les miens : cette continuité m'enchante, je ne veux pas d'autre postérité, d'autre filiation que cette transmission du meilleur de moi-même à un inconnu qui n'en saura rien. »

19 décembre.

Ces jours derniers, je les ai entièrement consacrés à la mise en ordre des papiers que m'a remis l'ancien jardinier de Kaerner : archéologue à mon tour, trente ou trois cents ans, quelle différence ? Ce qui m'importe, c'est le geste de ma main qui se pose où se sont posés d'autres doigts, ouvrant une boîte qu'alors ils fermaient, et laissant sortir un air qu'ils y avaient emprisonné. Une continuité s'établit entre des hommes qui ne se sont pas connus, et le temps alors n'est plus.

La « boîte à cigares » – un petit coffret de presque vingt centimètres de long – est fermée par un grand élastique rond de couleur noire, noué, comme ceux que l'on mettait autrefois aux chapeaux de jardin. Le fond en est tapissé d'un papier gaufré; elle contient deux petits carnets que jusque-là j'ai feuilletés au hasard, y prélevant des phrases que je citais sous la mention « Note inédite » et une liasse de feuilles de format irrégulier, sans date. L'essentiel ce sont les lettres, pour la plupart non envoyées comme me l'avait dit le vieux Louis, certaines même sans destinataire. Quelques lettres cependant de Kaerner à sa mère ont dû lui être remises après la mort de celle-ci : elles sont accompagnées des lettres qu'elle lui écrivait très régulièrement lorsqu'il était adolescent. Il en manque cependant beaucoup. Il faut supposer qu'il les avait détruites lui-même, puisque le vieux jardinier ne possède que ce lot de documents.

En 1931, peu avant sa « disgrâce », Kaerner se décida à publier sur les instances de ses élèves quelques réflexions sur la musique où il essayait de répondre, quoique indirectement, au reproche d'abstraction et de formalisme qui lui était fait. J'ai mis entre guillemets le mot de disgrâce, car les mœurs politiques n'étaient pas à cette époque aussi brutales que les nôtres : mais peut-on appeler autrement la froideur croissante du public mis en garde contre lui par des éloges systématiques d'une musique « simple », « populaire », « nationale » et qui lui vit retirer successivement ses fonctions officielles ?

Les *Notes sans date* de Kaerner dont la lettre d'Albert L. me parlait encore avec émotion n'eurent pas de succès : il lui aurait fallu pour se faire entendre adopter un ton polémique qui n'était pas dans sa manière. Il se garde au contraire de tout excès; il parle de soi avec modestie, et cependant avec une hauteur de langage qui devait le rendre tout à fait incompréhensible. En appendice au petit volume figurent deux lettres, l'une adressée vers la fin de ses études à sa mère restée à Berlin, et qui traite de la musique folklorique; l'autre est une réponse ironique et laconique de celle-ci, tout à fait dans sa manière. On ne comprit rien à cet hommage filial : il aurait fallu que Kaerner s'expliquât davantage sur les liens qui l'unissaient à sa mère. Plus de vingt ans après, au moment où un retour de Kaerner était possible et peut-être inévitable, on n'hésita pas à se servir de cette lettre en la tronquant de manière à lui faire dire le contraire de ce qu'elle affirmait, et avec quelle énergie. Cela montre à quel point le souci de la vérité passe ici après bien d'autres considérations.

Kaerner dans ses *Notes* n'avait pas cité sa lettre en entier; la voici, telle que je l'ai retrouvée dans ses papiers. Le début et la fin, qu'il avait omis, sont entre crochets.

« 20 janvier 1895.

[Vous m'aviez promis que vous passeriez avec moi les fêtes de Noël : vous ne l'avez pas fait, et c'est tant mieux. Nous nous comprenons assez pour que je sois certain que vous n'interpréterez pas mal cette phrase. Mais en nous privant du bonheur d'un *tête-à-tête,* en remettant à plus tard la joie de ces moments où il nous suffit de nous regarder pour nous comprendre, nous avons tous deux offert au monde l'occasion, dont on nous sera reconnaissant plus tard, de s'enrichir de deux œuvres : le tableau dont vous me parlez, si du moins on peut vous croire quand vous le dites achevé puisqu'on doit se défier quand vous dites qu'il est manqué; et ma petite Sonate – pas si petite que cela, du reste puisqu'elle est pour douze instruments, et durera sans doute autant qu'une Symphonie. En l'écrivant, car je suis loin de l'avoir achevée, je me suis rendu compte des changements qui sont intervenus en moi au cours de ce long séjour à Paris et à Vienne. En rentrant ici, je me disais qu'il était temps qu'à presque vingt-cinq ans un compositeur revienne dans son pays pour y puiser enfin l'inspiration qui nourrirait des formes prises çà et là, et combattre les restes d'une tendance à subir l'influence des écoles étrangères. Mais il n'y a pas d'autre inspiration pour moi qu'en moi-même et après tant d'années de séjour – j'allais écrire " en Europe " et vous comprenez pourquoi – à l'étranger, la musique de mon pays, que je découvre aujourd'hui, m'est comme un continent nouveau, à qui, quoi qu'on fasse, me demeurera toujours étranger. Et pourtant] je m'y suis consacré avec ardeur durant des mois : durant des mois, j'en ai fait ma seule étude. J'ai compulsé les admirables relevés qu'au nom d'une chimère tout à fait respectable du reste, mes prédécesseurs avaient dressés il y a environ cinquante ans, dans le grand mouvement de retour aux sources qui accompagna les révolutions nationales. J'y ai trouvé bien des erreurs, bien des naïvetés, bien des préjugés, et les marques du génie n'étaient bien souvent que la trace irréfutable de la main qui avait recopié ces vieux refrains. Il y a je ne sais quoi de poussiéreux, de démodé, d'antique, de barbare dans ces répétitions monotones qui engendrent l'ennui, dans ces rythmes lourds, dans la criaillerie de ces voix, à quoi je ne me ferai jamais. Si nous disposions d'un moyen commode de conserver vivantes ces traces – il y a encore de vieux paysans qui chantent de fort beaux airs – je ne dis pas qu'un historien de l'avenir n'y trouverait quelque sujet de méditer sur l'étrange stabilité d'un peuple dont les rythmes et les mélodies n'ont pas changé en plusieurs siècles. Mais les recueils des années 40 de ce siècle ne sont pour un musicien d'aucun usage, et c'est tant mieux. Car pour peu qu'il ait du génie, le plus fidèle de ces amoureux nostalgiques des vieux airs n'a pas pu s'empêcher d'y mettre sa marque, qui à elle seule vaut tout le " folk-lore " ainsi qu'on nomme cet art tout moderne de momifier un passé mort et qui mérite de le rester. Ce qui était resté inchangé durant des siècles a cédé sous la pression formidable des temps modernes : et je n'entends pas par là, Dieu le sait, et vous aussi, les machines, le télégraphe et l'électricité. Non : mais le goût, le désir, la curiosité, la tâche d'être *soi* : de puiser en soi-même et non dans le groupe ou la race dont on est issu les valeurs qui vous feront vivre. Sans renier son héritage, *mais avec la volonté d'émerger, quoi qu'on vaille, non de se fondre.*

[Que puis-je faire de ces « vieux airs » ? Rien. Si l'on sait lire ce que j'écris en ce moment entre les notes – je dirais même : si l'on a le courage d'en comprendre les notes – on verra bien que le traitement que je leur fais subir n'a rien de la piété respectueuse qu'on croit. Ma méthode est d'une ironie suprême, je ne les pose que pour les renverser, ainsi que de vieilles idoles bonnes à brûler. Qu'importe qu'un jour on me le *(mot illisible),* je ne veux pas de dettes. Et si je reviens encore quelquefois à ces rythmes, c'est pour comprendre la sorte de fascination qu'ils ont exercée sur moi et achever de m'en arracher. Notre temps réclame d'autres accords, une musique doit enfin naître, dégagée des académies de Paris ou de Berlin et des harmonies à l'usage des salons, faites pour briller sous leurs lustres. Mais tout autant de la croyance erronée que la musique du peuple sera notre vraie source. Quoi que je fasse, je ne suis pas un paysan illettré qui gratte sa mandoline en rêvant sur le pas de sa porte à sa promise : nous ne sommes pas si enracinés, ni vous ni moi. Notre patrie, c'est l'humanité, j'allais dire, la raison universelle. Mais je me serais trompé : car ce n'est pas elle seulement que nous avons en commun, mais l'expérience solitaire de notre condition mortelle et le désir de la corriger par des chants. C'est à quoi s'employaient sans doute les « folk-lores », à leur manière; qu'on nous laisse donc inventer la nôtre.]

Votre fils,
Egon. »

Réponse de sa mère – la lettre elle-même est perdue, mais Kaerner l'avait recopiée au bas de la sienne, au crayon :

« Quelle mouche vous a piqué? Je ne vous en demandais pas tant. Pour le reste, vous avez pleinement raison : mais *vous ne convaincrez pas.* »

21 décembre.

Dans le *Grand Dictionnaire biographique* en six volumes (2e édition, 1960) à l'article « Egon Kaerner, 1870-1937 », une phrase de la lettre de Kaerner à sa mère figure entre guillemets, mais suffisamment tronquée ainsi que je l'ai dit, pour en détourner le sens. Voici le début de l'article :

> « Ses premières œuvres témoignent de l'inspiration nationale et populaire de son génie, qui trouve son plein accomplissement dans la *Grande Symphonie* de 1930, dite « Ode », où les sources vives d'un passé toujours actif se mêlent à la vision messianique d'un avenir dont il pressentait déjà la montée irrésistible. Son œuvre abonde en références à la culture authentique de sa région natale; au folklore; aux musiques populaires, aux ballades dont il disait, dans une lettre à sa mère (voir ses *Notes sans date,* in fine) « J'en fais ma seule étude ».

Cette deuxième rédaction de l'article, erronée et mensongère, témoigne paradoxalement du désir de réhabiliter l'œuvre et la personne du musicien disparu, après trente années d'un ostracisme jamais démenti – que reflétait la première version du *Grand Dictionnaire,* parue en 1949.

A la fois véridique et malveillante, cette version mentionnait avec exactitude ses origines, mais pour lui en faire grief, et attribuer sa maladie finale aux désordres d'une jeunesse aristocratique, et à quelque obscur héritage paternel : il y a un visionnaire ibsénien qui sommeille dans chacun de nos censeurs. Mais la notice rappelait, à juste titre, les travaux de son père en épidémiologie, et le talent de peintre de sa mère « dont une œuvre figure au catalogue d'une exposition berlinoise de 1902, la *Femme lisant* qui a brûlé dans l'incendie de 1945. »

Et en soulignant que dès 1925 son œuvre avait révélé une tendance au formalisme et à l'abstraction, le rédacteur concluait sur ces mots, qui résument tout : « Le refus de tout engagement, le repliement sur une vision doloriste et quasi métaphysique de l'histoire devaient le conduire à écrire de courtes œuvres hermétiques, et pour finir, à la stérilité complète. »

Mais les choses changèrent : étouffée chez nous, la musique de Kaerner avait fait ailleurs son chemin; on l'étudiait, on le jouait partout; il n'était plus possible de faire silence sur le compte d'un homme devenu tout à coup, quoique de façon posthume, une gloire indiscutable; quelque chose de sa célébrité devait rejaillir même sur ceux qui l'avaient méconnu. Et sans changer d'opinion sur son compte, on entendait bien profiter de son renom. On prit donc le parti de procéder à un retournement complet : puisqu'il allait devenir une figure nationale, il fallait qu'il en eût les qualités, et qu'il répondît aux normes en vigueur. Un premier essai fut tenté en 1959 par un certain Hans Robert (pseudonyme que je ne suis pas arrivé à percer) qui dans une *Vie de nos grands hommes* dressa le portrait suivant de Kaerner. (Entre-temps, les éditions du *Grand Dictionnaire* avaient été retirées de la vente, et des bibliothèques : on en préparait une nouvelle.)

> « Egon Kaerner naquit en 1870, dans la région des Lacs, d'une famille récemment libérée du servage, comme celle de Tchekhov. Il n'oublia jamais ce temps : les hivers rudes, les tâches simples, et le violon de son

grand-père qui conduisait à travers champs les mariés enrubannés. Plus tard, et même lorsque sa renommée dépassa nos frontières, il aimait à revêtir le *ksanir* des villageois et à déguster les *burndel* à la crème et au beurre rance. Lorsque, venus de son lointain village, son père et ses sœurs lui rendaient visite, ils n'osaient franchir le seuil de sa demeure pourtant modeste mais qui éblouissait les simples gens qu'ils étaient restés. Le père s'asseyait sur un canapé dans l'antichambre, son bonnet à la main, et ses sœurs restaient debout, le fichu traditionnel sur la tête. Il entrait d'un air gai, les embrassait malgré leur résistance et les poussait vers le salon où trônait son Erard, sous une vue naïve du Lac près duquel il avait vu le jour. Sa sœur aînée, qui l'avait élevé lui demandait des nouvelles de sa santé; l'entretien languissait, finalement elle sortait d'un panier couvert d'un torchon des gâteaux au sésame ou des galettes au beurre, et levait la main pour le bénir. Il la retenait en riant et la baisait galamment au poignet; elle rougissait de confusion en cachant sa main derrière son dos, et ils sortaient tous à reculons, en saluant, comme de chez le baron. »

Ce charmant conte est repris avec quelques atténuations dans la version de 1960 du *Grand Dictionnaire*; et j'ai cité la partie de la notice qui fait allusion à son amour prétendu pour le folklore. La fable d'une naissance pauvre subsiste, cette fois sans référence à une origine serve, ni à son goût pour le beurre rance et les costumes nationaux. Rien ne fait pourtant plus authentique que le beurre rance dans une biographie, dans la relation d'un voyage au Tibet, ou dans le commentaire d'un vers d'Homère. Mais le thème du servage eut toujours moins de succès chez nous qu'en Russie, où jusqu'à la fin des années 30 on arrivait encore à trouver quelque vieux sauvage à demi abruti par le travail et par l'alcool, qui ne savait plus très bien où, ni quand il était né et récitait sa leçon en se tirant la barbe. On se contenta donc de le laver du péché capital de ses origines en lui donnant une naissance modeste : quant à la question toujours épineuse de la maison natale, on la résolut facilement, la petite propriété de son oncle où il avait passé sa jeunesse ayant été détruite lors des derniers bombardements de la guerre où elle avait servi de Q.G. à un général allemand.

Et on s'arrêta là : entreprise sous de si beaux auspices, la rentrée de Kaerner s'interrompit. On ne joua pas davantage son œuvre, on ne la mit pas davantage au programme des études musicales. Cette ébauche maladroite de réhabilitation demeura comme une route dont on a posé les fondements et qui cesse soudain, on ne sait pourquoi, entre les pierres et les arbres. Pas plus qu'avant on ne parla de lui; on ne le connut pas mieux; on avait seulement un nouvel article dans le dictionnaire, qu'on pouvait montrer à qui se fût étonné du silence qui l'entourait toujours.

22 décembre.

Depuis quelques jours, et pour toute la durée de l'avent, on a rouvert quelques églises pour les cérémonies traditionnelles. J'ai assisté à quelques-unes d'entre elles au milieu d'une foule considérable, certes, mais qui ne manifeste d'aucune autre manière un semblant de piété : on s'y rend pour faire nombre et pour rompre la monotonie des jours. F. hausse les épaules quand je lui parle de la beauté des chants. Ce n'est pas seulement parce qu'il est athée : ce qui le heurte c'est qu'on puisse chanter en chœur : « C'est un reste de barbarie », dit-il. Une fois, j'avais réussi à le convaincre de m'accompagner, c'était à Pâques. Nous n'avions pas pu entrer, tant la foule était dense, mais le chant profond venait jusqu'à nous. Nous restions là, comme ces personnages qu'on voit sur les tableaux du Lorrain contempler les manœuvres difficiles de l'abordage ou du départ. Et la musique qui sortait puissamment du fond sombre de l'église éclairé de grands cierges était comme le soleil rouge qui donne à chaque chose une ombre démesurée. Ces voix, cernées d'une bouche rouge et charnue « aussi barbares que des tranches de viande crue », dit F.

24 décembre.

Je ne peux me défaire du sentiment que ce sera bientôt la guerre. Quelle sorte de guerre, je ne sais. Mais tout commencera à l'aube d'une journée d'août, ce sont les plus belles dans notre pays. Les dormeurs mal réveillés entendront un grondement sourd, et puis plus rien, et ils se retourneront de l'autre côté pour chercher le sommeil. Des chiens aboieront; une première voiture s'arrêtera dans les faubourgs, les phares allumés, les moteurs tournant doucement, les armes en batterie. Et le reste du convoi prendra position sur une petite place ronde avec une fontaine entre les arbres; dans les rues environnantes, les soldats avanceront un à un, l'arme au poing, entre les maisons basses de l'ancien quartier des filatures, suivant les rails du tramway qui mènent infailliblement au centre. Et il sera déjà trop tard, les tanks auront cerné la ville par le nord, et nous le saurons derrière nos volets fermés tandis que retentiront les ordres dans une langue qui ne sera pas la nôtre. Le ciel sera maintenant rouge à l'est; la colonne motorisée atteindra l'ancienne Porte Dorée, d'où l'on a vue sur toute la ville, les avenues, les monuments, les arbres. Nous n'aurons pas bougé derrière nos volets clos. Et le pillage commencera, les portes enfoncées à coups de crosse, les ballots de linge entre les meubles sur les trottoirs; les hommes aux casernes, pour éviter toute résistance; les appartements réquisitionnés pour les nouveaux maîtres. Sur un tas de vêtements et de meubles, entre les réverbères, il y aura une couette de drap à rayures bleues, des pots de faïence ébréchée, et dans un cadre de bois noir, la photographie de deux petites filles butées, qu'un chien reniflera en passant. Et le vent, sur toutes ces choses douces qui auront cessé de nous appartenir.

27 décembre.

Ces images me poursuivent et je dors mal. Plusieurs fois dans la nuit je me réveille; et quand je sors du sommeil, il me semble que j'émerge, cherchant l'air, d'une eau noire.

28 décembre.

Martha est venue m'ouvrir ce soir avec un visage changé. « Il est sorti, m'a-t-elle dit, il ne rentrera pas tout de suite. » Et elle s'est mise à pleurer. Toute ma défiance envers elle est tombée d'un coup. Nous sommes montés ensemble sans rien dire dans le cabinet de travail de F. dont elle ne franchit devant moi la porte que pour servir le thé. Elle avait sorti un mouchoir de sa poche et le passa deux fois sur ses yeux largement, comme les femmes de la campagne, et elle restait les mains sur les genoux, tenant son grand mouchoir serré. « Mais qu'a-t-il donc? » Elle ne répondait toujours rien. « Est-ce qu'il a eu une nouvelle attaque? » Elle ne sait rien; et se remet à pleurer. Puis : « Il souffre, il ne veut pas que vous le sachiez. » « Mais de quoi? » Parfois elle l'entend gémir, et le voit porter la main à son côté, mais il ne se plaint jamais, et il range de petites boîtes de pilules quand il la voit entrer. Il dit que c'est le surmenage, il est vrai que l'édition de son livre le fatigue beaucoup. L'autre jour, elle a surpris une conversation au téléphone, il prenait un rendez-vous auprès du professeur Gl., le cardiologue. Nous sommes restés un moment sans rien dire, sans allumer la lampe du bureau, et soudain F. est entré. Nous ne l'avions pas entendu monter l'escalier, et la lumière trop vive nous a surpris, elle debout, remettant son mouchoir dans sa poche, moi sur le canapé. Il a fait semblant de ne pas la voir; elle est sortie par la porte du fond — qui donne sur la chambre de F. et qu'elle n'emprunte d'habitude jamais. F. me tournait le dos, il était face à la fenêtre et quand j'ai commencé à parler, il a levé la main pour m'interrompre. « S'il vous plaît, pas maintenant. » Et il y avait beaucoup de douceur dans sa voix. Je suis allé jusqu'à lui, et j'ai mis la main sur son épaule. Sa main droite a hésité un instant, elle est venue se poser sur la mienne, puis il l'a retirée. Je suis sorti sans lui dire au revoir. Martha n'était pas dans le couloir ni au bas de l'escalier, j'ai repris mon manteau dans le noir et du trottoir d'en face, en levant la tête, j'ai vu sa silhouette se découper dans la lumière, il s'appuyait du front au carreau.

Il ne pleuvait plus, la circulation de sept heures était très dense. Aux kiosques, sur la première page des journaux du soir, on pouvait lire que le travail reprendrait bientôt à la fabrique de Kaltbrunnen, grâce au dévouement exceptionnel des nouvelles équipes.

29 décembre.

Un extrême ennui règne partout durant ces jours de fête. Je ne suis pas sorti, j'attends un appel de F. pour aller lui rendre visite. Martha, que j'ai eue au téléphone, me dit qu'il reste couché une grande partie de la journée et qu'il m'appellera dès qu'il ira mieux. La semaine dernière, on a commencé à décorer deux grandes places et, le vent devenant trop violent, on y a renoncé : les guirlandes arrachées traînent dans la neige, la musique est chassée des carrefours et rabattue violemment vers les rares passants, qu'elle semble balayer de son souffle. Peu de cadeaux dans les vitrines; du boudin blanc enroulé en longs serpents dans les charcuteries et des gâteaux au sucre, c'est tout. La neige ne cesse de tomber, il n'y a pas de trêve; du lever du soleil, qui ne perce pas la brume, jusqu'au soir, une même lumière uniforme recouvre les murs. Puis c'est la nuit. Je dors beaucoup dans la journée et la nuit, j'écris et j'écoute un peu de musique, mais si bas qu'on dirait que la neige l'étouffe aussi. Comme le temps passe lentement.

JANVIER 1967

3 janvier.

J'ai quelque peu forcé l'interdiction de F. en me rendant chez lui cet après-midi sans l'avoir prévenu. Martha était calme et me souriait presque en m'ouvrant la porte. « Cela ne fait rien, il sera très content. » Nous sommes montés directement à sa chambre. Près de son lit, un fauteuil et une corbeille à ouvrage : elle ne l'a pas retirée quand je suis entré; l'aveu progressif de leur intimité se fait naturellement.

F. était assis dans son lit, les genoux couverts de feuillets raturés, consultant des plans, des relevés, des photographies. Il s'est redressé en s'appuyant des deux mains au matelas; le col de son pyjama était ouvert, il a beaucoup maigri, les tendons de son cou saillaient. Martha s'était assise, elle cousait. Nous avons parlé paisiblement, sans faire allusion à son état, comme s'il avait été normal qu'il me reçût couché. Je lui avais apporté une petite édition ancienne des *Odes* d'Horace : ce sont pour l'essentiel les seuls livres qu'on trouve chez les bouquinistes à cause peut-être de la réforme scolaire et des difficultés que connaissent pour vivre un grand nombre de personnes maintenant âgées qui avaient autrefois appartenu à la classe aisée et survivent en monnayant les restes de ce temps-là. Le petit livre est noir, haut et étroit, très jauni; des vers ont été soulignés de place en place et les marges portent parfois de petits dessins, ce qui atteste un usage scolaire. F. l'a ouvert d'un geste sûr, en disant d'un ton de récitation : " *Frui paratis, et valido mihi, Latoe, dones, at, precor, integra cum mente* ", « oui, c'est cela : " *et de ne pas connaître une vieillesse indigne et privée de la cithare* ", ah, voici : " *nec turpem senectam degere nec cithara carentem* " " *Accorde-moi, Apollon, de garder un esprit intact...* " Cette peur de la décrépitude n'avait pas beaucoup de sens pour nous, pas plus que celle de la mort dont nous apprenions l'existence à travers des paradigmes de grammaire. Mais c'était une ombre vague, aperçue dans un avenir lointain entre les épaisseurs brillantes de la vie qui nous attendait. Ce que nous aimions, c'était la mort des héros, parce qu'elle ressemblait à nos jeux, lorsque l'un de nous tombait foudroyé entre les poteaux du préau de la cour de récréation... Il m'a fallu des années, et que je devienne vieux moi-même, pour comprendre qu'il y a entre le vieillard et le jeune homme, non pas une différence de nature, mais une différence d'état, de degré. Lorsque je rendais visite dans mon enfance, à la mère de mon père — qui était très âgée, complètement perdue et me confondait avec lui — je n'en éprouvais pas de terreur, pas même de pitié : tout en elle était d'une autre espèce, jusqu'à sa peau, ses cheveux, son odeur. Et je ne voyais pas sa déchéance comme l'aboutissement d'une lente évolution, mais comme lui ayant toujours appartenu en propre. Ce n'était même pas une maladie dont je me serais cru préservé : c'était la même chose que si elle avait été d'une autre race, d'une autre couleur que moi. Et je comprenais mal le trouble de mon père et cette espèce de surveillance qu'il exerçait sur lui-même les jours suivant notre visite à la vieille femme, regardant son front dans la glace à la racine des cheveux, ou s'impatientant d'avoir oublié une date, ou confondu deux prénoms. »

J'ai quitté F. peu après six heures; nous avions posé le plateau à thé sur son lit, il avait l'air d'un enfant à qui sa mère accorde vers la fin d'une rougeole de recevoir dans sa chambre un petit camarade de classe, et ils sont très intimidés tous deux.

5 janvier.

Après mon départ, mardi, F. a eu un léger malaise : Martha m'a téléphoné aujourd'hui seulement, parce qu'il ne veut pas qu'elle m'en parle. Elle est sortie sous un prétexte pour m'appeler de l'extérieur. Il ne faut surtout pas que je vienne tant qu'il n'est pas complètement remis.

6 janvier.

Achevé de traduire entièrement les deux brochures qu'on m'a remises. Cela m'a pris deux jours, l'anglais ne m'est pas très familier. Je vois bien comment je pourrais les satisfaire : rien de scientifique là-dedans. Il leur suffirait de quelques arrangements sur des thèmes folkloriques pour chœurs de femmes et violons. De quoi laisser un nom dans l'histoire de la musique, assurément. Pour le reste, niveaux sonores, diffusion indirecte, etc., c'est l'affaire des ingénieurs et des acousticiens, pas la mienne. Je cite intégralement la fin de la deuxième brochure : « On sait parfaitement qu'il n'est pas possible de découvrir dans l'homme des comportements induits analogues aux réflexes pavloviens, ni de les déclencher. Cependant, tout porte à croire que certains facteurs soigneusement choisis pourraient contribuer à réduire notablement les différences qu'on observe dans les réponses individuelles, fatigue, troubles de l'humeur ou du comportement, chez des adultes soumis régulièrement à de fortes agressions de la part de l'environnement. L'accoutumance *physique* à des inconvénients inséparables de la productivité (bruit, chaleur, poussière, " stress " en tout genre) passe par une accoutumance *psychologique :* c'est là que nous devons porter nos efforts. Un exercice continuel de la faculté critique est, on l'a observé, un facteur de moindre résistance : il dépend de nous que l'ouvrier moderne accepte ce que de toute façon il ne pourra éviter. L'appel au sens du devoir, le recours aux compensations matérielles montrent assez rapidement leurs limites : et s'il est vrai, comme l'a dit Descartes, qu' " il vaut mieux changer ses désirs que l'ordre du monde ", notre ère scientifique doit résoudre scientifiquement cette question. »

7 janvier.

Il faut que F. observe un repos absolu pendant plusieurs semaines : il n'est toutefois pas nécessaire de l'hospitaliser. Mais les visites lui sont interdites, ainsi que toute activité intellectuelle suivie. La refonte de son ouvrage n'est guère avancée, il doit craindre de ne jamais l'achever.

Elle est venue à cinq heures. Elle vient de partir. J'essaie de dire cela froidement, mais je ne le peux pas. Elle est venue.

8 janvier.

Elle avait ses petites lunettes rondes, et son écharpe fleurie de paysanne. Elle est entrée calmement, et elle a regardé autour d'elle. « Je finissais par croire que vous étiez réellement malade, pourquoi n'avez-vous pas repris votre cours? » Elle s'avançait doucement, mais avec résolution, comme un jeune chat. J'ai pris son manteau et je suis allé l'accrocher dans le couloir. Quand je suis revenu, elle sortait de son sac un petit paquet plat; il contenait une photographie ancienne d'assez grand format. « C'est pour vous. » Assis en demi-cercle, quatre jeunes Chinois font de la musique, leur visage lisse est surmonté d'un bonnet conique. « C'est pour moi? » « Oui. Je suis allée au secrétariat, chaque fois, à l'heure du cours; on me répondait que vous étiez souffrant, et que j'aurais dû lire les panneaux d'affichage. Les autres ont fini par ne plus venir. Il paraît que vous serez remplacé en janvier. » Je ne pouvais pas lui expliquer. « C'est un peu compliqué », ai-je dit. « Je m'en doute. Avez-vous lu ma transposition? » Non, je ne l'avais pas lue. Elle rit. « Ça ne fait rien, c'était pour vous parler tranquillement. » « Voulez-vous que je fasse du thé? » « Mais vous travailliez, je vous dérange. » Elle semblait avoir froid, j'ai remis du charbon dans le petit poêle. « L'appartement est très mal chauffé, j'ai réussi l'an passé à faire installer ce vieux poêle et je trouve assez régulièrement du charbon. » Le thé prêt, elle attendait pour le boire, je regardais la photo. « Celui de droite vous ressemble, vous ne trouvez pas ? » Peut-être. « Voulez-vous du sucre ? » « Non, merci. » Elle me regardait, sagement, assise, la main ouverte sur le bras du fauteuil, attendant que je parle. « Pardon, vous voyez bien que je vous dérange. » Elle s'était levée, et me regardait toujours, comme si elle avait voulu se souvenir de quelque chose, ou déchiffrer un signe sur mon visage, avec une froideur sérieuse, gentille. Debout nous étions mieux. « Voulez-vous que nous fassions une promenade un de ces jours ? » « Je veux bien, dit-elle, mettons lundi ? » Je la suivis dans l'entrée, je décrochai son manteau et le lui tendis; elle n'achevait pas de passer la manche et restait sans bouger, un bras levé, ses yeux fixés sur mon visage. « Eh bien, au revoir », dis-je et je tendis la main vers elle. Elle ne bougeait toujours pas, et je voyais son sein rond soulevé par le mouvement de son bras. Elle recula légèrement; ma main, qu'elle n'avait pas saisie, entra sous son manteau et se posa sur son sein. Et comme elle ne disait rien, et me regardait toujours, je retirai ma main et la glissai dans l'ouverture de sa blouse, où cette fois elle rencontra la peau nue, et la pointe dure et froide du sein. Elle s'était appuyée contre moi et m'enserrait le cou de son bras, après avoir retiré ses petites lunettes rondes. Il faisait très chaud dans l'entrée. Sa bouche était fermée quand je l'embrassai, mais ses jambes tremblaient. Je tâchai de m'asseoir avec elle sur la banquette de l'entrée mais les vêtements pendus au-dessus de nos têtes nous gênaient. Nous étions saisis soudain d'une grande hâte de nous défaire, et nous ne cessions pourtant de nous tenir étroitement embrassés, comme si nous avions craint que la plus petite distance mise entre nous ne fît apparaître l'embarras de notre situation. Cela ne dura qu'un instant : le contact de la peau nue, la chaleur qu'elle faisait naître, la proximité des souffles nous avaient déjà donné comme la mémoire d'une ancienne intimité. Un temps passa; nous étions étroitement enlacés sous la voûte pendante des manteaux. Sa main remonta dans mon dos; sa bouche glissa dans mon cou et se posa sur mon oreille, où elle s'ouvrit. Nous étions étendus de telle sorte que je me glissai en elle sans presque bouger. Il y avait beaucoup de douceur dans tous nos gestes. Et sa voix claire résonna étrangement à mon oreille : « Tu feras attention, tu ne resteras pas. » Je ne restai pas; quand elle se releva, elle ne souriait toujours pas et me regardait encore, de ce même regard sérieux. « Il ne faut pas me téléphoner, mon père n'aime pas cela. C'est moi qui t'appellerai. » Elle était debout, habillée, prête à sortir; j'ai tendu la main vers elle, elle s'est penchée, j'ai saisi son visage entre les doigts et j'ai passé mes doigts sur sa bouche. Puis elle a refermé la porte.

9 janvier.

Extrait de la « petite liasse » (sans doute écrit à l'hôpital) :

> « Bruits menus, grattements d'insecte : la vie,
> rayons de la lune dans le jardin, ombre noire des petits arbres,
> et moi, le cœur serré, appuyé des deux mains à la fenêtre,
> regardant, ombre de l'ombre,
> mon ombre inutile sur le mur bas. »

10 janvier.

Anne au téléphone : « La transcription n'était qu'un prétexte, je te regardais depuis longtemps. » – « Moi aussi, etc. Je n'ai pas embrassé tes seins », dis-je avant de raccrocher.

11 janvier.

Anne, dans le fauteuil près de la cheminée. A genoux devant elle sur le tapis, j'ouvre doucement ses jambes.

12 janvier.

Tous les soirs à cinq heures, elle est là. A sept heures, elle dit : « Mon père m'attend, il n'aime pas dîner seul. » Nous parlons à peine. Elle se déshabille comme une enfant, sérieusement, et plie ses vêtements sur la chaise.

13 janvier.

La température s'est radoucie d'un coup; les canaux n'ont pas entièrement gelé, la L. encore moins. Mais les semaines précédentes ont été très froides; les oiseaux, qui ne trouvent plus rien à manger dans les campagnes se sont rabattus sur la ville et Mme B. m'a dit qu'ils ont quasiment attaqué mercredi dernier le banc d'une marchande des quatre-saisons.

Anne à six heures, nue devant la fenêtre; elle écarte les rideaux, dit : « Il va pleuvoir », puis se retourne et me rejoint. « Ne me serre pas si fort, j'étouffe », mais elle ne desserre pas les bras.

14 janvier.

Au courrier de ce matin, une lettre du ministère : « Nous avons le plaisir de vous informer que votre demande de congé pour maladie a été acceptée à dater du 21-12-66. Vous voudrez bien vous mettre en rapport avec la Direction des Enseignements artistiques pour les formalités qui restent à accomplir, et vous présenter le 28 janvier à 17 h au n°... de la rue G... pour la visite médicale de contrôle. »

Ainsi donc, sans que j'aie parlé, on m'a entendu. Mon absence à l'Institut a été interprétée comme elle devait l'être; une machine s'est mise en route que je n'aurai sans doute pas le pouvoir d'arrêter. Une petite machine sans doute, un rouage modeste du grand système où nous vivons, tous complices, tous compromis.

Rien ne s'est passé comme j'aurais cru : mais voici que j'ai d'un coup la disposition de mon temps, et que m'est donnée comme par anticipation la liberté que j'appelais de mes vœux. Et la venue d'Anne, chaque après-midi, donne à mon enfermement quelque chose de la solennité qui lui manquait.

Serai-je capable d'en bien user? La nuit tombe, je tire les rideaux, je donne un tour de clef. J'ouvre la boîte des papiers de Kaerner et je reprends avec lui l'obscur dialogue commencé.

Lettre sans date, écrite probablement dans les moments qui virent sa mise à la retraite en décembre 1932. C'est un projet de réponse à un destinataire inconnu (Robert Davis ?) :

« Vous me dites, " vous n'êtes pas un musicien populaire, au double sens de ce mot, parce que vous n'avez pas su vous faire aimer, parce que vous n'avez pas su exploiter le vieux fonds ". Il est vrai que je n'ai pas cherché des suffrages qui m'eussent détourné de ma voie et que je n'aurais pas voulu d'un succès qui ne fût l'adhésion libre d'hommes inconnus, touchés par la solitude de mon chant. Et celle-là, qui vous dit que je ne l'ai pas rencontrée ? Plus d'une fois lors d'un concert où l'on jouait une de mes œuvres, je me suis retourné du fond obscur de la loge que j'occupais vers la salle à peine éclairée par la lumière de la scène. Et je promenais mes regards sur les visages de cette foule inconnue et qui devait le rester, et je me disais : Qu'un seul m'entende dans le secret de son cœur, qu'un seul sorte d'ici transformé, et je suis justifié.

Mais votre seconde remarque m'affecte bien davantage. Car il ne s'est pas écoulé un seul jour depuis que je compose sans qu'on m'ait adressé ce reproche ou cette admonestation. Non je n'ai pas exploité « le vieux fonds » : et j'en suis fier. Il n'y a qu'à Bartók que je pourrais le pardonner, car il l'a fait à sa manière, qui est sublime.

Pour moi, je ne comprends pas de quoi on veut parler. Qu'est-ce que la musique populaire ? S'agit-il d'une musique collective, issue de la masse et s'adressant à elle comme à un être unique ? Ces mots n'ont pas de sens pour moi : je ne peux saisir que ce qui d'un homme va à un autre homme en le distinguant de tous les autres. Je veux bien que les musiques des temps anciens aient été l'expression anonyme d'une foule encore mal distinguée en individus libres (mais tous n'étaient pas des musiciens de génie) et qui trouvait dans le chant une consolation de ses jours sans horizon, sur les espaces nus que le vent traverse. Obscurité et dépendance, fragilité et terreur; religiosité diffuse; divertissements frustes : tel était le lot de ces hommes accablés par un travail quotidien. Et la musique était alors comme une clairière soudain ouverte dans une forêt sans fin. Mais cette page de l'histoire est Dieu merci tournée, l'humanité connaît d'autres horizons : voulez-vous la renvoyer dans la geôle dont elle est à peine sortie? On me dira : mais les villes, les grandes villes modernes ont remplacé la forêt primitive et les campagnes : les hommes y vivent en masse, et *(ici un passage raturé).* De grâce : pas de futurisme! N'abandonnons pas la rude poésie des labours pour celle des rails électriques et l'éclat de la lune pour celui du gaz de ville. *(Tout le passage qui suit est illisible. La lettre reprend ainsi :)* " Nierez-vous alors que la musique doive nous toucher? " — voilà, je suppose, l'objection suprême. J'en suis au contraire si profondément persuadé que si j'en avais le pouvoir, je mettrais au concours une question philosophique du genre de celles qu'offraient les Académies en France, au XVIIIe siècle. Par exemple, celle-ci : " De l'influence du rythme sur les comportements humains ", ou encore : " La question du nerf vague ". Je n'aime pas les musiques barbares, qui servent à exciter l'humeur guerrière des hommes, à les convaincre de mourir pour des causes auxquelles ils ne croient pas, à fondre des âmes dispersées dans une rage commune : voilà ce que je répondrais aux académiciens. Car s'il est établi que la musique dispose d'un pouvoir indiscutable sur nous, ce qui me préoccupe bien davantage, c'est de n'y pas céder aveuglément, c'est de préserver en nous une part capable de s'y soustraire et d'élire une musique qui ne soit pas seulement l'appel sauvage qui fait se dresser sur nos bras, sur notre nuque, les restes du pelage de nos premiers ancêtres. Retrouver le " vieux fonds "? mais ce serait se soumettre à une exigence venue du fond des âges, faire la musique des morts, non des vivants. Organiser " les grandes musiques collectives de l'avenir ", comme on le prône actuellement ? Ce serait utiliser la musique à des fins qui ne sont pas les siennes, lui proposer d'asservir une nouvelle fois l'humanité aux dures lois qui avaient autrefois tout pouvoir sur elle. Oui, je suis, mon cher ami, quoi qu'on en ait, un classique et je n'en démordrai pas. Le seul contrôle qu'il me plaît d'exercer – ou, si vous voulez, à quoi j'accepte d'être soumis – vient du plus profond de moi, d'une exigence dont je ne sais pas toujours le nom, mais qui veut être obéie, et ne souffre pas que j'aie d'autre maître. Rien ni personne ne doit me dicter le sens de ma musique : ni les druides, ni les tribuns. »

En écho à celle-ci, deux autres lettres. La première, de mars 1928, adressée à la pianiste Clara L. (c'est d'elle que je la tiens) :

« Clara, Clara, j'ai toujours refusé d'être coupable, vous le savez bien. On ne me fera jamais renier ce que je dois aux origines aristocratiques de la famille de mon père. Il avait voulu devenir médecin, malgré l'opposition de mon grand-père, qui ne pouvait tolérer qu'on prît un métier pour gagner sa vie, et lui avait fait prendre l'engagement qu'il ne soignerait que les pauvres, et *pour rien.* Mon père s'y tint au début : mais après la mort de mon grand-père et la réduction sensible de nos revenus, il devint un médecin comme les autres jusqu'à son départ définitif pour Berlin. L'été nous séjournions à R., où les coutumes étaient restées très patriarcales; et j'ai vu plus d'une fois mon père faire son entrée dans la cour de la propriété sur les épaules d'un domestique dont il avait sauvé le bras pris dans une moissonneuse ou guéri le nourrisson d'une fièvre. Il partait tôt, visitait les vieilles gens, soulageait les femmes en couches, vaccinait contre la typhoïde : et malgré l'opposition de ma mère qui aurait voulu qu'il se reposât un peu plus, menait en tout point durant ses vacances la vie d'un médecin de campagne. Nous n'étions ni pauvres, ni riches, nous vivions frugalement. Ma mère peignait, je lisais; mon père, quand il n'était pas au dispensaire qu'il avait fondé, écrivait un ouvrage sur Benvenuto Cellini... C'est ainsi que j'ai vécu, enfant préservé, jusqu'à leur départ. La suite est une autre histoire. »

L'autre lettre, également adressée à Clara L., et que je tiens également d'elle, reprend le même thème :

« Pharisiens ou coupables *(il parle des artistes de sa génération)* toujours prompts à se justifier ou à s'accabler, ce qui n'est que la face et le revers d'une même attitude. Ou bien ils adressent chaque jour à un Dieu auquel ils ne croient plus une prière d'action de grâces pour le remercier de les avoir faits tels qu'ils se jugent être, brillants, talentueux, cultivés, supérieurs en tout cas à tous les autres hommes *parce qu'artistes :* ils ont pour ce mot une vénération comique. Et si je parle d'eux avec sévérité, c'est que je parle un peu de moi-même, de celui que j'aurais pu devenir. Mais les plus malheureux sont forcément les coupables, ceux qui se font reproche devant l'ignorance et la misère, de leur culture, de leur talent, de leur goût inflexible d'artistes et de créateurs pour la solitude féconde. J'ai voulu n'être ni l'un ni l'autre : ni pharisien, ni coupable, et chercher ma propre voie, sans faiblesse comme sans ostentation. Soyez sûre qu'on me le reprochera aussi.

Car un temps viendra, et je le devine déjà à plusieurs traits, qui ne sera bon ni pour les uns ni pour les autres. Contraints d'abandonner sous la pression des faits leurs loisirs et les sinécures qui leur permettaient d'exercer leur art, les pharisiens ne renonceront pas si aisément à la croyance, pour irraisonnée qu'elle soit, en la supériorité de leur génie. Et ils ne se plieront pas : ils refuseront de créer. La perte sera grande pour tous. Mais les pharisiens orgueilleusement réfugiés dans leur silence, sûrs de leur bon droit, auront du moins, s'ils échappent à la prison et à la mort, la satisfaction de se savoir injustement persécutés. Et s'ils peuvent s'exiler, ils pourront continuer ailleurs, le mirage s'étant restauré, leur œuvre ici interrompue : car le mythe d'une essence supérieure de l'artiste, s'il est illusoire, n'en est pas moins pour cette sorte d'hommes le terreau indispensable de leur création.

Mais les autres, les *coupables* ? Ils commenceront, pour citer Tacite, par se ruer dans la servitude : croyant avoir enfin trouvé l'occasion d'expier le péché de leur naissance et, pis encore, de leur talent, en se mettant au service d'une grande cause. Acceptant toutes les critiques, les devançant parfois par goût de souffrir, et par désir chrétien de se racheter et d'expier, ils renonceront à tout ce qu'on voudra : et se renieront eux-mêmes, jusque dans leurs meilleures qualités – qu'ils partageaient d'ailleurs avec les pharisiens, mais sans vouloir en convenir : leur hauteur de vue, leur scepticisme, leur individualisme qui étaient pour eux des tares honteuses, mais sans quoi ils ne pouvaient vivre ni créer.

Leur sort, au bout du compte, ne sera pas meilleur : ils se verront entraînés malgré eux à des tâches qu'ils ne pourront longtemps assumer, *à des labeurs d'opprobre,* selon la belle formule de Mechnikov. On les traitera durement, plus encore que les pharisiens dont on n'attendait rien, car ils seront considérés comme des traîtres pour avoir perdu leur enthousiasme initial. Et l'avenir ne les jugera pas mieux et gardera ses faveurs aux pharisiens qui auront du moins toujours préservé l'honneur d'un inflexible refus. Alors sur toutes ces ruines s'élèvera une nouvelle race, mais je ne serai heureusement plus là pour la voir. Sans culture, sans naissance, et sans talent : une race d'esclaves prêts à tout pour servir ses maîtres, et qui composera servilement les œuvres dont ceux-ci auront besoin pour asseoir leur empire sur les âmes. Car, même quand tous les artistes l'auront oublié, les tyrans sauront encore quel est le pouvoir inégalable de l'art. »

En 1930, pour des raisons mal élucidées, Kaerner compose la *Grande Symphonie sur des thèmes pastoraux,* dite « Ode » : faut-il croire qu'il avait cédé au désir de rencontrer enfin l'approbation ? Lui-même semble l'indiquer dans cette courte note sans date, mais plus que la honte c'est peut-être la déception qui l'inspire, car l'*Ode* connut un accueil froid : « Opprobre sur moi : qui ai voulu séduire, et n'ai point séduit. Il n'est pas de flatteur plus misérable que celui qui échoue. »

Lorsqu'on écoute aujourd'hui la *Grande Symphonie* – pas au concert évidemment mais sur les disques de l'époque, on demeure étonné devant cette sévérité : l'exigence de rigueur n'a jamais été plus grande chez le musicien, ni l'absence de toute complaisance, sauf peut-être dans le titre. Mais c'était déjà trop pour lui.

TROISIÈME CAHIER

(16 janvier - 22 février 1967)

16 janvier.

L'état de F. s'améliore doucement; mais il ne doit toujours voir personne. Martha ne se cache plus de lui lorsqu'elle me téléphone, elle laisse la porte de sa chambre ouverte, je l'entends tousser. « Oui, il a bien dormi. »

Ce matin, pourtant, elle a parlé plus bas. Il y a deux nuits, il s'est levé pour travailler sans qu'elle l'entende et il a eu un léger malaise; c'est le bruit qu'il a fait en tombant qui l'a alertée. « S'est-il blessé ? » Non, mais il a entraîné dans sa chute un petit taureau d'albâtre qui était sur la table, qui s'est brisé, ce qui l'a affecté beaucoup.

Samedi dernier – avant-hier – j'ai trouvé les deux petites filles de la concierge au bas des marches. La plus petite, appuyée contre sa sœur, chantonnait « Elle est triste, Julia, elle est triste ». Quand je lui ai demandé pourquoi, elles se sont levées toutes deux précipitamment, en criant : « La petite chatte est morte ! » Et elles ont disparu dans la cour.

J'aimerais avoir une photographie d'Anne, nue devant la grande tapisserie à fond rouge que j'ai tendue dans ma chambre. Je ne sais pourquoi elle me fait toujours penser à l'acte II de *La Dame de pique* – quand, seule dans sa chambre, la vieille comtesse fredonne une ancienne mélodie française.

17 janvier.

F. va régulièrement mieux, on autorise de courtes visites, j'irai le voir dès demain.

18 janvier.

En bas, il n'y avait pas de taxi, j'ai attendu longtemps à la station du pont K. Une voiture passa au ralenti, le conducteur me suivait du regard. Puis elle fit demi-tour au bout de la place, revint vers moi et il se pencha en baissant la vitre : « Montez. » Il démarra rapidement.

De plus en plus souvent, vers la fin de l'après-midi, lorsqu'ils ont terminé leur service, les chauffeurs des ministères prennent des passagers dans les voitures officielles, ce qui est évidemment interdit. Il s'était retourné vers moi : « Vous ne les avez pas vus, ils me surveillaient, mais quand ils ont eu traversé le pont, je suis venu vous prendre. » Je lui indiquai l'adresse de F. « Ah ! c'est de l'autre côté. En fait, ils cherchent autre chose, si vous voyez ce que je veux dire. Il paraît qu'il y a toute une histoire de fausse monnaie, par là. » Et du pouce, il me montrait le quartier le long de la berge. « De fausse monnaie et de faux tickets. » Il s'arrêta à un feu rouge, la voiture repartit difficilement dans un bruit de bielles fatiguées, lâchant une épaisse fumée noire. Nous suivions un taxi, un vrai celui-là, et un camion de l'armée, vide. « Je ne fais pas ça pour l'argent, je le fais pour le plaisir. J'aurais voulu être taxi, mais aujourd'hui ça n'est plus possible. » La voiture qui peinait au début avait pris son régime sur la rive gauche; nous dépassions le pont mobile. « J'aime mieux prendre le suivant, ils sont toujours à surveiller celui-là. » « Comment faites-vous pour l'essence, et les kilomètres ? » « Oh ! on s'arrange. Les copains du garage s'y retrouvent, on a tout un système. » Et un peu plus tard, tout en donnant sur le volant de petits coups du plat de la main : « Remarquez, nous, à la Distribution, on a de la chance, parce qu'aux Finances, ils se tapent les véhicules réformés de l'Etat-Major. Avec ceux-là, pas moyen. Tandis que les nôtres, ils ont rarement plus de soixante, soixante-dix mille kilomètres, on est vernis. » Il traversa le pont, et avec un mouvement du menton par-dessus son épaule gauche : « C'est là que ça a chauffé, pas vrai ? » Comme je ne répondais pas, il se tut. Nous allions assez vite par les petites rues qu'il semblait connaître très bien, et il m'arrêta toujours en silence devant l'immeuble de F. Finalement, c'était beaucoup plus cher qu'une course normale. Je le lui fis remarquer : « Prime de risque, hein ? c'est normal », fit-il d'un air goguenard, et il démarra très vite, dans un grand bruit.

Martha m'ouvrit aussitôt, elle devait m'attendre. « Ne parlez pas de mon coup de téléphone de l'autre jour, il est très fâché de cette chute, d'ailleurs ça ne se voit plus. » Je la rassurai. La porte de l'étage s'était ouverte : « Ah ! c'est vous ? Laisse-le monter, Martha. » Je montai. Il me parut qu'il avait le teint animé, mais il me parla avec un peu plus d'enjouement qu'il n'aurait fallu. « Lazare est ressuscité », me dit-il en se désignant de ses deux mains ouvertes. « Asseyez-vous donc. » Il s'était habillé avec beaucoup de recherche, et portait comme autrefois un nœud papillon et des chaussures vernies. « Comment va votre travail ? » et avant que j'aie eu le temps de répondre : « Attendez, il faut d'abord que je vous dise quelque chose, une bonne nouvelle. Mon édition refondue est acceptée, on me laisse le temps que je veux pour l'achever, mais on va m'envoyer quelqu'un pour la mise à jour des relevés et des coupes. Un jeune étudiant en architecture, m'a-t-on dit. Tant mieux, tant mieux. » Il s'était levé, et soudain se tut, le front contre la fenêtre. Puis, sur le même ton : « Je n'ai aucune chance, il s'agit d'une hypertrophie du ventricule gauche, c'est une question de mois. » Il s'était retourné, et revint s'asseoir en face de moi : « Tenez, regardez cela, j'y ai pensé quand vous m'avez expliqué vos nouvelles fonctions. » C'était une petite brochure datant de la Révolution française. Je la tournais et la retournais, j'étais trop ému pour l'ouvrir. « Ce n'est pas très nouveau, du reste, le bon vieux Dauriac le cite, vous le connaissez comme moi. » Il m'avait pris la brochure des mains, et commençait à lire d'une voix enjouée. Mais voyant que je ne l'écoutais pas il referma le livre, et se penchant vers moi : « Voyons, est-ce qu'il faut que ce soit moi qui vous console ? Vous savez, j'ai toujours pensé que le pire était la morte subite. Quoique pour d'autres raisons qu'eux, j'ai toujours eu cela en commun avec les chrétiens. Sur ce point, je ne suis pas un penseur antique et je ne souhaite pas qu'Apollon m'envoie ses flèches... Il me faut le temps de faire de l'ordre. » Il appuyait sur ce mot. « De l'ordre. Non pas dans mon âme, pour la vie future, à quoi je ne crois guère. Mais dans mes affaires d'ici-bas. Pendant des années, même lorsque j'étais jeune et en parfaite santé, je n'ai jamais quitté sans angoisse la pièce où je travaillais, la maison où je vivais. Je ne pouvais supporter l'idée que je pourrais être frappé d'un malaise, ou renversé par une voiture, et que des mains étrangères viendraient sur ma table faire le tri de mes papiers. Et je ne parle même pas des papiers importants, sur quoi tout le monde a droit de regard. De mes livres. Non. » Il s'était levé. « Mais des plus humbles choses, carnets ouverts, crayons cassés, mouchoirs, tout ce dont on s'entoure sans y penser. Et je souhaitais que chacun puisse à un moment de sa vie faire ses bagages à sa convenance et, les ayant bouclés, s'asseoir tranquillement pour attendre la voiture, comme lorsqu'on part en voyage et que tout est rangé sous des housses. » Je ne répondais rien, il reprit : « J'ai peut-être attendu un peu trop, c'est tout, et il me reste beaucoup à faire. Mais il n'est pas facile quand tout va bien, de se séparer de certaines choses, de régler certains comptes. Maintenant je suis comme quelqu'un qui fait ses affaires en ville et qui entend la première sirène du bateau; il sait qu'il y en aura encore d'autres, qu'on ne va pas appareiller sans lui, mais il vaut mieux qu'il ne s'attarde pas trop. » Je me levai. « Puis-je venir demain ? » « Oui, mais pas trop tôt, je commence à travailler avec le jeune homme. En me passant de cigares et de thé, je peux gagner un peu de temps. Mais sans eux, je ne suis pas bon à grand-chose. A demain. » Il m'avait saisi les deux bras au-dessus du coude, et me retint un instant : « Allez, à demain. Vous vous souvenez, dans *Oncle Vania* ? " Et après, mon petit oncle, nous nous reposerons... " Allez, à demain... »

20 janvier.

Kaerner, lettre à Robert Davis, inachevée, non expédiée. (Un échange de lettres s'était établi entre eux lorsque Davis avait entrepris de diriger à Boston un cycle complet des œuvres de Kaerner. Ce projet n'aboutit pas, mais ils demeurèrent très liés) :

> « J'ai toujours été athée; du moins, je n'ai jamais cru en l'existence d'un dieu personnel, ni en la survie d'une âme individuelle. Me comprenne qui pourra si je dis donc ceci : la musique est la preuve de l'existence de l'âme, elle expose à tous les regards l'intérieur de l'être. Ces mots qui ont perdu aujourd'hui beaucoup de leur sens sous la poussée des temps, ne sont peut-être que des images : mais je n'en ai pas d'autres et je ne saurais me passer de croire à la réalité qu'ils désignent.
>
> Toute existence est marquée d'un double sceau, comme une pièce de monnaie. L'une de ses faces porte des figures mouvantes, lisibles cependant par tous, et qui permettent l'échange : l'autre, l'empreinte secrète d'un feu divin. C'est un astre, dont la face cachée projetterait ses ombres et ses reliefs sur un grand plafond de nuages : et le chiffre inversé qu'on voit alors surprend par sa grandiose simplicité, comme ce signe que parvint à déchiffrer le Fou du Conte chinois qui avait réussi à dresser un miroir derrière le disque plat de la lune.
>
> La musique est ce miroir : elle tend au-dessus de celui qui joue d'un instrument ou qui chante une fine toile brillante dont il ignore

les motifs que cependant il est en train de tisser. Ce qu'il dit, c'est lui-même, tel qu'il ne se connaissait pas; lui-même, fort, allégé, mélancolique, *divin.* Puis il se tait, repose son instrument, s'assied et c'est fini.

Ce rayonnement puissant de la musique, je ne l'ai jamais senti aussi bien que lorsqu'il surgissait des êtres à qui rien d'autre n'avait été laissé que le chant. L'aveugle au coin de la rue, ou ce petit homme que j'ai entendu, une fois, dans un port du Midi de la France. Nous étions allés déjeuner dans un restaurant de pêcheurs dont les tables s'avançaient sur le quai jusqu'aux premières barques. Quelques parasols de forte toile bleue nous protégeaient du soleil, et un grand calme régnait dans les rues en pente du village. Je m'émerveillais chaque jour de l'évident accord qui semblait réunir la couleur ocre des murs, les feuillages sombres des figuiers, ceux plus légers de l'eucalyptus, le passage des chats qui cherchaient l'ombre, et l'odeur exquise quoique forte de la cuisine à l'huile, du poisson, et de la mer toute proche.

Ce midi-là, l'autocar de Nice qui était presque toujours vide à cette heure laissa descendre un petit homme d'un certain âge, très correctement vêtu, et coiffé d'un béret, qui portait un étui à musique assez usé. Il semblait hésiter, et regarda plusieurs fois autour de lui avant de traverser la rue, et de venir s'asseoir sur le petit mur blanchi à la chaux qui fermait la terrasse du restaurant. On aurait dit un paysan espagnol tout noir sous le soleil, n'eût été son visage extrêmement pâle et fin. Et quand il eut achevé de monter sa flûte sur ses genoux, il se leva, brossa soigneusement son vêtement que la chaux avait sali, et commença à jouer après s'être humecté les lèvres du bout de la langue. Les premiers sons étaient faibles, il reprit et joua parfaitement, sans interruption, une des compositions les plus difficiles pour la flûte : l'*Exercice,* de Sinelli. Malgré son âge, et son émotion certaine, pas le moindre tremblement de son souffle. Une mélodie aussi pure que le ciel de midi vibrant sur les collines : je n'avais jamais rien entendu de tel. Les deux jeunes pêcheurs qui près de nous s'étaient violemment opposés dans un obscur débat, maintenant silencieux, le regardaient par en dessous et l'un d'eux roulait nerveusement du pain entre ses doigts. Le vent s'était levé, aussi vif et violent que toute cette nature fougueuse autour de nous dans le soleil de deux heures. La mélodie terminée, on entendit à nouveau les cigales. Le petit homme nous avait tourné le dos; baissé sur son étui, en plein soleil, il y remettait les pièces de son instrument démonté. J'avais bêtement préparé de la monnaie, il ne vint pas la chercher. Sans même se retourner pour nous saluer, il gravit la pente raide qui conduisait au village. Nous n'avons jamais su qui il était. »

La lettre s'arrêtait ici, après ces mots : « sans doute réduit à mendier, il n'avait pu » et la suite est illisible et raturée.

21 janvier.

Une lettre de Anne, ce soir : « Demain, à deux heures ? » Le souvenir de ses petits seins froids, de ma hâte et de son immobilité me fait trembler. Oui, à deux heures demain.

22 janvier.

J'ai appelé F. ce matin au téléphone : « Je vais très bien, je travaille, je n'ai besoin de rien. Le jeune homme est parfait. »

Le temps était clair, il faisait très beau quand elle est arrivée. « Si nous sortions ? » dit-elle. Je la serrai contre moi, elle se dégagea en passant doucement sa main sur ma bouche : « Plus tard, il fait si beau. »

Nous étions dans la rue, elle avait glissé sa main dans ma poche pour la réchauffer : « Alors, tu es renvoyé ? » « Non, mais j'avais besoin de temps. » Je lui ai dit pourquoi, et ma décision de demander un congé.

Elle ne dit rien. De l'autre côte du pont, le passage des camions avait laissé de grandes traces noires dans la neige et des bosses dures que le froid avait durcies; nous sommes revenus vers le quai. Des nuages bas s'amassaient, le beau temps ne durerait pas. Mais le soleil se reflétait violemment dans les eaux sombres du fleuve, et on entendait dans le Parc le cri mélancolique des oiseaux. « Nous n'avons plus de lecteur d'anglais, dit Anne, à sa place nous écoutons des enregistrements anciens. » « Qu'est-il donc arrivé à Peter ? » Je le connaissais à peine, il venait d'arriver. « Je ne sais pas. Il sortait avec plusieurs des filles du cours. » Elle s'était arrêtée pour me regarder et me tenait serré, le visage levé vers moi : « J'ai froid. » Un camion nous doubla, taché de boue jusqu'aux vitres. « Nous avons mis des disques de jazz dans le coffret des Janáček. » « Et lui, où l'avez-vous mis ? » « Je l'ai chez moi, je l'écoute le soir, quand mon père dort. »

La rive gauche avait été élargie depuis mes dernières promenades, mais les travaux étaient restés inachevés. Le roulement des camions couvrait nos voix. Derrière les ridelles de bois d'une remorque, des cochons grognaient dans un grouillement de museaux, d'yeux fendus, de fesses souillées, de formes roses presque humaines. « Je ne peux pas regarder cela », dit Anne. De nouveau elle s'était arrêtée et me barrait le chemin. Je pris ses joues entre mes gants. « Je ne sens rien, dit-elle, j'ai trop froid. » « Avance donc. » « Pas avant que tu m'aies embrassée. » Elle me tenait entre ses bras raidis par son manteau épais. « Avance. » « Non. » Je passais ma langue sur ses lèvres fendillées. « Tiens, regarde », dit-elle. Les maisons se faisaient plus rares, mais elles étaient toutes abandonnées, volets clos, et l'herbe poussait entre les massifs des petits jardins que la neige recouvrait par plaques inégales.

Nous étions arrivés près d'une fabrique désaffectée, dont les carreaux avaient été cassés à coups de pierre. La porte avait été arrachée, ses ferrures rouillées pendaient. La végétation avait poussé entre les socles de ciment où devaient reposer autrefois les machines; et l'une des voûtes s'était effondrée. Des chats s'enfuirent par une fenêtre brisée, abandonnant des restes de nourriture qu'on avait laissés pour eux sur un journal. Anne était montée sur le bâti circulaire d'une machine et me tendait les bras. J'allai vers elle, et j'enfouis mon visage dans sa jupe, entre ses jambes. Malgré l'humidité, il ne faisait pas froid dans la fabrique, nous étions protégés du vent. Par une fente au bas du mur, on voyait le fleuve étinceler. Nous sommes restés un moment sans bouger, Anne avait retiré ses gants et passait ses doigts dans mes cheveux. Un chat miaula, puis un autre. La lumière baissait, je l'aidais à descendre. De courtes herbes rouges poussaient au pied d'un poteau : « Mais ce sont des... », dit-elle. Je n'ai même pas retenu le nom. « Ce ne sont pas les fleurs qui sont rouges, regarde bien, ce sont les feuilles. » Les chats s'étaient approchés en cercle. « Ils n'ont pas peur de nous, on pourrait vivre ici. »

« C'est bien la terrasse, dit-elle une fois dehors, je la reconnais, mais où donc est le petit café ? » Sa façade aux peintures délavées était cachée par les buissons; un volet bleu pâle battait. Mais les fenêtres et les portes étaient closes de briques, contre les rôdeurs. « C'était là. » Plus loin, entre les arbres, il y avait quelques carcasses de tables rouillées et le reste d'un demi-banc circulaire. Le soleil avait baissé, il faisait soudain très froid. « Je ne le vois plus. » Elle parlait d'un ton bas, désespéré : « Je ne le vois plus. Nous y venions souvent l'été. » « Je sais, dis-je, les choses aussi changent, même si elles ont l'air de durer plus longtemps que nous. »

Le soleil était très rouge sur la rive ouest du fleuve. Nous n'avons presque rien dit sur le chemin du retour.

Devant ma porte, elle passa un instant son bras derrière mon cou : « Je ne monte pas, il est tard. »

> « Ce qui a disparu est toujours présent : c'est nous qui ne le voyons plus. Un peu d'entraînement cependant suffit, et la forme oubliée renaît, comme une hallucination douce. Ce temps est transparent. Derrière lui, il en laisse voir un autre, inaccessible, comme à travers une froide vitre. »

Kaerner, *Note inédite.* Je viens de l'envoyer à Anne. Mais j'aurais voulu dormir ce soir avec elle.

23 janvier.

Chaque nuit, j'écris. Chaque nuit qui commence est comme si elle ne devait jamais finir. Le temps passe, et il ne passe pas : à chaque heure, il en reste toujours autant devant moi, une même durée indéterminée avant l'aube improbable. (N'est-ce pas ainsi que nous concevons la vie elle-même : nous savons que nous vieillissons, que certaines choses ne se reproduiront plus, mais l'espace nous paraît toujours le même qui nous sépare de notre mort. Sauf dans la grande vieillesse, peut-être, et encore : « Qu'il me soit donné encore deux, trois ans », disent les vieux. Mais ils en diront autant, six mois, un an plus tard : s'étant résignés à une courte durée, ils n'en veulent plus rien retrancher.)

La nuit semble faite pour durer toujours : et cela est nécessaire à celui qui se souvient. Car il faut bien que dans sa durée quotidienne, hachée, morcelée, limitée, s'ouvre enfin une étendue de temps pur, soustraite à la vie, et qui mime dans sa plane immobilité le mouvement infini de la mémoire.

Car la nuit n'est pas l'absence du jour : elle est son négatif. Ce qui était vivant est mort : ce qui était mort revit.

La maladie produit en F. une accélération quasiment visible du temps : il vieillit, il s'use sous mes yeux. Il a repoussé cet après-midi les journaux que je lui apportais, puis il s'est levé et il a placé sur le tourne-disque le *Quatuor n° 15* de

Beethoven. « Il est dans un état épouvantable, mais on ne le trouve plus. » Sa main tremblait un peu; l'effort de rester penché le fatiguait, et il était rouge quand il s'est redressé. « Le Requiem qu'il n'a pas eu le temps d'écrire. Cela ne fait rien, il en a laissé un tout de même. Il ne faut pas se soucier de ces choses : tout a un sens, malgré nous. »

Un moment a passé, nous écoutions sans rien dire. Martha était peut-être sortie, en tout cas elle ne se montra pas. « Je l'écoute chaque soir, je n'ai besoin de rien d'autre. » Et après un silence, en posant sa main sur mon genou : « Sauf de vos visites, vous le savez bien. Mais je n'ai pas l'habitude de parler de ces choses. » Il se leva pour retourner le disque, et me tendit un dessin : « Regardez comme ce relevé est parfait. c'est le petit temple au nord-est de Bêl-Atar. A l'époque, je n'en avais pas publié le plan, je n'étais pas assez sûr de mon hypothèse concernant le péristyle de la face nord. Mais maintenant après les travaux de Michetti sur les temples de la même époque... » Je regardai le dessin. « Ce jeune homme travaille très bien, et très vite. » Puis je le lui rendis, le quatuor était terminé.

Voici de nouveau la nuit, où nous veillons l'un et l'autre. Il est tard, Martha va et vient, puis elle se retire et le laisse seul. Petit à petit la lumière du dehors gagne la petite pièce où il n'a pas allumé la lampe et projette sur le tapis les feuilles découpées du balcon en fer forgé et les dentelles des grands rideaux. Il est là, lui, menacé, sans défense contre l'approche de la mort : protégé cependant par la vieille éternité déchirée de l'art.

(Un peu plus tard, dans la nuit.)

Il m'a donc suffi de ne rien dire, de ne rien faire : et voici que j'ai prononcé sans le vouloir une promesse qui me lie. Un simple coup de téléphone au ministère, une présence régulière à mes heures de cours, m'en aurait dégagé. Mais je ne l'ai pas fait.

Après tout qu'importe? Qu'importe, puisqu'il dépend de moi, et de moi seul que je mérite maintenant, après coup, le privilège inconcevable dont j'ai été gratifié? Quoi que l'on désigne de ce nom, seule une œuvre – le désir de l'œuvre, la foi en l'œuvre – me donnera, après coup, raison. Mais en attendant le doute où je suis dévoie, dévie toutes choses : il me laisse chancelant et honteux, mécontent de moi. Je n'ouvre plus le piano; je laisse inachevés les fragments commencés de ma biographie de Kaerner; et j'ai interrompu depuis longtemps mes ébauches de composition musicale.

Reste cette énigmatique activité à laquelle je m'astreins chaque soir : ce journal, ciment gris, quotidien, nécessaire où les phrases, où les traces de Kaerner, brillent comme des pierres dures. Faut-il croire que c'est cela, *mon œuvre*?

Et je me promène parmi les matériaux d'une *Vie* de K. que je n'écrirai peut-être jamais, comme un architecte qu'on croirait devenu fou, parce qu'il prendrait plaisir à mélanger les pierres déjà numérotées en vue d'un grand édifice, et les amasserait à l'écart pour construire sa propre demeure. Je n'accumule pas, je disperse, mais ce faisant j'ai le sentiment de n'être pas moins fidèle à ce que sa « folie » nous a enseigné.

24 janvier.

J'écoute le premier mouvement du *Sacre du Printemps* sur un vieux 78 tours enregistré par Stravinsky lui-même, puis, sans transition, le *Dies Irae* du *Requiem* de Mozart. La grande chevauchée de la musique passe, comme celle des djinns dans le poème de Victor Hugo. Qui pourrait entendre cela sans que sa peau se hérisse? Oui, nous sommes bien tous comme Jules et Marie, les éléphants du Jardin des plantes que la musique mettait en état d'exaltation amoureuse.

Il existe plusieurs lettres de Kaerner sur le thème de l'émotion musicale : certaines sont adressées à Robert Davis; celle que je vais citer est sans destinataire quoiqu'il s'agisse probablement du même. Elle n'a pas davantage été expédiée : elles datent toutes de la dernière période de sa vie, de sa « retraite ». Qu'on ne s'étonne donc pas du grand nombre de lettres que Kaerner a gardées sans les envoyer : il faut sans doute y voir l'effet d'une humeur velléitaire née de sa maladie mais tout autant, et peut-être davantage, l'extrême isolement où il vivait, et la surveillance, le mot n'est pas trop fort, qu'on exerçait sur lui. Ce sentiment d'être assiégé et comme coupé du monde le portait à une activité épistolaire intense : en me remettant ces lettres, vendredi dernier, le vieux Louis me l'a explicitement confirmé. « Il ne me demandait jamais d'acheter des timbres. Les lettres écrites, les enveloppes cachetées, il les rangeait et n'en parlait plus. »

> « Notre corps est un instrument creux et résonnant : des cordes y sont tendues, la musique y passe comme un archet, et en fait

jaillir les échos spirituels les plus élevés. La musique est bien la preuve de l'existence de l'âme, je ne m'en dédis pas. Mais cette âme est matérielle, accrochée à nos fibres, cousue à notre être par le fin réseau tendu des nerfs. La musique nous assure de la dualité de notre nature : acceptons-en donc toute l'ambiguïté, à peine de sombrer dans l'idéalisme (qui ne peut rien comprendre à la douleur, car pour souffrir il faut un corps) ou dans le matérialisme qui ne la comprend pas davantage : car pour souffrir il faut savoir qu'on souffre et donc avoir une conscience. Et les animaux, me direz-vous ? Mais je serais tout disposé à ce que l'on accorde une âme à Judas* plutôt que de m'en voir privé.

Il n'y a donc nul mal à ce que la musique se serve de l'émotion qu'elle fait naître : je parle de celle qui s'adresse à nous dans la solitude et le silence d'un face à face. Pourquoi le refuser ? Seul un moraliste de la pire espèce (et j'espère ne pas en être un) pourrait s'en offusquer. La musique agit sur nous dans la région du diaphragme, elle accélère ou ralentit la respiration et les battements du cœur : n'est-ce pas dans cette région que les Grecs plaçaient l'âme, ces grands musiciens ?

Mais gardons-nous plus que tout de l'émotion *collective,* de celle qui naît des cors, des cuivres – j'ai su en user à mon heure –, des percussions, de l'effet sur nos nerfs des « haut-parleurs » et de l'odeur d'apprêt des drapeaux, quand la poussière monte d'un piétinement immense. Mais c'est donc de la foule qu'il faut se méfier ? Je ne sais : peut-

* Le chat de Kaerner.

être. Quoi qu'il en soit, la marche de l'homme doit se faire aujourd'hui dans le sens d'une individualisation croissante. Voilà pourquoi je ne veux ni de la régression barbare vers un temps où l'émotion musicale témoignait de l'asservissement de l'homme à la nécessité, ni de la fusion hypocrite dans un grand dessein commun, auquel la musique donnerait le sursaut d'énergie qui lui manque. Comment d'ailleurs retrouver, sinon par un mensonge dont je ne veux pas être complice, les prétendues racines d'un peuple que la modernité avec toutes ses tares, a déjà contaminé ? La musique, la mienne en tout cas, ne provoquera jamais ces grands rassemblements qu'on souhaite. Elle travaille contre les stades, les commémorations, les défilés, à creuser l'écart, la différence et la séparation. Elle provoque la scission et la dissension : elle est celle qui divise, non celle qui unit. Mais qu'on m'entende bien : je ne veux pas la guerre. Je veux que chaque homme par elle, dans la solitude de son cœur, retrouve ce quelque chose en lui qui tremble de ne pouvoir s'accorder au temps, de ne pouvoir se rejoindre soi-même dans un entretien infini avec sa propre mort. Infini et pourtant (douloureusement) provisoire. *Car même ma douleur sera éphémère. »*

Ici la lettre, quoique cachetée, s'interrompait, sans les salutations d'usage.

25 janvier.

Quand je suis sorti du Conservatoire en 1948, j'avais à peine plus de vingt ans : je n'avais pas connu l'enseignement de Kaerner, mort dix ans plus tôt, mais on trouvait encore toutes ses partitions et la plupart de ses enregistrements. Ma voie me semblait toute tracée : je savais qu'il était, comme on disait, « mort fou », et je pensais avec Rimbaud que je serais l'un des « horribles travailleurs » destinés à reprendre ses outils là où la maladie l'avait contraint à les abandonner.

Et puis l'incompréhension est venue, et une sorte de raideur sociale pire que celle à laquelle Kaerner s'était prophétiquement heurté. Je pris un poste à l'Institut; mes recherches musicales s'arrêtèrent malgré quelques ébauches prometteuses. C'était en 1959, ma mère venait de mourir : je décidai d'écrire une Vie de Kaerner, et d'y consacrer la mienne. Sans espoir de publication, mais comme une compensation à ce que je n'avais pas su faire en tant que musicien.

Quelques années passèrent. Le désir d'écrire de la musique me revint, et il est bien vrai que j'avais peu de temps à y consacrer. Et j'ai nourri petit à petit la fiction – mais était-ce seulement une fiction ? – qu'un peu plus de liberté, et de loisir, m'auraient permis de donner ma mesure. Etait-ce ma faute, ou bien celle des circonstances, si je ne composais pas ? Il fallait que je le sache.

Aujourd'hui, je peux enfin le savoir : mais voici qu'au moment où il m'est donné de pouvoir me confronter librement, sans recours, à moi-même, j'entends une voix cynique qui me dit : « Oui, compose, nous le voulons bien, nous ne te demanderons qu'une toute petite chose, qui n'est rien, et te donnera tout. » Est-ce là vraiment le prix qu'il faut payer ? Il n'y a pas dix ans, j'aurais tout accepté pour pouvoir être celui dont on écouterait un jour, dans le silence du cœur, la musique. Aurai-je le courage pour y parvenir d'être d'abord celui qui va faire danser Jules et Marie ?

26 janvier.

« Il s'appelle Paul », m'a dit Anne en me montrant une photo. Long et maigre, le torse légèrement voûté, il est debout contre la balustrade d'un ponton de bois avec d'autres garçons, par un de ces tristes après-midi de juin, où l'ennui fait qu'on va se baigner dans la L. malgré ses bouillonnements jaunes. Ses cheveux sont noirs et son sourire est radieux. Ils se connaissent depuis le début de leurs études. Paul est en troisième année au département d'architecture de l'Institut. « Sais-tu qu'il a trouvé du travail, dit Anne, il dessine des plans pour ton ami, F. C'est drôle, non ? »

Puis elle range la photo.

27 janvier.

Anne parle de l'amour. Elle en parle comme elle s'y livre, avec sérieux, avec solennité. Il y a en elle quelque chose de sombre, de retenu, qui ne cède que par moments et sous l'effet d'une résolution grave. Solennellement, elle retire ses vêtements et vient s'étendre. Elle a vingt-deux ans, sa mère est morte quand elle en avait dix. Elle a passé toutes ces années seule avec son père, qui a été officier au Service Photographique des armées; blessé pendant la guerre, il est devenu conservateur du Musée militaire. Maintenant, il est retiré et ils ont une vie très modeste.

28 janvier.

Comme nous sortions ensemble de chez moi, hier, un grand garçon est venu au-devant de nous, passant de biais entre les voitures : « C'est lui », m'a dit Anne.

Nous nous sommes quittés devant la maison de F. très tendrement.

29 janvier.

Anne se redresse dans le lit et tend la main vers la table de nuit pour reprendre ses lunettes. Sa peau est tendre, elle porte parfois aux chevilles la marque de ses socquettes. « Je t'ai apporté des dessins de Paul. Des ruines. » « Non, pas des ruines antiques », dit-elle après un petit moment. Je n'ai pas bougé, et tandis qu'elle parle, je saisis entre le bout de mes dents le dessous élastique de son épaule. « Tu me fais mal. » « Mais non, je n'appuie pas. » « Arrête. »

« Pas des ruines antiques, des ruines de maintenant. Il en a glissé parmi les exercices du cours. Le lendemain, le professeur l'a retenu à la fin de l'heure. " Qu'est-ce que c'est que ça ? " " La statue de B..., devant le ministère de la Justice. " " Je vois bien, a dit le professeur, mais que lui est-il arrivé ? " " C'est la guerre, " a dit Paul. " Mais le bronze ne se tord pas, mon ami, il se brise ou il fond, ce n'est pas de l'acier. " Quelques jours plus tard, Paul lui a montré un nouveau dessin. La statue était brisée en morceaux, et il y avait des corbeaux dessus. A la place du ministère de la

Justice, un grand lac gelé et des rennes. Le professeur n'a rien dit. « Montre-moi cela », dis-je à Anne. « Ils sont dans mon sac. »

Penchée en avant, elle regardait ses pieds; puis elle s'étira : « Je vais prendre un bain. »

En effet, ce sont de très belles esquisses au lavis.

Doux après-midi avec Anne. Je voudrais les prolonger jusqu'à l'été, afin d'atteindre avec elle l'indignité des soirs de fatigue, la chaleur et la sueur.

30 janvier.

F. ne m'a pas reçu à cinq heures : le professeur Gl. était là. C'est une sommité, il ne se dérange plus que pour les personnes, ou les cas importants. Il est vrai que F. et lui sont des amis d'enfance.

Mais les autres fois, c'est F. qui allait chez lui.

FÉVRIER

2 février.

Je me suis présenté le 28 à la visite médicale de contrôle, et on a fait les choses très sérieusement. Que faut-il en conclure : que les médecins de service étaient dans la confidence, et qu'ils jouaient imperturbablement leur rôle ? S'ils ne l'étaient pas, on va penser que je suis un simulateur, les examens vont confirmer que, mis à part une légère faiblesse des bronches, je suis en excellente santé. Alors ? Dans tous les cas, c'est une mascarade, et je m'y suis prêté. On joindra à mon dossier des certificats de complaisance, qu'on aurait pu rédiger sans me voir : ou bien au contraire des attestations véridiques, dont on ne tiendra pas compte puisque les jeux sont faits. En respirant fort, en passant sous la toise, en tendant mon bras pour la prise de sang, je savais que je jouais aussi ma partie, et que quelque part on m'en savait gré. Il y faudrait cependant plus de cynisme que je n'en ai.

Il y a plus d'un an que je n'ai pas écrit une ligne de musique; plusieurs mois que je n'ai pas ouvert mon piano. Et cependant, loin que je m'éloigne de la musique, quelque chose en moi chaque jour se rapproche *de son essence*. Ce que je n'aurais peut-être jamais saisi par la voie de la composition musicale, vais-je donc le trouver enfin dans ce travail régulier d'écriture ? Faut-il croire que sa régularité, l'effort qu'il m'impose et les découvertes qu'il entraîne devraient un jour me faire accéder à ce *rythme* dont la musique m'avait donné l'exemple ?

Dans ces soirées de méditation et de solitude, je sens qu'il s'opère en moi des glissements dont je ne suis pas entièrement le maître, des mutations dont je suis le lieu plus que le sujet (j'espère être clair). Comment cela s'est-il fait ? Je ne sais. J'en suis le témoin, j'observe, je me garde de conclure. Ma vie s'en trouve modifiée jusque dans le détail.

J'ai découvert la patience ou, mieux encore, la paradoxale fécondité de ces temps morts qui dans mes essais de composition musicale n'étaient que de mauvais moments à passer au plus vite. De mon obstination, je le savais, je n'étais jamais récompensé : la fatigue venait, une brume s'abattait sur tout, je cédais. Je sortais, je marchais sans but, et quand je rentrais mécontent de ma faiblesse, l'idée même s'était envolée dont l'exécution s'était heurtée à d'invisibles obstacles devant lesquels j'avais fui.

Maintenant, les choses sont toutes différentes. Quoi qu'il arrive, j'attends. Je m'assieds devant cette table, et j'attends. Quelque chose vient, ou fait retour, c'est selon, appelé par le récit d'un événement récent et les associations que celui-ci a fait naître. Mais plus souvent encore et plus profondément peut-être par ces étranges éveilleurs de mémoire que sont la nuit, le silence, la posture immobile et recueillie que je prends à l'insu de tous devant ma page. Je comprends alors que l'événement lui-même n'est plus que le prétexte qui m'oblige à m'asseoir à ma table – ou qui me justifie à mes propres yeux de le faire avec une régularité quasi quotidienne. Et que, ce faisant, j'obéis à un appel bien plus secret, bien plus pressant. Une fois mis en route le mouvement est incontrôlable : comme le battement amplifié d'un pendule, il couvre un espace croissant; ensemencée, ma mémoire devient plus fertile. Ce n'est plus une heure qu'il me faut, mais parfois une soirée, une nuit presque.

Et parfois aussi, rien ne vient. Ou seulement une image ténue, presque insaisissable, comme un écho assourdi, une lumière d'étoile morte. Ces soirs-là sont d'une grande douceur. En moi « quelque chose de prodigieusement immobile » se tait et me regarde faire.

3 février.

Il y a deux semaines, j'étais allé rendre visite au vieux Louis, laissant F. à la refonte de son livre. Il était assis comme les autres fois dans l'embrasure de la fenêtre, et je voyais sa vieille tête penchée entrer ou sortir de l'ombre selon les mouvements du fauteuil.

« Vous êtes revenu ! Je vais vous faire du café. » Il me regardait fixement, l'air heureux, puis il se mit à parler.

« Je ne suis venu habiter avec lui que fin 34. Auparavant, je venais tous les matins, j'ouvrais les volets et je lui montais son thé. Il vivait seul depuis la mort de sa femme. » « Mais je ne savais pas qu'il avait été marié ! » « Mme Clara s'est toujours arrangée pour qu'on ne le sache pas. Sa femme est morte en 21, d'une fièvre typhoïde. » Il se tut. Puis : « Il m'avait engagé juste après la guerre, comme jardinier et comme chauffeur. Oui, il avait la passion des automobiles. La maison lui venait de sa femme. » Il termina son café à petits coups. « Fin 34, il m'a dit : « Louis, si tu veux, tu « peux prendre la chambre d'en haut. » J'ai accepté, je n'avais plus d'attaches. » Je ne lui posai pas de questions : j'ai pris le parti d'intervenir le moins possible, il y a quelque chose de tellement irréel dans nos rencontres. Et l'après-midi passa ainsi; il m'avait raconté comment, après les visites de plus en plus rares de ses jeunes disciples, ils dînaient tous les deux le soir au salon sur une table de bridge où Louis dressait le couvert. On n'ouvrait plus les volets, Kaerner craignait la lumière. Puis Louis se retirait pour faire la vaisselle et ranger un peu, et, pour finir, il montait se coucher là-haut, laissant Kaerner seul dans le salon à peine éclairé. Il n'était pas rare qu'il le retrouvât endormi à sa table le lendemain matin, parmi les lettres qu'il avait écrites dans la nuit jusqu'à l'épuisement, et qu'il se refusa toujours à envoyer. « Il était malade, vous savez. Il y avait la note, mais d'autres choses aussi, qui m'inquiétaient. Parfois je n'étais pas bien sûr qu'il m'avait reconnu. Il me regardait, restait immobile, et sa machine se remettait en route, il parlait, il me souriait, mais avec difficulté. Comme s'il avait dû faire un effort. Comment dire ? Non pas pour sourire, ou pour paraître enjoué, pour cacher sa maladie. Non : mais pour trouver ses mots. Parfois il me faisait répéter quelque chose, au début je croyais qu'il commençait à entendre mal, mais non, le moindre froissement de papier le faisait sursauter. Mais c'était comme s'il n'avait pas compris le sens des mots. Je ne sais pas bien dire toutes ces choses, je ne les comprends pas bien moi-même, et maintenant je suis un vieux bonhomme, un très vieux bonhomme. » Il se tut et resta un long moment silencieux. « Un jour, j'étais arrivé sans bruit dans le salon, il détestait qu'on le dérange, et je l'ai vu, il était assis dans le fauteuil, celui-là (il me montrait le fauteuil Voltaire où je m'étais assis la première fois). Face à la fenêtre : il faisait si sombre qu'il m'avait autorisé à ouvrir les volets. Et il tenait droit devant lui la partition d'une de ses œuvres, je ne me rappelle plus laquelle, et il la faisait tourner lentement. Comme on fait avec le journal quand on l'a pris à l'envers. Et on voyait bien qu'il essayait de lire et n'y parvenait pas; il faisait tourner encore une fois la feuille, cette fois elle était à l'endroit; et il recommençait, l'éloignant et la rapprochant de lui. J'ai posé des lettres et des papiers qu'il m'avait demandé, là (de la tête il désignait un petit guéridon) et je suis sorti. Et quand je suis revenu, un petit moment après, il était au piano, et il jouait, comme s'il ne s'était rien passé. »

Il se tut. Je vis qu'il était temps de prendre congé.

« Il y a des choses que je ne sais pas bien expliquer et que vous trouverez là-dedans », me dit-il en me raccompagnant à la grille. Et il me glissa dans la main une épaisse enveloppe, comme un parrain à son filleul venu lui rendre visite. « Je ne vous avais pas tout donné la dernière fois. »

L'enveloppe contenait la lettre que j'ai citée, et quelques autres. Et un petit carnet très plat, de la main de Kaerner, mais que je n'ai pas encore complètement déchiffré. C'est un journal tenu par lui entre la fin de janvier et le milieu de mars 1935, l'écriture en est assez tremblée et parfois difficile à lire.

Quand je suis revenu le vendredi suivant, il était très fatigué, peut-être même avait-il de la fièvre; il m'a tenu des propos confus comme sous l'effet d'un léger délire : « Fermez bien la porte d'en haut, la porte d'en haut. » Et un peu plus tard : « Ne la laissez pas entrer ici, non, il ne faut pas qu'elle entre. » Je ne savais pas de qui il parlait, mais je le rassurai. Il ferma les yeux. « Bien, très bien », et il souriait quand je suis parti.

Je n'y suis pas encore retourné.

5 février.

Voici donc le journal qu'a tenu Kaerner entre la fin de janvier et le milieu de mars 1935. J'ai terminé cette nuit de le déchiffrer : par une coïncidence que je n'ai pas cherchée, il a été écrit en ces jours mêmes de février où je le transcris, il y a trente-deux ans.

JOURNAL

29 janvier : De nouveau, les troubles de la vue, indéniablement. Demandé à Louis de n'ouvrir les volets sous aucun prétexte. Les lignes se brouillent sous mes yeux, les notes ne se forment plus. Mais s'agit-il vraiment de mes yeux ? Parfois ces malaises disparaissent complètement. Et j'ai tort de parler banalement, conventionnellement. *Les lignes ne se brouillent pas,* c'est quelque part en moi la vision qui se trouble, l'image qui ne se forme pas. Osons aller plus loin encore, malgré la terreur que cette observation m'inspire : c'est la musique qui ne naît plus en moi devant l'image de la note. Je la lis, mais je ne l'entends pas.

5 février : Les jours sont d'un gris pâle comme l'eau. Pourtant ce n'est pas un hiver triste; il se lève un soleil vif et franc dans la fin de la matinée. Mais je ne perçois que des figures décolorées, comme sous le passage d'un nuage – je sais maintenant que cette brume est en moi.

8 février : J'ai encore la force de tenir presque quotidiennement le journal des observations que je fais sur moi-même, et sur les progrès de ce qu'il faut bien appeler mon mal. Mais je n'ai pas les connaissances médicales qu'il faudrait. Je sens en moi comme des bloc entiers, j'allais écrire : de moi-même, qui s'effritent et tombent silencieusement, dans un nuage de poussière. Et on prend ma solitude pour de l'orgueil, et mon silence pour de l'entêtement.

9 février : Journée effroyable. Retour de la note. Songé au suicide, mais cette solution extrême à tous mes maux me semble soufflée par le même démon ricaneur qui m'envoie cette parodie d'inspiration. Car autrefois, j'ai connu et recherché ces états troublants où le rythme et les premières mesures d'une mélodie s'imposaient à moi avec violence et me contraignaient à tout laisser pour griffonner quelques notes. Très souvent, épuisé, je m'endormais aussitôt après. Mais *cela*, cela, n'est que dérision, et insupportable souffrance.
L'audition de la note s'accompagne d'une intense douleur dans l'oreille.

10 février : Ce matin, au petit déjeuner que Louis me sert tout en mangeant avec moi, j'ai senti soudain ma main se lever et quelque chose d'immobile en moi me regardait faire avec sévérité. Je voyais bien que Louis m'observait mais je ne pouvais ni parler, ni retirer mon bras. " C'est la théière que vous voulez ? " *Je n'ai pas reconnu le mot :* il a retenti à mes oreilles comme une parole prononcée dans une langue étrangère. Mais non, ce n'est pas cela, c'est encore bien pire. Je l'ai parfaitement reconnu, mais il n'avait plus de sens. Mon esprit s'affolait en le maniant, en le retournant, en décomposant ses syllabes : " thé- iè- thé- iè- re, re " – c'était comme un visage familier sur lequel on ne sait plus mettre un nom.
Une terreur nouvelle s'est emparée de moi. Un grand rire intérieur me secouait : je ne saurais en dire davantage. Ce n'était pas moi qui riais.

11 février : Que vais-je devenir, mon Dieu, que vais-je devenir ?

12 février : Lorsque ces expériences se renouvellent où le visage familier des mots, des notes de musique, *sans cesser de m'être connu me devient soudain étranger* (je ne peux m'expliquer davantage) je me dresse baigné de sueur, saisi de l'impulsion violente de me jeter dehors et de courir droit devant moi. Mais la lumière du jour me blesse les yeux, et je dois aussitôt dehors me couvrir le visage de mes mains. Ce comportement inquiète visiblement Louis, et je m'oblige à rester immobile dans mon fauteuil. La note a disparu depuis deux jours.

15 février : Je suis hanté depuis ce matin par l'image d'un arbre gigantesque sortant de ma bouche et dont chaque feuille violemment lumineuse porte des caractères dans une langue que je ne comprends pas.

16 février : Douleur dans la partie gauche de la tête. Essayé sans succès des cachets de Calmine. Je crains le retour de la note. J'ai été réveillé brutalement par la sonnerie du téléphone : je n'ai pas reconnu d'où venait ce bruit qui me terrifiait. Au bout d'un moment Louis est descendu, il a décroché. Je préfère qu'il pense que je deviens sourd plutôt que de lui laisser deviner la vérité. Mais à chaque fois que je suis frappé de ce même trouble, je ne perds pas complètement le sens de ce qui se passe. C'est comme une lenteur qui s'installe en moi – un espace qui s'ouvre, indéfiniment prolongé, entre *la chose et son sens* qui chez un homme normal coïncident presque parfaitement. Sauf parfois, dans les états de fatigue, ou de distraction. Oui, c'est cela : une monstrueuse distraction s'est emparée de mon esprit.

18 février : Avec ma deuxième *Etude pour la main gauche* j'ai approché au plus près, je crois, ce qui avait été mon dessein depuis le début : soutenir par un rythme inflexible la mélodie la plus sobre (ce qu'autrement avait tenté Debussy avec ses *Pas sur la neige*). Mais si je ne puis ni aller au-delà ni revenir en arrière, je ne puis non plus séjourner dans une atmosphère aussi raréfiée, sous peine d'asphyxie. Et ces troubles que je ressens, quoique de façon discontinue, me le prouvent.

19 février : Je dors beaucoup, parfois même dans la journée. Le sommeil me prend brutalement, si j'étais debout je crois que je tomberais. Mais je ne me lève guère de mon fauteuil face à la petite table que j'ai fait mettre près de mon piano. Ce sommeil ne me repose pourtant pas : j'en sors épuisé, le front lourd, l'esprit confus. Et la note parfois s'y fait entendre, sans toutefois me réveiller : comme si je rêvais que je l'entendais. Mais au réveil, je ne sais si je ne dors pas encore, et si ce faux réveil n'est pas une ruse encore du rêve. J'éprouve quelques difficultés ce matin à former mes lettres, comme cela s'était déjà produit il y a quelques années : à l'époque je n'y avais pas accordé d'importance, je croyais que j'avais le poignet fatigué par le travail du piano.

22 février : On m'a appelé au téléphone ce matin, et le pire sans doute s'est produit. Je sors à peine du lourd sommeil où je suis tombé après avoir raccroché. Mon interlocuteur s'est présenté, son nom ne me disait rien, je suis resté silencieux. Puis il m'a appelé par mon nom, et je n'ai pas reconnu de qui il parlait. Je l'ai fait répéter : pourtant j'avais parfaitement entendu. Mais l'innommable distraction ne cédait pas. Et une fois de plus c'était comme un rire de dérision que poussait en moi un Double acharné à me tromper. J'ai raccroché, en bredouillant quelque chose, pour donner le change. Car, tandis que résonnaient à mes oreilles ces syllabes incompréhensibles " E-gon-Kaer-ner ", j'étais comme un homme qui marche et se voit marcher, comme un homme qui rêve et sait qu'il pourrait s'il le voulait se réveiller. Mais quelque chose en moi ne le voulait pas.

23 février : Le sentiment de dépossession que j'ai ressenti hier à l'appel incompréhensible de mon nom, ce sentiment du gel et de l'immobilité d'une partie de moi qui aurait dû être chaude et animée, m'a quitté, me laissant brisé. Et la terreur me prend devant le retour que je sais inévitable de cette affreuse dissociation de moi d'avec moi-même.

26 février : En moi une brume blanche, presque jaune, qui épaissit les contours des choses. Je ne peux plus me mettre au piano, mes doigts me refusent tout service et pourtant ils sont parfaitement agiles, mais ils se posent au hasard sur les notes. Je me suis regardé ce matin dans le miroir et je ne me suis pas reconnu : mon visage était devenu une énigme. Mais cela n'a duré qu'un bref instant. Cependant Louis est entré comme je tenais une serviette devant la glace (j'étais en train de me raser) pour ne plus voir cette face inconnue *qui est moi* ainsi que je ne cesse de le savoir. Je lui ai dit que j'ôtais la buée de mon bain.

28 février : Le sentiment d'oppression dans la partie gauche de ma tête a disparu ce matin. Au téléphone, j'ai reconnu le critique du *Temps,* B. de R. qui a cherché à me joindre depuis une semaine. Mon numéro était sans doute en dérangement, car il est tombé plusieurs fois sur un inconnu. Il me demande de prononcer une conférence sur mon œuvre le 18 mars prochain. J'ai accepté.

5 mars : De nouveau, la note; le brouillard jaune d'abord dans ma tête, puis une douleur au-dessus de l'oreille. Et quand son hurlement s'apaise, une fatigue mortelle s'empare de moi. Je n'en peux plus.

6 mars : Nuit d'insomnie et de confusion. A minuit, j'entends distinctement qu'on joue sur mon piano. Je descends. Parvenu en bas, je n'entends plus rien. Louis qui est arrivé sans bruit derrière moi m'appelle par mon nom. La terreur me gagne. Même en ce moment, où je suis de nouveau assez calme pour prendre ces notes qui intéresseront sans doute les médecins, je ne peux empêcher un frisson de gagner mon dos, ma main se met à trembler, je... (interrompu).

7 mars : Les périodes de calme et de tension alternent, mais la note ne me lâche pas. Encore la vision du grand arbre. Cette fois ses feuilles sont des notes de la musique que j'ai écrite, et une voix parle. Mais je ne sais comment noter ce qu'elle dit, *que je comprends parfaitement,* bien que les mots n'appartiennent à aucune langue humaine.

9 mars : Oppression au front, douleur de la nuque. Surdité partielle du côté gauche. Troubles de la vue : mais j'ai pu me mettre un moment au piano. Toutefois j'ignore absolument ce que j'ai joué. Car la fatigue ensuite était si grande que j'ai sombré dans le sommeil.

11 mars : Mystérieuse et miséricordieuse éclipse dans les souffrances que j'endure depuis des mois. Le printemps semble s'annoncer prématurément. La douleur d'oreille m'a quitté. Ma main retrouve un peu de sa souplesse.

12 mars : L'accalmie durera-t-elle? De vagues douleurs au côté gauche de la tête ce matin, mais sans que la note se soit formée. Toutefois, j'ai distinctement entendu quelqu'un fredonner ce matin le début de ma Sixième Etude, et je suis certain que j'étais seul. B. de R. m'a rappelé : je l'ai reconnu tout de suite; je ne veux rien jouer : simplement parler de la musique. De son essence, et de ses limites. La conférence sera brève, mais je tiens à la faire.

13 mars : Les branches de forsythia raides et fleuries sous ma fenêtre. L'effet sera moins saisissant quand les feuilles auront poussé. Mais le jaune froid et vif de ces premières fleurs me réjouit, parce que j'y vois une promesse. La note n'est pas revenue. J'éprouve seulement une certaine difficulté à répondre rapidement : par bonheur, nous sommes ici extrêmement seuls, je ne reçois pratiquement plus de visites. Et j'ai obtenu de B. de R. qu'on ne me posera pas de questions.

14 mars : Grande fatigue au réveil. Le sentiment d'un oubli coupable, d'une faute à réparer, d'une tâche à terminer. J'ai eu beaucoup de mal à déchiffrer une de mes dernières partitions; de nouveau la crainte que ce soit le signe d'un retour aux semaines abominables que j'ai connues. Mais je ne crois pas. On siffle, dans le jardin, est-ce Louis ?

16 mars : La conférence est après-demain, jeudi 18. Je me sens très calme, mais j'ai appris à me défier de ce calme.

FIN DU JOURNAL

6 février.

Depuis le jour où il a reçu la visite du professeur Gl., je n'ai pas revu F. qui observe de longs repos et n'a le droit de travailler à son livre qu'une ou deux heures par jour.

J'en ai parlé avec lui très librement au téléphone ce matin. « Oui, m'a-t-il dit, la lumière n'est avec moi que pour peu de temps. »

(Un peu plus tard, le même soir.)

« La lumière n'est plus avec vous que pour un peu de temps; marchez tant que vous avez de la lumière, de peur que les ténèbres ne vous surprennent; car celui qui marche dans les ténèbres ne sait où il va. » (Jean, 12, 35.)

(Un peu plus tard encore : nuit.)

Le silence monte et m'enveloppe. Il y a quelque chose d'extraordinairement apaisant à se livrer, comme je le fais en ce moment dans ce journal, au patient retour des choses.

Quand j'écris, il est vrai, je ne sais qui agit et qui est agi. Si c'est ma mémoire que je remue, comme une eau qu'on brasse; ou si c'est elle qui en s'ébranlant communique à ma main un mouvement parallèle au sien.

Ecrire de la musique m'obligeait tout au contraire à une violente mise hors de moi-même, à une dépossession douloureuse, à une objectivité impitoyable qui me laissait impersonnel, dépouillé et froid. Je n'avais en rien été admis au rythme que certaines pages simulaient, et qu'elles feraient peut-être naître chez qui les écouterait. Mais à moi cela ne me serait jamais donné. Un sentiment d'abandon me gagnait, et celui d'une abominable duperie. Ma musique était pour eux, non pour moi. (Surdité de Beethoven.)

Cette Bible appartenait à ma mère (les pages en sont marquées de fleurs des champs) qui n'était pourtant pas le moins du monde croyante. Elle lisait la Bible, c'est tout. Cette plante, à la fleur violette, c'est la *soldanelle,* je crois.

8 février.

Que s'est-il donc passé dans le quartier Nord qu'il faut à tout prix qu'on ne sache pas ? Après l'incendie dont les origines n'ont toujours pas été parfaitement élucidées, l'épidémie « rapidement jugulée », pour parler comme les journaux. Il faut croire cependant que l'on n'est pas absolument satisfait du résultat, puisqu'on a entrepris depuis la semaine dernière – d'après Mme B. – d'isoler le périmètre menacé. On a commencé par lever le pont mobile, pour couper la circulation dans ce sens; puis on a fermé des boutiques, barré des cours et des passages; enfin on a commencé à élever tout autour un léger mur de brique, et l'évacuation des habitants a commencé.

Du quai, l'effet est saisissant : les rues sont entièrement vides, les maisons ont leurs volets fermés, ainsi que les boutiques. Des rouleaux de fil de fer barbelé attendent l'achèvement du mur. Des tireurs postés sur les toits abattent les chats et les chiens errants : cela confirme qu'on redoute une contagion. Mais le mur est plus haut que solide, il ne pourrait pas arrêter des hommes résolus : la peur y suffira, et quelques soldats de place en place. Je suis passé près d'une vigne roussie par le gel; il y avait encore les traces d'un feu abandonné. La plupart des maisons n'ont qu'un étage, ce sont encore des habitations rurales; le quai est cependant bordé d'immeubles de brique. J'ai pu pénetrer dans l'un d'entre eux sans être remarqué : de la plate-forme du cinquième, j'avais pleine vue sur l'horizon et le quartier condamné. Le mur est aux trois quarts achevé : il n'y manque que la zone ouest, que protège du reste le canal. Il suffira d'en couper les ponts. Tout au nord, j'ai vu sortir une file de camions bâchés, précédés et suivis de camions militaires.

Le temps était très dégagé; les nuages gris couraient vite dans le ciel clair; vers l'ouest le soleil se couchait, mais le vent fort et humide qui souffle sans interruption depuis deux jours annonce une de ces périodes où l'hiver semble prématurément céder – pour revenir ensuite avec plus de force. Mais nous devons accepter cela d'un cœur simple, sans mémoire : comme font les plantes qui ouvrent innocemment des bourgeons que le gel flétrira brutalement quelques jours plus tard, ou comme les oiseaux, qui font leur nid dès que le temps se radoucit.

On ne m'a rien demandé; je n'ai croisé en redescendant que des enfants qui rentraient de l'école.

Mme B. dit qu'on va reloger les gens dans des constructions récentes au sud de la ville : en attendant ils s'entassent dans les anciennes casernes de cavalerie. Depuis que cela se sait, il semble que l'évacuation se fasse moins bien.

9 février.

F. au téléphone : « Vous voyez que je vais tout à fait bien. » Sa voix était enjouée. « Je ne savais pas qu'il y avait d'aussi bonnes choses dans ce livre. Et c'était mon premier ouvrage scientifique pourtant ! J'ai parfois l'impression de lire celui d'un autre... Cela dit, que de faiblesses ! Et une raideur de ton, une façon d'écraser sans l'entendre un adversaire gênant. Ah ! la jeunesse. »

Puis nous avons parlé du quartier de V. « Comment, un mur ? » « Oui, un mur. » « Alors, comme à... ? » « Eh oui. » « C'est proprement incroyable ! Evidemment, toujours rien là-dedans. » Je l'entendais froisser les journaux. « Evidemment, dis-je, mais je vous laisse travailler. » « Oui, d'ailleurs j'entends mon jeune homme qui arrive. Entrez, entrez donc. Je vous embrasse. »

Autour d'elle, dit Mme B., on chuchote que c'est un coup monté, que les ennemis du pays s'en sont mêlés. « Quels ennemis ? » lui ai-je dit. Elle ne sait pas; d'ailleurs, elle n'y croit guère. Tout ce qu'elle voit, c'est que « du pauvre monde » va encore en souffrir.

Faut-il aller chercher si loin ? D., au ministère, n'a-t-il pas invoqué devant moi la nécessité de boucler rapidement un programme de recherches ? Des travaux dangereux, un rythme trop élevé : il n'en a pas fallu davantage pour que les ouvriers se révoltent. Surtout si un accident s'est produit : car je persiste à croire qu'il y a eu *deux* incendies. Un premier, accidentel, dû à une fuite de gaz, ou à quelque chose de ce genre. Une explosion a été entendue, il y a eu des blessés, des enfants contaminés; et le liquide alors répandu imprègne maintenant la terre des petits jardins. Mais le deuxième incendie? Celui qui a ravagé l'usine et les bâtiments voisins, qui l'a allumé?

Anne revient demain d'un chantier de jeunesse. Le visage de Mme B. s'éclaire : « Ah! bon. Je vais faire la chambre à fond, les carreaux ne sont guère propres! »

(Dans la nuit.)

Le souvenir que je n'ai pas saisi au moment où il affleurait dans ma mémoire, n'est plus tout à fait le même lorsque j'entreprends de le rapporter quelques heures plus tard : c'est comme une eau qu'on entend couler derrière une paroi rocheuse sans pouvoir l'atteindre, et qu'on ne reconnaît plus dans un bassin plus profond ou plus large.

J'ai cru longtemps que je me déplaçais tout au long du fil droit de ma vie et que les objets de mon souvenir restaient immobiles, comme des silhouettes diminuant sur le quai d'une gare. Mais non, ils vivent eux aussi, et se déplacent selon des lois que je ne sais pas : et nos rencontres, improbables, sont celles de deux univers en mouvement.

11 février.

Anne me montrait avec fierté, comme une enfant, ses joues rouges et sa bonne mine. Puis nous avons tiré les rideaux, et je l'ai prise, doucement, longuement. Elle gémissait à bouche fermée.

Plus tard, quand Mme B. est arrivée, elle est

allée lui porter une tasse de thé et des biscuits à la cuisine. Son équipe avait repeint un sanatorium pour enfants : elle faisait voir les ampoules de ses mains.

Il y a dans l'écoute musicale un équivalent de ce que me procure l'élaboration régulière de ce journal – et que la composition musicale me refusait toujours : un temps surgit, nouveau, dont j'accepte avec joie l'emprise. Car, en échappant au déroulement insignifiant de la durée, je me soumets au temps, je me soumets le temps.

De même quand je joue. Je devrais dire : quand je jouais.

12 février.

C'est par Béatrice que j'avais rencontré Clara L. en 1959. Je ne connaissais d'elle, comme tout le monde, que son renom et la place qu'elle avait tenue dans la vie de Kaerner. Après la guerre, on ne trouvait déjà plus chez nous de ses enregistrements. Mais les *Etudes pour la main gauche* de Kaerner lui étaient toutes dédiées, avec cette phrase en fac-similé à la tête du recueil : « A la grande Clara L. digne en tout point de son admirable prénom. »

Béatrice avait travaillé le piano pendant quelques années avec Martha Genish : celle-ci nous reçut, et nous mit aussitôt en relation avec Clara, dont elle avait été l'élève au Conservatoire. J'étais persuadé que Clara était restée à Berlin après la guerre. « Mais non, dit Martha Genish, elle est revenue en 49. Elle vit très retirée, mais elle ne refusera pas de vous recevoir. »

Elle ne refusa pas. J'avais téléphoné à Jan G. que je voyais encore de temps en temps. « Comment, tu as retrouvé Clara ! Mon vieux, passe prendre mon magnétophone. »

Je descendis de l'autobus, l'épaule sciée par la courroie de l'appareil, et je restai un moment immobile au pied du bel escalier de fer forgé et de marbre, fort mal entretenu. Au quatrième étage, je m'arrêtai sous une grande verrière ornée de lys mauves et de feuillages dont l'un des panneaux avait été remplacé par des planches. L'un des battants de la double porte de bois clair était ouvert : une main en sortit, cherchant la mienne. « Je n'y vois plus beaucoup », dit une voix. Sa main était petite, sèche et très chaude : elle me tenait fermement et me guida vers un fauteuil devant la fenêtre quasiment masquée par deux rideaux tenus par des embrasses. Elle s'assit à côté de moi, son visage ne m'apparaissait que de profil : quand elle se tournait pour me regarder, il était entièrement plongé dans l'ombre. Elle avait caché ses cheveux sous une dentelle noire qui faisait ressortir sa peau blanche et ses sourcils en arc, prolongés d'un trait au crayon d'un brun tirant sur le rouge.

« Alors ? » me dit-elle. Et elle sourit. « Vous voulez que nous parlions de lui ? Attendez. Il faut d'abord que j'aie confiance. »

Elle eut sans doute confiance. Je restai une bonne partie de l'après-midi, et je revins le lendemain. « Oui, vous pouvez m'enregistrer. Mais je vous préviens que je ne chanterai pas. » Elle se mit à rire. « Alors, on y va ? »

Voici la transcription de nos entretiens, telle que je l'ai faite le soir même sans en rien omettre :

19 novembre 1959.

(Bruits de roulement de voitures dans la rue. Ma voix) : « Vous pouvez parler, tout va bien. » Elle : « Mais qu'est-ce que je vais dire ? » (Rires. De nouveau, le bruit de la rue.) « Je n'ai pas toujours joué du piano. Si, toujours, mais je faisais autre chose en même temps. J'ai été actrice. J'ai même fait de la peinture. » (Elle se lève, heurte le guéridon. J'ai décidé de ne pas suspendre l'enregistrement. Elle revient, me tend une petite aquarelle encadrée, qui représente un cheval blanc à l'ombre d'un grand arbre exotique. Le cheval est vert et rayé par les palmes) « J'ai été formée par l'une des dernières élèves de Clara Schumann. C'est d'elle que je tiens une façon particulière d'attaquer la note, qu'il prisait beaucoup; si mes mains n'étaient pas si raides, je vous montrerais. » (Elle fredonne, et fait glisser ses doigts sur un clavier imaginaire) « la-la-la, la-la-la » (et ses deux mains s'écartent et reviennent vers elle avec grâce. Puis elle les joint sur ses genoux et hausse les épaules). « Bah, tout cela est bien loin maintenant, qui s'en soucie ? » « Moi », dis-je. « Vous êtes gentil. » (Un silence; elle ne bouge pas; on entend le roulement des voitures, et le ronflement de l'appareil) « Quand les concerts se sont faits plus rares, il faut dire que je refusais de jouer n'importe quoi, je voulais composer mon programme à ma fantaisie et on ne l'acceptait pas toujours, j'ai donné des leçons. Pas au Conservatoire, il n'aurait pas voulu. Mais chez moi. Oh, il est venu beaucoup de monde ici. » (Et elle regardait autour d'elle avec satisfaction) « J'aime ce salon, je n'ai touché à rien, tout est à son ancienne place si bien qu'il me semble tout voir malgré mes mauvais yeux. » (Ma voix, plus faible, je suis de l'autre côté du micro) « Vous avez toujours vécu ici ? » « Toujours. En tout cas, dès notre arrivée de Berlin. » (Moi) « Votre arrivée ? » (Elle rit) « Oui, je suis venue ici, je ne vous dirai pas en quelle année, vous sauriez mon âge, quand j'avais dix-huit ans, avec une amie, Louise. Mes parents étaient riches, et faisaient tout ce que je voulais : nous nous sommes installés ici. Oui, il est venu beaucoup de monde ici : Levine, et Max Schön, et toutes sortes de gens dont le nom ne vous dirait rien. » (Je repose bruyamment l'aquarelle sur une petite table) « Vous n'aimez pas trop ma peinture, cela n'est plus du goût des jeunes. » (Je ris) « Je ne suis pas si jeune, et j'aime beaucoup cela. Est-ce un souvenir de voyage ? » (Elle lève les mains) « Oh ! si, vous êtes jeune, vous êtes très jeune. » (Et se penchant d'un ton de confidence) « Je suis très âgée, vous savez, très âgée. Non, ce n'est pas un souvenir de voyage; je n'étais allée nulle part à l'époque. Disons que c'est plutôt un souvenir de Levine » (Nous rions tous deux. Moi) « Et ensuite ? » « Ensuite, oui, j'ai beaucoup voyagé; j'ai fait ce qu'on appelle une carrière internationale. Et j'avais plus de quarante ans pourtant. » (Moi) « Après votre départ pour Berlin ? Oui, je suis retournée à Berlin en 1929 : là, je me suis mariée; ou plutôt non, j'ai suivi mon mari qui était chef d'orchestre comme vous savez, et qui m'a décidée à reprendre les concerts. Il y avait presque dix ans que je m'étais consacrée à peu près exclusivement à sa musique, à lui.

La musique d'Egon, je veux dire. » (J'acquiesce silencieusement) « Je ne suis revenue qu'à la mort de Walter. Il me semblait que mes attaches étaient ici, pourtant c'est à Berlin que je suis née. Là j'ai connu des moments difficiles. Je ne pouvais plus guère donner de leçons – d'ailleurs j'étais trop âgée pour cela, et puis les temps n'y étaient plus. » (Un silence) « J'ai tout de même pu garder de petites choses (Mes yeux habitués à l'obscurité voient maintenant les tableaux aux murs, et des objets d'art ça et là) « Mais j'ai dû faire quelques démarches dont le souvenir ne m'est guère plaisant. J'avais décidé de vendre certaines éditions rares qui me venaient de mon père. Ces tractations étaient très surveillées à l'époque : une fois j'avais mis les livres dans un cabas, et des choux par-dessus. Du reste, je n'ai pas fait affaire avec le personnage qu'on m'avait indiqué et qui s'était montré particulièrement odieux. Vous verrez, je vous le montrerai tout à l'heure, j'ai un Vauvenargues dont la reliure porte encore la trace du voyage infamant que je lui ai fait faire » (De nouveau, un silence. Ma voix) « Et par la suite ? » (Elle) « Par la suite, on m'a fait une petite pension. J'avais quelques amis qui avaient des relations : on m'a donné une retraite d'artiste d'Etat, ce que, Dieu m'en garde, je n'ai jamais été. Voulez-vous du thé ? » (Je n'ai pas le temps d'acquiescer, elle est déjà debout : je l'aide à passer entre le guéridon et son fauteuil, et je coupe le magnétophone. Je reste seul un moment tandis qu'elle s'affaire dans la cuisine).

14 février.

Suite de la rencontre avec Clara L. du 19 novembre 1959 :

> Au bout d'un moment, je remets le magnétophone en route, pensant qu'elle va revenir. Mais toujours rien. (Ma voix) « Puis-je vous aider ? » (Je me suis levé, mes paroles sont couvertes par un bruit de vaisselle, et son rire) « Non, merci, la jeune fille a tout préparé sur un plateau. Et elle est très gentille, vous la connaissez sans doute, c'est la fille de... » (Inaudible. Je me suis approché du piano ouvert, le magnétophone ronronne. Sur le pupitre, une partition de *Jazz* de Stravinsky. Au-dessus du piano, dans un cadre, la photographie de deux jeunes filles. Clara revient à ce moment, je m'avance vers elle pour prendre le plateau) « Vous aussi, vous la regardez ? C'est Louise. Et moi, en robe claire. Elle est morte en 1918, de la grippe espagnole. » (Elle se penche, verse le lait avec hésitation) « Deux sucres ? » (Moi) « Permettez-moi. » (Bruits de petites cuillers. Sa voix) « Mais il faut que je reprenne ma place dans le fauteuil, sinon on ne va pas m'entendre. » (Sa voix vient maintenant d'une autre direction) « Vous voyez que je suis très obéissante. Nous étions venues ensemble de Berlin, elle était actrice, à ce moment-là, pour suivre un jeune peintre. Elle se mit à peindre, elle aussi, d'immenses toiles, et elle eut un début de succès prodigieux, mais qui ne dura pas. Vous savez, en 1918, quand elle est morte, elle n'avait pas trente ans. » (Elle se tait, et remue la cuiller

dans la tasse) « Vous n'avez pas froid? Moi, toujours. » (Elle sort de sa poche de petites mitaines tricotées et les enfile) « Je ne vous épargne aucune des infirmités de mon grand âge. » (Elle sourit, et pose sur le flanc de la théière chaude le bout de ses doigts bleus) « Où en étais-je? » (Moi) « Vous parliez de votre amie. » (Un temps) « Oui, c'était une jeune fille extrêmement douée. Elle a même fait de la photographie. Je l'aidais, mais elle avait peur que tous ces produits ne m'abîment les mains. J'en ai gardé quelques-unes, mais bien des choses ont été perdues pendant mon absence. La mère de Louise a vécu ici pendant toute la guerre, mais on avait réquisitionné les pièces du devant, celle-ci en particulier; et tout était dans un état abominable quand je suis rentrée. Le plafond était crevé, enfin, je vous passe les détails, tout cela est oublié maintenant. » (Le temps passe. Nous ne parlons toujours pas de Kaerner. Elle reprend sur un ton plus grave) « Tout a changé lorsque je l'ai rencontré, l'année de la mort de Louise. Il m'avait vue dans un petit film qu'avait tourné un de mes amis qui depuis a fait une grande carrière à Hollywood, aussi je ne vous dirai pas son nom. » (Elle rit) « Je tenais le rôle d'une pianiste de jazz, et c'était évidemment un film muet, on aurait pu le faire jouer par n'importe qui d'autre, mais on avait un grand souci de vérité à cette époque dans le cinéma. » (Moi) « Dois-je comprendre que vous avez aussi joué de la musique de jazz? » (Elle) « Oui, beaucoup, très souvent, le plus que je pouvais. Il me disait : tu as un jeu tellement divin que rien ne peut le gâcher. Ce furent de merveilleuses années de folie; je donnais de petits concerts très suivis, très réservés, très chic, où je jouais du Schoenberg, du Stravinsky et des rag-times. Et les premières *Etudes pour piano* d'Egon; pas celles pour la main gauche, les premières, qu'il avait composées bien avant la *Grande Symphonie.* » (Ma voix) « Celles qu'il a appelées plus tard les *Compositions* ? » (Elle) « Oui, pour les distinguer des autres. Et puis je donnais de grands concerts, pour le public; je jouais du Schumann, des choses que les gens aiment, et à la fin, quand ils étaient heureux, contents, réchauffés, les pièces pour piano op. 11 de Schoenberg. » (Ma voix) « Et Ravel, et Debussy ? » (Elle) « Non, pas beaucoup. Je n'ai jamais été une interprète pour la musique française. Pourtant, je l'admire extrêmement. Mais j'ai joué du Bartók aussi ! » (Elle rit longuement) « Oui, j'ai eu une belle vie, très remplie. Mais nous parlerons de lui une autre fois, il faut que je rassemble mes souvenirs, tout ce passé, cela se réveille en moi. » (Elle s'arrête d'un air mélancolique. Moi) « Je vous demande pardon, il y avait beaucoup d'audace de ma part à venir vous solliciter ainsi. » (Elle s'est penchée vers moi, ses yeux ne me voient pas, mais ses mains gantées serrent les miennes) « Ne dites pas cela. Je suis très heureuse que vous soyez venu. » (Ma voix, inaudible; elle se lève, on entend le clac de l'interrupteur).

Elle a voulu me raccompagner jusque sur le palier, je m'en souviens; elle s'était appuyée sur mon bras. « Je m'ennuie beaucoup depuis que je n'y vois plus parce que je ne peux plus jouer. Mais ce n'est pas un drame, tout au plus un épisode. »

J'avais commencé à descendre les marches. « Et le prochain ne sera pas le plus intéressant non plus. » « Vous allez prendre froid. » « Oui, je rentre. A bientôt. » Je remontai les marches et lui baisai une deuxième fois la main. Elle sentait le safran, le parchemin, la dentelle. « Allez-vous-en donc. »

15 février.

Je ne retournai pas chez Clara de tout le mois qui suivit; elle avait pris froid, elle souhaitait que je la laisse se remettre. Et un jour je reçus un mot d'elle, sur un papier à lettres mauve clair, parfumé à l'ancienne. Il y avait quelque chose de luxueusement désuet dans ses habitudes, elle n'utilisait pas d'enveloppes mais repliait deux fois le papier, et le fermait d'un cachet que Kaerner lui avait offert, lors de son départ pour Berlin, avec leurs initiales.

Notre deuxième entrevue eut lieu trois semaines plus tard. « Oui, je vais mieux, ce n'était rien. » Elle était si seule.

Il ne m'est pas facile de dire, à quelques années de distance la sorte de trouble qui s'emparait de moi, quand elle m'ouvrait la porte et me tendait la main; quand elle me raccompagnait sur le palier; quand nous nous taisions dans la pénombre du salon. La machine continuait à ronronner doucement, sa lumière vibrait près de nous; je coupais le moteur. Un silence plus grand encore s'installait; pour le rompre je remettais la machine en route. Elle parlait. Il avait fait très froid cette année-là, en janvier il neigeait chaque jour; par la fenêtre double du salon, on voyait un paysage comme sur une estampe, tout hachuré de traits fins, et des passants obliques, se hâtant, des voitures rares, leurs lumières jaunes allumées; une atmosphère étouffée où le moindre bruit portait extraordinairement.

7 décembre 1959.

(L'appareil tourne. Un long silence) « Comment m'avez-vous retrouvée, je ne vois plus personne? » (Elle rit. Je parle de Béatrice) « Cela n'a pas d'importance, l'essentiel est que vous soyez là. » (Un temps) « Et que nous parlions de lui. » (Nous sommes placés comme la dernière fois : moi, face à la fenêtre. Elle, dans l'ombre) « Vous composez de la musique, vous aussi? » (J'acquiesce : je dis mes doutes, mes incertitudes; les journées arides. Elle dit) « Vous savez, on ne connaît bien d'un artiste que ses moments de découragement. Les moments de triomphe, il n'en parle pas, il les vit en tête-à-tête avec lui-même dans la solitude du cabinet, comme disent les Français. D'ailleurs, est-ce que cela existe, la joie de créer? Oui, peut-être, quelques instants fulgurants, suivis d'une immense fatigue. Comme nous sommes fatigués, nous aussi, quand nous avons joué! » (Un temps) « Et vraiment, il n'y a rien à en dire, il faut aller dormir, c'est tout. Oui, bien sûr, il y a les ovations, les bravos, mais qu'est-ce que cela? » (Elle tourne la tête vers la fenêtre) « Dans les moments de doute, Egon ne pouvait supporter d'entendre une note de musique. Il était injuste envers tout le monde, il trouvait tout détestable. Les petites œuvres l'irritaient — les grandes lui faisaient sentir cruellement, disait-il, tout ce qui le séparait du véritable génie. Quant à ses propres œuvres, il ne fallait pas en parler. S'il en était content, c'était encore pire : il disait que son meilleur temps était passé, etc. Je ne répondais rien, et puis, doucement, je me mettais à jouer. Du Schumann par exemple. Et petit à petit la musique exerçait sur lui son pouvoir, et quand il me quittait, vers cinq heures, sans mot dire, je savais qu'il allait se remettre au travail. Le lendemain, il arrivait à l'heure du déjeuner que nous prenions debout sur cette petite table. Je le vois encore se pencher sur le piano, un morceau de pain à la bouche, pour tenter un accord et le griffonner sur la partition. Ce n'était plus un homme jeune, il sentait l'urgence, c'est une chose que vous ne pouvez pas connaître encore. Il me soumettait tout ce qu'il écrivait. Je veux dire qu'il le soumettait à mon jeu, à ma façon de jouer. " Ce que tu n'aimes pas jouer, disait-il souvent, personne n'aimerait l'écrire. " (Le soir vient, Clara n'allume pas. La neige qui est tombée cet après-midi et qui s'est arrêtée maintenant a recouvert la rue et la petite cour d'une surface blanche si épaisse et si régulière que le ciel s'y reflète sans obstacle, et renvoie au plafond du salon, par la fente large des rideaux en embrasses, une plaque de lumière unie, quoique diffuse, où nous sommes baignés. Il y a quelque chose de marin dans l'air quand il a neigé : sa pureté sans doute, sa luminosité aussi. Clara parle) « C'est une bonne chose, pour un musicien, de pouvoir se confronter aussitôt à une exécution de son œuvre. Ces années-là, c'est le piano qui était toute sa passion. Je n'étais pas, techniquement parlant, supérieure à beaucoup d'autres, par exemple à Wilfrid Harchett, ni même à René-Paul Loisy, non sûrement pas, je n'aurais jamais abordé comme eux le premier mouvement du deuxième concerto de Brahms, avec cette audace. Vous les avez entendus ? Peut-être pas, on n'enregistrait pas tout, ou du moins dans de si mauvaises conditions, à cette époque ! Je n'y retrouve rien quand je les écoute. Du reste je ne suis pas sûre que Loisy ait eu le temps d'enregistrer Brahms, il est mort si jeune ! Mais où en étais-je ? » (Clara cherche l'interrupteur de la lampe, elle le trouve, je dis) « Ce n'est pas la peine d'allumer, nous nous voyons très bien ainsi. » (Elle) « N'est-ce pas ? Vous êtes comme moi. » (Elle éteint) « J'aime ces temps de neige, il me semble que j'y vois mieux, et que je suis plus jeune. Mon neveu, le neveu de Walter, qui est toujours à Berlin, disait que j'étais comme les chats, sensible à toutes les modifications électriques de l'atmosphère. Je ne sais pas, c'est possible. » (Elle rit) « Mais cela ne m'a pas fait retrouver le fil. » (Moi) « Vous disiez qu'avec vous, il mettait chaque jour à l'épreuve ce qu'il venait d'écrire... » (Elle m'interrompt) « Oui, c'est cela; je disais que je ne valais peut-être pas Loisy ou Bauermann, mais que je connaissais si bien son œuvre, et le moindre changement comment dire ? climatique, dans sa personne, dans sa sensibilité que je savais exactement comment jouer chaque note. Si quelque chose n'allait pas, je m'arrêtais, alors il se mettait en colère, il criait, je savais bien que tu t'arrêterais là-dessus ! Oui, c'est une facilité, mais comprends-tu que j'y ai passé la nuit, que j'étais épuisé, qu'il fallait bien résoudre ce passage ? Je ne disais rien. Il se levait, arrachait la partition du pupitre, la raturait, et me la rendait avec une brusquerie qui n'était pas dans ses manières... Et la transition cette fois était ingénieuse, sublime. Tenez dans la Sixième Etude – mais cela ne sert à rien, il faudrait que je vous la joue, je me souviens de la première version. » (Elle s'arrête un moment. Ma voix) « Est-ce au moment du retour au thème ? » (Elle) « Oui, c'est cela, il y a un passage d'une audace inouïe, si vous aviez la partition, je vous indiquerais la première solution qu'il avait adoptée. » (Moi) « Mais je l'ai, je vous l'apporterai. » (Elle a levé les yeux, et elle chantonne) « La-la-la, la-la-la-la-, ça c'était la première, et maintenant c'est : La - la - la : c'est le ralentissement qui est prodigieux ! »

J'ai été interrompu par la visite d'Anne que je n'attendais pas aujourd'hui : elle consacre ses samedis à son père. « Il est dans ses rangements, je le gêne, il parle tout seul. Et sa jambe le fait souffrir quand il neige. »

En effet, il neige : depuis hier, sans arrêt. Comme en ces jours où j'avais enregistré Clara : et la même lumière venue du sol lisse éclaire le plafond au-dessus de notre lit. Qu'est-ce que le temps, lorsque les choses se ressemblent au point de se confondre ? Longues heures avec Anne; nous n'avons pas le courage de nous lever. Sur ses conseils j'ai descendu le poêle à la cave, rouvert la cheminée condamnée; et nous y faisons du feu. Mme B. gronde un peu à cause des cendres.

Elle m'a quitté à cinq heures, et n'a pas voulu que je fasse un bout de chemin avec elle. J'ai appelé F. C'est Martha qui est venue, il dormait, elle ne voulait pas le déranger.

18-19 février.

Hier, des femmes se sont opposées à l'évacuation du dernier groupe de maisons qui devait être achevée cette semaine. Elles s'étaient murées chez elles avec les enfants qui n'étaient pas allés à l'école. Les hommes étaient au travail. Embarrassée par leurs cris et les pleurs des enfants, la troupe n'a pas osé intervenir. Il y a quelque chose d'archaïque et de profond dans cette résistance des femmes : une révolte farouche, décidée muettement, entre elles, sans consulter les hommes. On a laissé les choses en l'état pour le dimanche : je ne sais rien de plus. A deux heures, je suis sorti, et j'ai suivi un moment l'ancien chemin de halage le long du petit canal. Pas un bruit; pas un enfant dans les cours; un peu de fumée monte des toits. Ce calme ne présage rien de bon.

Je n'ai pu revenir à Clara qu'après avoir achevé le deuxième rapport que je destine à D. Je me déclare insuffisamment informé; je demande que l'on constitue une commission scientifique dont les résultats me permettront d'engager les recherches purement musicales. Après avoir cacheté la lettre, j'ai traversé un moment de grande incertitude. Ne suis-je pas en train de refermer sur moi le piège qu'on m'a tendu? Parfois c'est comme un jeu : mais n'est-ce pas moi-même que je trompe en croyant les tromper?

Neige encore : le redoux n'a pas duré. Anne, au téléphone vers six heures : « Je pense à toi, tu es mon amour. » Et c'était comme si nous étions séparés depuis longtemps et sans espoir de nous revoir bientôt. Je lui ai parlé de Clara. « Je sais à peine qui elle est. » « Elle est morte en 60, tu étais bien petite. On l'avait placée dans une institution, elle était devenue complètement aveugle. Les dernières fois que je l'ai vue, elle était dans une petite chambre, qu'elle partageait avec une vieille femme retombée en enfance, et qui appelait sa mère toute la journée. »

« Mon Dieu », dit Anne.

> « Il m'avait presque obligée, je dis presque, parce que je ne demandais pas mieux, à renoncer à des engagements, à des tournées à l'étranger. Il voulait m'avoir à sa disposition chaque jour. C'est mon laboratoire, disait-il en regardant ce salon, et le piano. Il aurait fallu garder tout ce travail que nous avons fait là, l'enregistrer. Car il ne parvenait pas toujours à noter les idées qui lui venaient, je les jouais, il était heureux. Il s'est écrit là une musique dont on n'a pas idée. Les jours suivants, il était repris par ses tâches, le Conservatoire, la direction d'orchestre, et quand nous avions le temps de nous y remettre, certaines choses avaient disparu... » (Clara se tait. Le jour baisse encore, il fait presque nuit) « Plus tard, il a eu beaucoup de temps pour lui, beaucoup de loisir, comme il n'en avait jamais connu. » (Nouveau silence) « C'est alors qu'il a écrit les *Etudes pour la main gauche.* Mais je n'étais plus là. » (Silence, encore, la bobine est presque au bout de sa course, j'hésite à arrêter l'appareil pour la retourner. Elle reprend, après un long moment) « Ces *Etudes* que vous avez raison de tant admirer, voyez-vous, ce n'est que l'ombre de ce dont il avait eu ici l'idée, et qu'il n'avait pu, faute de temps, mener à réalisation. Le plus douloureux, pour moi, c'est de penser qu'il y a consacré ses dernières forces; et en vain. » (Elle se tait. Je dis) « Comment cela, en

vain ? » (Il fait entièrement nuit; sa voix monte, l'appareil nous éclaire par en dessous) « Je veux dire que si j'avais été là, j'aurais pu l'aider à retrouver ce qui désormais lui échappait. Mais je n'étais pas là. » (Encore un long silence, la bande s'échappe de la bobine avec un sifflement sec; le rouleau tourne à vide. Je le retourne, Clara ne s'est pas arrêtée de parler) « ... m'en vouloir. Chaque fois que je les ai entendues, j'ai senti les obstacles qui s'étaient alors interposés... » « Vous voulez parler de sa maladie ? » (Elle ne répond rien) « Et que moi seule j'aurais pu l'aider à franchir. Maintenant, il est trop tard. Et je suis fatiguée, il faut nous arrêter. »

Les notes où j'ai transcrit notre entretien du 9 décembre sont très succinctes. Les voici :

9 décembre 1959 : Clara, aujourd'hui, refuse de parler devant le magnétophone, elle veut d'abord savoir ce qu'elle a dit les deux fois précédentes. Elle s'écoute sans mot dire; puis d'un geste elle me fait signe d'arrêter la machine. Elle se plaint d'entendre mal. « Et quelle voix ! C'est moi, cela mon Dieu ! » Elle approche de son visage ses mains tachées de son, et pousse un soupir. Nous reprenons l'écoute. Plusieurs fois elle rit, et s'assombrit par moments. Je note tout cela de mémoire puisque nous utilisons l'appareil pour écouter les séances précédentes. « Nous nous aimions beaucoup », dit-elle abruptement. Un silence. Nous reprenons l'écoute. Un peu avant la fin, elle dit : « Arrêtez, je vous prie. Je vais faire quelque chose pour vous. Je vais vous jouer la deuxième étude. » Elle se lève,

elle va au piano, je place une nouvelle bobine sur l'appareil. Elle a commencé sans attendre. Elle ne joue du reste pas longtemps, ses mains tremblent, mais son jeu est très pur. Elle l'accompagne d'un léger chantonnement, un demi-ton au-dessous. Puis elle s'arrête. « Ce sera la dernière fois que j'aurai joué pour quelqu'un... » (Elle se tourne vers moi, et me sourit. On entend le clac de l'appareil).

J'ai encore eu deux entretiens avec Clara : l'un, peu de jours après celui-ci (le 16 décembre) l'autre, beaucoup plus tard, lorsque devenue complètement aveugle elle dut se résigner à entrer dans une maison de retraite, en février de l'année suivante. Nous nous étions vus chez elle, une dernière fois, avant son départ et ce fut notre plus longue conversation sur Kaerner. Durant les deux mois qu'elle passa à l'hospice, elle ne me parla plus jamais de lui.

Elle était très affaiblie par ce changement dans ses habitudes, et préoccupée par les petits incidents d'une vie commune dont elle avait perdu l'habitude. Elle m'assurait que les autres vieillards profitaient de son infirmité pour lui dérober de menus objets. C'était sans doute vrai. Il y avait toujours beaucoup de monde dans sa chambre quand j'allais lui rendre visite; de vieilles têtes blanches, des visages aux yeux faibles, des mains crispées sur des cannes. J'essayais de les écarter un moment, pour lui parler tranquillement, ils feignaient de s'éloigner et restaient là, un peu plus loin, à nous écouter sans rien dire. Elle baissait le ton : « Ils sont toujours là, n'est-ce pas ? » Il faisait très froid dans les couloirs où j'essayais de me promener un moment avec elle. Il faut dire que l'hospice était surpeuplé, et qu'ils restaient peut-être là faute de pouvoir aller ailleurs. La plupart couchaient dans des dortoirs.

20 février.

Mme B. ne parle pas cet apprès-midi; elle répond à peine à mes questions. « Mais qu'est-ce que c'est que tout ça! Il se passe de drôles de choses, monsieur, de drôles de choses. »

Les soldats sont revenus ce matin au petit jour, dans le bloc de maisons que les femmes refusaient d'abandonner, et ils ont employé cette fois la manière forte : portes enfoncées à coups de crosse, femmes et enfants jetés sans ménagement dans les camions, au milieu du linge et des vêtements. Mais quelques familles s'étaient barricadées tout en haut d'une maison à étages : et des soldats ont été sérieusement blessés. La troupe en colère a tenté de se dégager en enfumant les couloirs; on dit qu'une femme se serait tuée en se jetant par la fenêtre. Mais ce sont des informations confuses que Mme B. tient de ses voisines. « Je ne lui en parle pas, ça le rendrait fou! » Il s'agit de son mari, qui ne s'est pas encore levé depuis sa dernière attaque. Pendant qu'elle parle, Anne fait du café; puis elle oblige Mme B. à s'asseoir avec nous et lui en sert une tasse. Ses mains tremblent. Mme B. s'essuie les yeux, et se lève : « Tout de même, enfumer des personnes, est-ce qu'on a déjà vu ça! » Puis elle s'en va dans une autre pièce. Anne ne dit rien, elle reste debout contre l'évier. Je viens vers elle, elle passe ses bras autour de mon cou, je la soulève pour l'asseoir sur le rebord de pierre.

Nous sommes restés un moment ainsi, enlacés. Elle pleurait. Puis Mme B. a fait tomber quelque chose dans le couloir et nous nous sommes séparés.

Plus tard. Il me revint ceci que Clara aimait à dire : « Je suis hors du temps. Laissez-moi où je suis. » Et elle citait alors Walt Whitman : « Le temps est venu pour moi de m'asseoir devant la porte et de contempler la vie. »

21 février.

Le mur d'isolement est maintenant terminé; on y a posé de place en place des gardes armés, et les abords en sont défendus par des rouleaux de fil de fer barbelé. Il ne semble pas qu'il se soit produit de nouveaux incidents.

Je n'aime pas qu'il y ait quelque part dans la ville un lieu interdit – comme un mal qu'on n'aurait pas réussi à extraire, mais seulement à circonscrire. En attendant qu'il se réveille ailleurs imprévisiblement. Et une curiosité malsaine nous attire vers lui, quoi que nous en ayons.

F. au téléphone, à cinq heures : « Si vous vouliez venir demain après-midi ? Mon jeune homme (il ne l'appelle jamais autrement) a repris ses cours, et je ne peux plus travailler sans lui. Si j'en suis content ? Vous verrez. »

22 février.

F. est en ce moment un homme pleinement heureux. Sa vie a tourné d'un cran; il aborde maintenant la zone d'ombre, mais l'activité intellectuelle intense où il est plongé, en le ramenant à des temps plus anciens lui donne une disponibilité joyeuse d'étudiant, une sorte nouvelle de confiance en l'avenir.

F. se lève, va vers la table, il en rapporte un livre relié dont la page de garde porte le tampon de l'Université. « Figurez-vous, dit-il joyeusement, figurez-vous que c'est l'exemplaire que j'avais offert à Janssen, à qui le livre est du reste dédié. » Le cachet « Bibliothèque de l'Institut d'Art et d'Archéologie » couvre en partie la dédicace : « A mon maître, ce livre qui espère ne pas être indigne de ses leçons. » Et, deux pages plus loin, ces mots imprimés : « A Carl Janssen. » « C'est une chose incroyable ! Sans doute le fonds entier de sa bibliothèque a-t-il été déposé là après le procès. » « Le procès ? » dis-je. Il ne répond pas tout de suite. « Il est vrai que le nouvel Institut a été ouvert en 50, et que je n'y ai jamais mis les pieds, du fait qu'on avait choisi mon pire ennemi pour directeur. » « T. ? » « Oui, T. ! : il a fallu qu'il meure, il y a un peu moins d'un an, pour qu'on accepte que je fasse paraître une nouvelle édition de ce livre. » « Mais le procès ? » « Quel procès ? Ah ! oui, celui de Janssen ! Vous êtes au courant, non ? » « Pas vraiment, dis-je, j'ai toujours pensé qu'on l'avait déboulonné pour des motifs obscurs, peut-être politiques, et je n'ai jamais pris très au sérieux cette histoire de détournement de fonds publics. Car c'est bien de cela qu'on l'a accusé ? » « En effet, dit F., et ce n'était pas douteux. Mais tout cela est très compliqué. Il faut se replacer dans l'atmosphère de l'époque. Le procès a fait un bruit énorme, énorme. Il ne faut pas oublier qui il était. Sur le plan scientifique d'abord. Ses découvertes avaient bouleversé les hypothèses les mieux reçues dans les milieux scientifiques. On lui devait d'avoir tranché une célèbre querelle concernant la place exacte du temple d'Ishtar dont le site demeurait introuvable, parce qu'on s'obstinait à le chercher quelques kilomètres plus loin, par suite d'une mauvaise interprétation des textes. Il est arrivé, et d'un seul coup d'œil il a reconnu dans les colonnes d'un édifice qu'on croyait postérieur, celles du *pronaos* du grand temple d'Ishtar... Et puis, il était le fils de Wilfrid Janssen, l'homme qui a renouvelé l'opéra allemand ! Et c'est de lui qu'il tenait à n'en pas douter ce goût formidable de la mise en scène, jusque dans la vie quotidienne. » « Est-ce qu'il n'avait pas été l'élève de Neumitz ? » « Non, dit F., non, du reste Neumitz n'a jamais eu d'élève. Janssen s'était formé tout seul; mais il avait beaucoup lu Neumitz. Et Schliemann. Comme nous tous. »

« Je lui dois tout, reprend-il, et je n'ai pas l'intention – que cela plaise ou non – de supprimer la dédicace de mon livre. J'avais été envoyé en mission auprès de lui en 1925. Le vieux M. qui dirigeait alors l'Institut m'avait dit : « Si vous voulez vraiment travailler sur le terrain, allez « rejoindre Janssen à Tadmor, j'arrangerai tout. » Et je suis parti sans hésiter. Je me suis embarqué à Trieste sur un cargo grec, qui faisait escale un peu partout pour prendre des passagers, des éponges, du vin, et ne repartait parfois qu'au bout d'une journée entière. Le voyage dura deux semaines. La région où nous devions débarquer n'était pas bien sûre, le Grec se faisait prier : finalement, il fit un détour, et me laissa à quelque distance du point où devait m'attendre un envoyé de Janssen, à qui je télégraphiai que j'aurais un peu de retard. Une barque m'amena par la côte à notre lieu de rendez-vous; un chauffeur en livrée m'attendait sur le môle, près des bâtiments de la douane, la casquette à la main, auprès d'une limousine blanche. Cela me changeait du cargo grec et de l'infecte petite barque à moteur où j'avais été horriblement secoué pendant toute une nuit. Le pêcheur, que j'avais pourtant grassement payé, ne voulait pas prendre le risque de naviguer de jour. Un petit homme très brun me tendit la main : « Je suis X., premier secrétaire de Carl Janssen. Je crois que nous serons amis. » C'était une façon très britannique de se présenter; et nous avons été, je peux le dire, d'excellents camarades. La voiture était superbe : cuir rouge, rayons métalliques aux roues. Le chauffeur qui avait regardé avec condescendance la minceur de mon bagage klaxonnait violemment pour se dégager de la foule qui encombrait le quai. La chaleur me parut excessive; il faut dire que je portais un col dur, et un costume noir. A Damas, nous avons changé de voiture et rejoint quelques membres de l'équipe à bord d'une voiture militaire française. Notre voyage dura deux jours. Le soir, au campement, un cuisinier indigène nous préparait de la semoule, du mouton, et du café parfumé de cardamome. La nuit, je ne dormais pas, et je relisais les dernières publications de Janssen.

Nous sommes arrivés le soir du 5 juillet. Janssen vint aussitôt à notre rencontre : il était grand, élancé, avec une barbe courte et des yeux clairs, et ressemblait à l'acteur Victor Francen. Impeccablement vêtu de blanc, il me salua à l'orientale, en posant sa main sur son cœur avant de me la tendre : « Allez vous habiller, nous dînons dans une heure. » Le jeune Anglais qui m'avait accueilli — il s'appelait Jon — m'entraîna vers la tente que je devais partager avec lui. « Nous habiller? », dis-je, j'étais abasourdi. « Oh! dit Jon, vous n'avez pas tout vu! » Je défis rapidement mes bagages, et Jon me prêta une veste blanche. Jon s'était mis en smoking, et il m'attendait sur le seuil en fumant.

« Mais où loge Janssen ? » Je n'avais vu en passant que les baraquements des terrassiers et des tentes comme la nôtre. « Au palais, évidemment, avec Madame. » De là où nous étions, les fouilles n'étaient pas visibles; mais en avançant un peu, comme la nuit était claire, je vis au loin la colline entamée d'une profonde tranchée, d'où sortait une piste doublée d'une étroite voie ferrée. Les wagonnets arrêtés brillaient, et tout près d'eux, en cercle autour des feux, les terrassiers dînaient ou faisaient du thé. Un homme chantait, je m'en souviens, et on l'accompagnait de sourds battements de mains. Nous fîmes le tour de la colline, et je découvris le palais. « Le palais ? » « Oui, ce serait un peu compliqué à exposer : disons pour faire vite que lorsqu'il avait repris les travaux abandonnés par l'école de Berlin, un prétendu palais du Grand Roi avait été identifié; bien entendu, c'était une erreur, assez grossière, que Janssen eut vite fait de balayer. Ce palais était postérieur d'au moins deux bons siècles, et il était sur le plan architectural beaucoup moins intéressant. Construit en briques, massif très militaire : c'était en fait probablement la caserne prétorienne où les successeurs du Grand Roi avaient logé leurs troupes. Le palais principal restait à découvrir : et Janssen le découvrit en effet, au pied de la colline que j'ai décrite, et quand je suis arrivé il travaillait au dégagement de la base du grand temple. » « Et en attendant, il logeait au pseudo-palais ? » « Exactement; car tout est relatif : j'ai dit que ce palais n'avait pas grand intérêt, en regard de l'authentique, qui révéla de stupéfiantes décorations de mosaïque et de brique. Mais celui-ci, pour une caserne, n'était pas mal : il s'ouvrait en L sur une cour intérieure immense, ornée d'un portique et d'un grand bassin carré; et les deux autres côtés descendaient vers la vallée par deux volées de marche dont l'angle, pour des raisons religieuses, indiquait exactement l'ouest. Janssen avait établi son campement dans l'aile nord, mieux abritée de la chaleur; il avait fait nettoyer et remplir les citernes – on dit que les terrassiers n'avaient pas eu d'eau pour se laver pendant plusieurs semaines, jusqu'au retour du ravitaillement, fourni par la mission anglaise qui le finançait, tandis que le gouvernement français assurait sa protection. Le soir, on tendait un vélum au-dessus du portique ruiné dont quelques colonnes subsistaient encore; et la table était dressée au bord du grand bassin, lui aussi rempli d'eau. On se mettait à table à l'heure où vers l'ouest le soleil disparaissait derrière les petites collines; et le spectacle était étonnant, je vous prie de le croire. Les dunes paraissaient toutes bleues, sous la lune; et chaque colonne avait été munie d'une torchère où on plantait des flambeaux. » Martha entra à ce moment-là, apportant le thé. « J'ai de nouveau le droit d'en boire, on se demande bien pourquoi, chacun sait que le thé est plus mauvais pour le cœur que le café. » Martha avait préparé de petits cakes aux fruits, mais une fois encore elle se retira après nous avoir servis. « Je me souviens, j'étais là, entre le premier secrétaire et le chef des travaux. » F. souleva la théière et la posa le long du plus petit côté du plateau : « Et ça, c'était la femme de Janssen : une créature splendide, bien qu'un peu opulente, qui trônait au haut bout de la table son mari à sa gauche comme une princesse orientale. Du reste elle était couverte des bijoux de ses découvertes; et drapée dans de grandes étoffes de soie bleu sombre qu'il faisait venir à grands frais de Londres. » Il avala sa tasse d'un seul trait. « Vous êtes gentil d'avoir apporté ce thé. Maintenant, le vrai thé russe nous vient d'Angleterre. » F. se resservit et sortit un gâteau de son moule de papier.

« Avez-vous jamais mangé des choses de cette région ? Janssen avait trouvé des cuisiniers hors de pair, on ne sait comment, qui nous servaient une cuisine, au sens propre, fabuleuse; car c'était un mélange des plats que peut se faire servir un cheikh sous sa tente, et de recettes inattendues, inspirées à l'entendre de l'époque qu'il s'acharnait à faire revivre. Il y avait quelque chose de naïf dans sa grandeur : d'un côté Janssen était un maître de la science, il jouissait dans ce domaine d'une autorité incontestée; et dans le même temps, il improvisait des réunions fastueuses, des banquets de cinquante couverts, où il invitait l'ambassadeur de France, ou le chef de la légation britannique, où il paraissait vêtu en prince de légende, et où les plats étaient ceux qu'aurait pu se faire servir le Grand Cyrus ! Du reste, Janssen, s'il dormait sur un lit ancien à palmettes, ne détestait pas le confort, et on avait dissimulé une véritable salle de bain à l'anglaise : avec tub et douche dans une muraille creuse. » « Mais les bijoux ? » « Oui, les bijoux. Evidemment, c'est lui qui les avait découverts, et en ce temps-là la législation était moins stricte. Mais il y avait une habitude, des obligations tacites. Celle en particulier de remettre immédiatement à son gouvernement un mémorandum concernant les découvertes : et les bijoux revenaient naturellement aux Etats dans lesquels avaient lieu les fouilles. Janssen ne tenait compte de rien : il avait fait aménager des coffres et gardait tout à sa disposition pour la durée des fouilles afin d'être à même d'examiner régulièrement le matériel recueilli pour vérifier ses hypothèses. Il y a quelque chose de juste là-dedans : il vaudrait souvent mieux laisser les choses *in situ,* ne pas les envoyer systématiquement dans les musées. Pour parler clair, on a dit qu'il en revendait quelques-uns : le soir où j'ai dîné pour la première fois avec lui, il y avait là un marchand libanais, propriétaire d'une galerie à New York, qui était à tu et à toi avec Janssen et ne m'a pas fait très bonne impression. Il prétendait être en voyage touristique avec sa femme, qui avait été élevée avec celle de Janssen dans une pension suisse. Toujours est-il qu'à l'époque les mauvaises langues, qui étaient peu nombreuses, et encore discrètes, laissaient entendre qu'on ne le protégerait pas toujours. » « Car il était protégé ? » « Oh ! il avait beaucoup de prestige, sa famille d'abord, et ses travaux, ne l'oublions pas, ses travaux qui ne soulevaient aucune espèce d'objection. On pensait qu'il aimait le faste, mais qu'il pouvait se le permettre; ses parents étaient richissimes, et son père lui-même donnait de grandes fêtes à Berlin quand il dirigeait l'Opéra. Evidemment, ce premier dîner m'a laissé une impression très forte; les services se succédaient, j'avais sommeil, à cause de la longueur du voyage, mais je me suis réveillé tout à fait quand la lune s'est levée... A vrai dire, je n'ai pas été vraiment surpris lorsqu'on lui fit ce procès, un an plus tard. Il fut même arrêté, pour trafic de bijoux et recel d'objets archéologiques. Mais je me suis toujours élevé contre ceux qui profitaient de sa chute pour mettre en doute la valeur de ses travaux et ses qualités d'archéologue. C'en était un, dans toute l'acception du terme, durant la journée : et le soir, il régnait, en maître d'un autre âge. Mais il ne se permit jamais aucune restauration, aucune de ces reconstitutions à la manière de Lord Evans. » « Et le travail avec lui ? » « C'est lui qui m'a tout appris. Sa façon de faire en disait plus que tous ses livres : il avait un flair extraordinaire, soudain il envoyait promener les précautions scientifiques dont il s'était entouré, et se fiait à sa seule intuition. Dans ces cas-là, c'était un homme lumineux, prompt, il rayonnait. » F. se tut un moment. « Le lendemain, il vint me chercher dès l'aube, toujours impeccablement vêtu de blanc, le casque colonial en tête comme c'était d'usage à l'époque. Jon était déjà levé, je ne l'avais pas entendu partir. " Nous vous avons laissé dormir. " Il était cinq heures. " Je fais une grande réunion tous les matins à quatre heures. Car le travail s'arrête entre midi et cinq heures, à cause de la chaleur. Nous allons profiter de la pleine lune pour achever de nuit quelques déblaiements. " Son programme était immense, ambitieux : il en était presque venu à bout lorsque le mandat d'arrêt vint suspendre le dernier cours de ses recherches. Scandaleusement. On dit que T. – dont le fils devait me succéder quand on a formé l'Institut que vous connaissez en remplacement de l'ancienne Faculté, vous voyez que tout se tient ! donc on dit que T. n'a pas été pour rien dans cette affaire : il convoitait le succès de Janssen, et put du reste s'arroger tout le bénéfice de ses travaux puisqu'il les reprit quand il n'y avait plus qu'à suivre la voie tracée. C'est comme cela qu'on se fait un nom. Et les manuels d'archéologie, si tant est qu'on en écrit encore, diront qu'on doit la découverte du palais et du grand temple de Tadmor aux travaux de Carl Janssen " et de son successeur T. ". Je m'étais levé, et je tenais ouvert l'exemplaire des *Archéologies du Moyen-Orient,* « Elles ont paru dix ans plus tard ? » « Oui, dix ans juste. » « Et vous n'avez pas hésité à les lui dédier ? » « Ne faites pas de moi un héros. Je ne prenais pas un si grand risque qu'on croit; l'affaire était moins brûlante, moins vive dans les esprits. On a bien dû ressortir, après la guerre, que j'avais travaillé avec le " charlatan ", mais je dois dire que la communauté scientifique est demeurée assez sereine, et qu'elle s'est dans l'ensemble tenue à l'écart de toute cette boue que les journaux avaient soulevée. Il connaissait six langues. Je veux dire, de cette époque. C'était un travailleur infatigable; il déchiffrait des inscriptions en palmyréen qui, je vous prie de le croire, ne sont pas commodes, devant nous, sans presque aucune hésitation. Les hommes le craignaient, il leur inspirait une sorte de respect quasi religieux et pourtant il ne s'emportait jamais. Mais il avait une allure formidable lorsque, s'avançant sur un terrain à peine effleuré par les pioches, il dessinait de la voix et du geste l'emplacement des rues, des carrefours, des monuments. J'en avais été saisi dès la première nuit, lorsqu'il m'avait emmené avec Jon faire le tour des fouilles. Il s'était levé un peu de vent, la lune éclairait brillamment le moindre relief, et il était là, debout sur un petit monticule, les cheveux soulevés, vraiment prophétique, vraiment inspiré. Et nous nous sommes entendus parfaitement. Oui, et j'ai témoigné en sa faveur au premier procès. » « Car il y en a eu plusieurs ? » « Oui, le second deux ans plus tard, plus sordide encore que le premier. C'était un homme abattu, déjà malade, il devait du reste mourir en prison, d'un cancer je crois, peu avant la guerre. Mon témoignage ne servit à rien; il fut condamné, on vendit ses biens, on plaça dans des musées ses collections fabuleuses. Ce qu'il avait vendu ne put être récupéré, et continue d'orner les collections privées de quelques magnats du pétrole. Et c'est tant mieux : car le gros des trésors qu'il avait découverts et qu'il s'était sans doute frauduleusement attribués, mais c'était voyez-vous un homme d'un autre temps, un homme de la Renaissance ! fut détruit dans l'incendie de Dresde. Il pratiquait l'archéologie comme l'aurait fait un prince du XVIIIe siècle, et ne songeait pas qu'il eût des comptes à rendre à qui que ce fût. Et le goût de s'enrichir lui était venu tardivement, peut-être sous l'influence de sa femme. Elle a vécu longtemps aux Etats-Unis, elle s'est remariée avec le marchand de tableaux, ou peut-être avec un propriétaire de chaînes d'hôtels. Je ne sais plus. » Avec la neige qui s'était mise à tomber le froid revenait; F. se frotta les mains, je me levai et je disposai son châle sur ses jambes. « Merci, me dit-il, j'ai l'air d'une poupée russe. » Ses joues étaient très rouges. « C'est lui qui m'a donné l'idée d'utiliser la photographie et, plus généralement, l'amour de l'image photographique ancienne. On a vendu ses plaques après le deuxième procès, et je regrette de n'avoir pas eu assez d'argent à l'époque pour les acheter. Il y en avait plus de 20 000; ses tirages étaient d'une finesse exceptionnelle. A sa suite, j'ai pris l'habitude d'emmener un photographe à chacune de mes expéditions, pour fixer les étapes des travaux. C'est ce dont on a le plus de mal à se souvenir, une fois les déblaiements achevés. » Je lui parlai alors du père de Anne, et de sa propre collection. « Mais il ne s'occupait pas du service photographique des Armées? Je pense bien! C'était un homme très cultivé, il avait été blessé pendant la guerre. Est-ce qu'il vit toujours? » Je lui dis que oui. « Comme tout se retrouve et se rejoint, quel réconfort, finalement. » Je le quittai là-dessus. « Il avait aussi un gramophone. » « Janssen? » « Oui, Janssen, et savez-vous ce qu'il y jouait, pour nos soirées? Non, non, pas du Wagner, vous ne devinerez jamais : les premiers enregistrements de King Oliver. »

J'ai quitté F. à presque sept heures; Anne était montée mettre un mot, pendant que Mme B. était là, et elle avait laissé des fleurs, encore enveloppées, de celles qu'on appelle chez nous « roses de Noël ».

QUATRIÈME CAHIER

(25 février – 11 avril 1967)

25 février.

Doux après-midis avec Anne. Nous ne sortons pas, nous n'ouvrons pas les rideaux. Le temps passe lentement; vers cinq heures, elle se tourne vers moi et m'embrasse doucement, puis elle se lève, s'habille et s'en va.

F. me parle, et je l'écoute. Quelque chose de lui passe en moi, qu'il ne veut pas voir disparaître. Clara, le vieux Louis, F. maintenant : et je m'arrête près d'eux comme le jeune homme des vieux contes afin de recevoir de leur bouche l'héritage. Il faut être patient avec les vieillards comme avec des enfants qui apprennent à parler : car c'est une langue nouvelle pour eux que celle-là, qui leur est dictée dans l'imminence de la mort.

27 février.

Et chaque soir je tisse patiemment le fil de ces mémoires et de la mienne – selon un ordre qui m'échappe encore, ou comme le dit Kaerner dans une lettre de Naples à Clara : selon « une unité inaccessible au calcul ».

« (...) Une voix de femme, hier, dans une rue de la "Spacca Napoli". Misère indicible : partout des femmes enceintes et des enfants aux yeux couverts de mouches. D'une fenêtre où flotte du linge une voix sort, juste au-dessus de ma tête. Mélodie incertaine, parfois interrompue, mais parfaitement pure. Le bruit de la ville maintenant m'entoure, je vous écris d'une terrasse animée sur la via Partenope. Mais je n'oublie pas ce que j'ai entendu tout à l'heure, la sublime beauté de cette voix, tombée du ciel, avec des paroles bêtes, indiciblement vulgaires. Tous les désirs et les élans de cette rue qui sentait l'huile, l'urine, les légumes gâtés – et tous les obscurs appels d'une âme douloureuse et trompée : tout cela m'était donné, *dans une unité inaccessible au calcul.* »

Chaque jour tresser le fil de leurs mémoires et la mienne :

« Einen vergänglichen Tag lebt'ich und [wuchs mit den Meinen
Eins um andere schon schläft mir und [fliehet darin,
Doch, ihr Schlafenden, wacht am Herzen [mir, in verwandter
Seele ruhet von Euch das entfliehende [Bild. »

HÖLDERLIN

« Mais vous, dormeurs, vous veillez dans mon cœur; dans mon âme parente repose votre image enfuie. »

MARS

2 mars.

Peut-on écrire de grandes œuvres si l'on n'a que de mauvais modèles ? Je ne cherche pas à excuser mon propre silence : je cherche à comprendre ce que j'ai entendu hier soir au concert.

Je n'avais jamais entendu parler du groupe de compositeurs dont on devait donner une série d'œuvres en première audition. Le concert commença par une « Symphonie pour voix de femmes » qui élabora pendant une heure et demie ses criailleries redoutables sur un fond de valse. Je sortis très irrité de ma loge : comme je devais m'y attendre, je rencontrai D. en compagnie de quelques-uns de mes collègues, qui s'éloignèrent et du directeur de l'Institut, G., qui vint à moi d'un air affable qui ne me parut pas affecté : « Mais vous êtes donc remis ? Est-ce bien raisonnable de sortir déjà, etc. » Et il n'y avait pas trace d'ironie dans sa voix, ou alors c'est un homme supérieurement habile. Ils me présentèrent un petit homme gris, assez effacé : c'était l'un de ceux dont j'avais lu le nom sur le programme. « Voici un de vos frères, me dit D., frères de la grande famille des artistes, un homme modeste, au demeurant, mais on entendra bientôt parler de lui. Je vous laisse ensemble, vous avez certainement des choses à vous dire. » Ce n'était pas le cas; et je le plantai là assez abruptement pour aller boire une bière au foyer. Il avait eu le temps de me dire qu'il était professeur au Conservatoire de X. (Comme Albert L...) C'était donc là l'école provinciale qu'on allait nous opposer. Je reconnus Anne, un peu à l'écart, le cou dégagé dans une petite robe noire. Elle me fit un petit signe de la main, et je n'approchai pas.

Le foyer est un des rares exemples entièrement conservés de l'art décoratif de la fin du XVIIIe siècle, œuvre d'un élève des frères Zimmermann, un peu chargée sans doute, tout à fait dans le style du Residenztheater. Je revins sur mes pas; le directeur de l'Institut et D. m'attendaient, grosses figures bonasses sous des sourcils épais, dans leurs costumes gris croisés, appuyés sur la balustrade entre deux cariatides aux seins pointus dont l'un frôlait la joue mal rasée de D. Bien que nos journaux ne cessent de vanter les mérites d'un art nouveau, d'appeler de tous leurs vœux la venue d'architectes capables de le réaliser, et d'encourager officiellement l'édification de hideuses constructions de béton et d'acier, j'ai remarqué que nos dirigeants placent toujours les cérémonies importantes dans les monuments les plus prestigieux de notre architecture passée, surtout quand ils y invitent des étrangers : comme s'ils se souciaient moins d'être fidèles à la philosophie officielle du régime que de montrer sa profonde continuité avec un passé que tout leur comportement, pour le reste, renie. Comme si Lopakhine, avec ses chaussures jaunes, faisait visiter la maison à la fin de la *Cerisaie*...

D. était revenu auprès de moi : « Vous n'avez pas trop bonne mine, pas trop bonne mine. N'est-ce pas? » Et il se tournait vers G. qui souriait avec servilité – lui qui m'avait tout à l'heure complimenté sur ma santé. « Entre nous, entre nous, est-ce que vous aimez vraiment ça? » « Ça? », dis-je et je levai les yeux vers le plafond. « Qui vous parle du plafond! Cette musique. Et encore, nous n'avons rien entendu, il paraît que les courtes pièces après l'entracte, sont mortelles. » G. gardait un silence prudent. D. reprit : « Je ne m'y connais pas trop, mais je crois que c'est tout de même très vieillot, non? » Comme nous ne disions toujours rien, il reprit : « Mais il paraît qu'On apprécie beaucoup cela en haut lieu, beaucoup. Personnellement, je n'ai pas assisté à la première audition, qui a été très privée, vous vous en doutez, mais je crois qu'On a été ravi, très convaincu, surtout par ce que nous venons d'entendre. La fraîcheur de la voix, de la mélodie, et puis la dame n'est pas mal... » Il avait une façon d'aller et de venir tout en parlant, d'interrompre la conversation ou la phrase et de revenir inopinément qui empêchait qu'on pût la reprendre sans lui, et lui permettait de saisir le moindre signe d'intelligence entre ses interlocuteurs. Habitué au fait, G. évitait de me regarder. « Vous êtes jeune, vous n'êtes d'accord avec rien », me dit alors D. en me donnant une bourrade qu'il voulait familière, « mais on vous attend au pied du mur! » Et il me tourna le dos. « Vous n'êtes pas vraiment remplacé », me dit alors G. et je perçus une véritable amitié dans sa voix. « D'ailleurs qui pourrait le faire? C'est en attendant, en attendant seulement. Où en sont les recherches? » D. était revenu sans bruit vers nous et répondit à ma place : « Oh! il nous réserve bien des surprises, bien des surprises. » La sonnerie annonçait la fin de l'entracte, je regagnai ma place et je pus voir que D. était venu rejoindre le directeur dans la loge qui me faisait face et qu'il lui parlait à l'oreille. Voyant que je les regardais, ils firent tous deux un signe de tête, de haut en bas, qui pouvait signifier : nous savons bien que vous nous avez vus; ou : oui, c'est de vous que nous parlons; ou encore : tout va bien, ne vous inquiétez pas, nous sommes au courant. Connivence ou complicité, entre eux ou avec moi ? Peut-être pire encore : ce regard et ce signe pouvaient aussi vouloir dire : quoi qu'il arrive, nous vous avons à l'œil, ne vous figurez pas que vous pourrez nous échapper. Et, là-dessus, le noir se fit.

Le silence ou la médiocrité : cela peut-il s'appeler *un choix* ?

3 mars.

Pourquoi m'avait-on invité à ce concert, malgré le congé de maladie qu'on m'a accordé ? F. hausse les épaules : « Il faut aller à l'essentiel », dit-il énigmatiquement. Et après un moment de silence : « Dans la dérision générale qui nous emporte. »

« Le jeune homme a emporté un volume de la correspondance de Schliemann hier, en me disant "vraiment, je suis content de travailler avec vous". J'ai trouvé cette remarque tout à fait gentille, malgré sa désinvolture, et nous nous sommes serré très amicalement la main. Voyez-vous, on aurait dû me laisser cette chaire; j'aurais été un de ces professeurs froids et très aimés, à qui un jour un étudiant plus audacieux que les autres ose venir parler à la fin de son cours, comme l'a fait aujourd'hui ce jeune homme. Le professeur ne répond rien, il achève de ranger ses papiers, et ils sortent tous deux de l'amphithéâtre éteint. Et c'est peut-être le début d'une vocation. »

4 mars.

La folie de Janssen est de celles que F. peut comprendre : encore hésiterait-il à lui donner ce nom. Il est sensible à ce qu'elle comporte de grandeur, et il y voit moins la marque d'un désordre psychique, que celle d'un génie hors du commun. La folie de Janssen est une folie de condottiere : solaire, diurne, éclatante, elle ne met en jeu aucune force trouble, aucun élément venu des profondeurs. Elle est une explosion du moi vainqueur : l'affirmation d'une intelligence rayonnante qui conçoit le monde comme le champ d'application d'une pure et souveraine volonté.

Mais peut-être tout ce puissant appareil de gloire et de pouvoir n'avait-il été mis en place – à son insu sans doute – par Janssen que pour se protéger contre une autre forme de folie, tout entière résumée dans le sentiment qu'éprouvait Neumitz d'avoir déclenché des forces obscures, incontrôlables et de mériter l'accusation d'impiété que ses ouvriers portèrent contre lui lorsqu'il mit à jour la figure de la Grande Déesse.

« Quelle impiété? » dit F. avec impatience. « Nous sommes des savants, n'allez pas chercher plus loin. » « Cela n'est donc rien, d'aller déranger les morts? » « Comme vous y allez, dit F., nous ne dérangeons personne. Nous mettons de l'ordre, nous sauvons ce qui peut être sauvé. Nous sortons de l'ombre ce qui sans nous y serait probablement resté pour toujours. »

« Cependant, reprend-il après un petit moment, cela même a ses limites : il y a des peuples radicalement disparus de la surface de la terre. Des peuples dont il ne reste que du sable : le sable même que nous fouillons est fait de leurs os. Voyez-vous, il y a une tentation à laquelle nous ne devons jamais céder, c'est de croire à la supériorité des vivants sur les morts. » Et, peu avant de me quitter : « C'est à la souveraineté de la mort qu'il faut croire; qui emportera tout, vous et moi, les ruines et les archéologues. »

Ce sont pourtant les mêmes peuples qui ont produit les ethnologues et les archéologues : animés les uns comme les autres du fallacieux désir de comprendre et de conserver dont ils ne furent dupes qu'un temps, et qui n'ont fait qu'achever le processus de mort auquel ils prétendaient s'opposer. Car les cultures passées que le sable préserve, ou les cultures présentes que leur éloignement protège, ne craignent rien tant que l'air et que la lumière. Comme un mal latent soudain réveillé dont le grand jour multiplierait la foudroyante et mortelle progression.

5 mars.

Ce n'est pas la folie qui menace l'artiste, mais l'impossibilité de la folie.

L'artiste est fou sans l'être : il éprouve, de la folie, toutes les tortures; sans jamais recevoir le soulagement d'une dissolution où s'abolirait aussi la conscience de souffrir. Comme, dans la nouvelle d'Edgar Poe, ce personnage de mort vivant, M. Valdemar, qui éprouve dans sa chair toute l'horreur de la corruption, et ne peut que répéter « je suis mort », « je suis mort ».

La folie spécifique de l'artiste est une suspension entre la raison et la folie, une suspension cataleptique comme la vie de M. Valdemar. Et cette proximité de la folie, de plus en plus dangereuse, est cependant sans risque : c'est elle qui excite autant de dépit et de rage dans l'artiste que de joie. La joie de triompher de la folie — le dépit d'être assuré qu'on ne sera jamais qu'*un fou pour rire*.

« Eh bien », dit Anne.

Egon Kaerner, lettre :

« Parfois, dans mes nuits de travail, j'ai senti que mes doigts crispés sur le clavier n'avançaient plus; saisi d'une terreur sans nom, je voyais les murs de ma chambre vibrer autour de moi comme dans les légendes sous le passage des djinns; et la tempête calmée, qui avait eu lieu tout entière audedans de moi, baigné de sueur, les genoux tremblants, je couchais sur le papier quelques notes dont j'attendais tout et pour lesquelles j'avais traversé l'épreuve. Mais ce que j'avais rencontré était au-delà de la musique, dans une région sans nom, dont la musique n'était que le pâle reflet.

En apparence j'avais obtenu ce que je voulais : une œuvre ou un fragment d'œuvre qui attesterait ma victoire. En apparence seulement : car ce que j'avais cherché était bien au-delà de l'art, et j'avais dû renoncer à l'atteindre, sous peine de me perdre moimême. L'art en soi est une invention des critiques et des professeurs, qui en ont le culte. Mais pour le véritable artiste, l'art n'est pas une fin, il est un chemin. Non, je ne fais pas l'apologie de l'art social. Ce que je vise est plus haut, plus solitaire, et moins facile à comprendre. L'art est un chemin d'ascèse, que l'on n'emprunte que dans l'espoir de parvenir "de l'autre côté". De l'autre côté de quoi? Nulle part sans doute. Car, entre-temps, l'art a tout dévoré; il a rempli notre vie; il n'y a plus de place en elle que pour lui; et quand pour finir, au cœur de ce désert qu'il a créé en nous pour vivre, dans cet air raréfié qui est son oxygène, tout espoir nous abandonne d'atteindre jamais la région où il devait nous conduire, alors n'existe plus que la pratique quotidienne de l'art, mais sans que jamais nous puissions trouver la plénitude, le bonheur, la régularité qui auraient dû être notre lot.

Au-delà, il n'y a que la mort, ou la folie : ou le commerce des armes. Nerval ou Rimbaud. (*Une ligne illisible.*) que pour la traverser, non pour m'y abîmer. Mais pas plus que les autres, je n'y suis parvenu. Ce que la musique aurait dû me donner, et pour cela je l'aurais à son tour abandonnée, c'était le repos : l'immobilité : la connaissance.

Je ne les ai pas encore trouvés. »

Cette lettre de Kaerner, probablement adressée à un ami inconnu est bien antérieure à sa « folie » : elle date de la grande période féconde des années 20.

8 mars.

« Voulez-vous le voir? » me dit Mme B. Elle pousse la porte de la chambre. Les volets sont clos, les rideaux tirés, le vieil homme est étendu sur le lit dans un costume sombre, le visage crayeux.

Le rendez-vous était à quatre heures; une petite fille me guettait au bout de la rue, en robe blanche et chaussures vernies. Elle s'enfuit en me voyant et disparut dans un couloir d'où Mme B. sortit presque aussitôt, les yeux rouges. « Je passe devant, dit-elle, l'escalier n'est pas si commode. » L'appartement est au deuxième étage; la fenêtre du palier donne sur une cour étroite et allongée, encombrée de caisses. Un gros chien noir à taches blanches tirait sur sa chaîne, allant et venant le long des portes des toilettes; un peu à gauche, une barrière s'ouvrait sur une série de petits jardins étroits, séparés par des haies maigres et des barrières de bois. L'entrée était sombre, on entendait des bruits de voix et de vaisselle, des cliquetis de verre. « Ce sont des parents, dit-elle, je leur ai fait un peu à manger, ils ont voyagé toute la nuit. » Dans la chambre, elle se tenait devant moi, et regardait son mari en penchant un peu la tête sur l'épaule; je sentais l'odeur de ses cheveux gris tirés, qui laissaient voir par endroits la peau rose du crâne. Au mur étaient accrochés des diplômes, un intrument de cuivre, un cornet à pistons ou un bugle et un drapeau. Il y avait dans la pièce une forte odeur de camphre.

« C'est mon patron », dit-elle, se retournant vers moi en revenant vers la salle à manger. Les bruits se turent. L'assiette à la main, ils s'écartèrent maladroitement pour me faire place. La petite fille s'appuyait du bout des doigts à la table vernie et, tout en me regardant fixement, elle les faisait aller et venir comme de petites pattes d'oiseau. On me servit un verre de vin et ils reprirent leur repas. Je les regardai. Ils avaient l'air impassible, le visage coloré, le front très blanc au-dessus de la marque rouge de la casquette ou du chapeau. Une jeune femme blonde, qui semblait avoir pleuré, me tendit une assiette de gâteaux portant des devises. Mme B. rentrait, suivie de trois vieillards silencieux qui tenaient leur béret à la main, l'un d'eux avait les yeux très rouges. « Si vous l'aviez vu hier, me dit alors la jeune femme, il était foncé, presque noir. Petit à petit le sang a dû descendre, il est redevenu comme avant. » Les trois vieux s'étaient assis, ils avaient tiré un couteau de leur poche et mangeaient lentement. Ils portaient tous trois à la boutonnière l'insigne du syndicat des chemins de fer, dissous après la guerre, dont le mari de Mme B. avait été le secrétaire. Je m'approchai de la fenêtre qui donnait sur la rue; entre les plantes en pot qui couvraient entièrement l'appui, je vis quelques enfants qui jouaient; le temps s'était dégagé et de gros nuages gris poussés par un vent vif traversaient le ciel bleu.

Mme B. sortit à un nouveau coup de sonnette. Cette fois, c'étaient les employés municipaux : « Voulez-vous venir ? » me dit Mme B. Deux des cousins me suivirent, ainsi que la petite fille. Les employés étaient perplexes, le cercueil n'entrait pas dans la chambre; ils l'avaient déposé sur le palier entre une armoire ancienne et le gros réfrigérateur qui n'avait pas trouvé place dans la cuisine. « Même de champ, il ne passera pas, dit l'un, et de toute façon, ce n'est pas réglementaire. Il va falloir procéder dans l'entrée. » Nous formions une haie dans l'ouverture de la porte, et la petite fille s'était glissée auprès de moi. Quand il sortit de la chambre, raide, serré dans le drap étroitement rabattu autour du visage, elle glissa dans ma main ses doigts ramenés en fuseau que je serrai, et elle ne les retira pas. Un des employés soutenait sa tête, l'autre ses pieds : le corps était si raide et si léger, et ils rabattirent vivement le couvercle. Une joie étrange me tenait : à la place de ce vieux mort rogue et indifférent, j'avais eu la vision fugitive d'une silhouette hiératique, le visage et les épaules saillant sous le voile comme un symbole de résurrection.

Mme B. avait sorti un mouchoir de sa poche et elle frottait le bois verni de la table où un verre de vin avait laissé un rond. « Il faut y aller », dit la jeune femme, et elle lui prit le bras.

Le cimetière n'était pas loin. Je ne retournai pas à la maison avec les autres, et je retrouvai l'un des vieillards à l'arrêt du tram. Il y avait des maisons basses, des jardins, un calme provincial dans tout le quartier. Il me salua légèrement en me reconnaissant. « Heureusement qu'il fait encore froid, les terrains sont secs, me dit-il. On s'était connus dans les grandes grèves de 1907, ça fait un bail. Soixante ans juste. Plus un seul train. Nous, les chauffeurs, nous refusions de charger les locomotives; au début les mécaniciens étaient contre, mais il a bien fallu qu'ils s'y mettent. Il faut voir comment c'était à l'époque : j'ai fait des fois douze heures d'affilée sur ma machine, et on avait un jour de repos tous les dix jours. J'étais maigre comme un coucou, et je me rappelle que j'avais les côtes toutes bleues à force de m'appuyer contre la bordure de la mécanique. Plus un seul train, des convois en souffrance dans les gares, on ne savait pas quoi faire de la marchandise. Je me rappelle. Tout un wagon de légumes pourris, et un autre, avec des cochons devenus furieux qu'il a fallu abattre sur place. Oh! c'était dur. » « La couronne, c'était vous? » « Oui, et les copains. Celui qui était à ma gauche, il était mécanicien, c'est le plus vieux de nous quatre. Moi, j'ai été chauffeur toute ma vie, et avec l'âge, affecté à l'entretien des voies. Je suis né en 83, j'aurai soixante-quatorze ans dans (il attendit), dans un mois sept jours. J'avais un an de plus que lui. » Quand je descendis, il toucha sa casquette à bord de cuir.

« Venez donc me voir un jour, lui dis-je, on parlera de tout ça. Mme B. vous donnera mon adresse. » « D'accord, d'accord, dit-il, je ne dis pas non. » Quand le tram repartit, il regardait bien droit devant lui et ne tourna pas la tête.

9 mars.

F. était dans son cabinet quand je suis arrivé. Il ne répondit pas à mon bonjour, mais sans se lever me tendit une lettre. « Lisez ceci. » Je lus. La lettre était de sa fille : il en ressortait qu'après des années de silence et de séparation, elle souhaitait revoir son père, qu'elle avait été mise au courant de sa maladie par Martha, avec qui elle entretenait une correspondance régulière depuis vingt ans. Elle était mariée, elle avait deux petites filles et vivait à T.

J'ai replié la lettre, et je l'ai tendue dans sa direction. Comme il ne me regardait pas, je l'ai finalement posée sur une petite table. Puis je me suis levé. « Voulez-vous être là samedi à deux heures ? Il me faut un témoin pour régler certaines affaires. » « Bien entendu. Bonsoir. » Il ne s'est pas levé : « Bonsoir. Pardonnez-moi de ne pas vous raccompagner. » Il s'est alors tourné vers moi sans quitter son fauteuil, son visage était blanc et il respirait avec difficulté. Je suis sorti.

F. a longtemps été pour moi l'homme le mieux *gardé* que je connusse : et la grande différence de nos âges avait comme aboli en moi toute curiosité à son endroit. Cependant il n'a pas pu faire que les atteintes de la maladie dans son corps ne viennent battre la digue qu'il avait édifiée contre la tentation des confidences : une première fissure s'est faite par où elles ont filtré. Ce mouvement est irréversible, elle ne pourra que s'élargir.

Quoi qu'il en ait, du reste, quelque chose passe et ne s'efface pas complètement des épreuves que son corps traverse et il y a parfois sur son visage comme la distraction des grands voyageurs qui n'entendent pas les questions qu'on leur pose.

Lorsque je l'ai rencontré en 1956 par l'intermédiaire de Béatrice dont le père avait été très lié avec lui, il vivait déjà très retiré. Sa carrière d'enseignant avait été de courte durée : T. l'avait remplacé dès la transformation de la faculté d'Art en institut. Et il n'était plus question pendant ces années-là de faire des voyages à l'étranger pour des fouilles, pour des conférences. On lui avait cependant laissé la direction de la *Revue d'Archéologie,* qui faute de subventions et aussi de recherches véritables n'était plus qu'un petit bulletin où il s'était efforcé, parfois sans succès, de publier les comptes rendus des travaux entrepris par les écoles étrangères.

Pour le reste, je ne savais rien de lui.

11 mars.

Quand le notaire est sorti, précédé de Martha, j'ai esquissé le geste de le suivre : « Non, restez », dit F. (Martha entra sans avoir frappé, tira les rideaux et alluma les deux lampes.) « Restez à dîner avec nous ce soir. » Je ne l'avais pas fait depuis les événements de 63, lorsque nous nous attardions ensemble à supputer les chances d'un changement, et Martha nous servait alors un repas léger pour que je sois rentré avant l'heure du couvre-feu.

« Nous dînerons ici, Martha. » Où dînaient-ils d'habitude? Elle dans la cuisine, et lui dans sa chambre ou dans son cabinet? Ou bien tous deux, comme un vieux couple, à la cuisine? « Nous dînons toujours à l'allemande, un "Abendbrot" comme on dit à Berlin. Du pain noir, du fromage et du jambon : j'espère que notre frugalité vous conviendra. »

J'aidai Martha à installer devant la cheminée une petite table de jeu que je dépliai, et je poussai le fauteuil de F. face au grand feu. Martha était en face de moi, elle ne dit rien de tout le repas, elle semblait étrangère à notre conversation, comme une mère à celle des grands amis de son fils. Vers la fin, elle apporta des gâteaux couverts de sucre glace et se rassit tranquillement. Elle me paraissait très belle, avec son visage aux pommettes hautes, aux yeux bombés d'oiseau, dans le reflet des flammes.

« Voulez-vous du café? dit alors F., le soir, nous n'en prenons jamais. » Martha l'avait gardé au chaud; elle me le servit, silencieuse et paisible sous ses cheveux tirés. Et ils me regardaient tous deux, avec quelque chose de mélancolique et de gai dans les yeux, et cette sollicitude gourmande des gens âgés pour ceux qui peuvent encore goûter les plaisirs dont la vieillesse les a privés.

J'ai pris congé assez tôt, les laissant face à face, devant la cheminée.

Qu'adviendra-t-il d'elle, lorsque F. l'aura quittée? S'il ne l'épouse pas, elle ne pourra garder ni la maison, ni les livres. Car je crains bien que le codicille du testament ne vaille rien, et que la clause d'usufruit, même si la fille de F. la respecte, ne soit frappée de nullité si Martha n'apparaît pas comme sa veuve.

« Cette femme avait aimé, avait souffert, et elle était seule maintenant, seule comme une mouche, portant sur elle la malédiction des siècles. »
Dostoïevski (*L'Idiot*).

12 mars.

Anne. Nous avons fait ensemble une grande promenade sans but. Le désœuvrement me donne sur la ville un regard différent, je m'aperçois que je porte attention à tout ce qui ressemble à ma propre situation : cours herbues, passages abandonnés, avec des caisses et des vélos rouillés. La neige commence à fondre, cela fait beaucoup de boue; pas de bourgeons encore et, dans toute la nature, comme une grande attente mélancolique. Et cependant je ne me sens pas malheureux, égaré plutôt.

13 mars.

Ils ne se sont pas présentés tout de suite. Le plus jeune, un gros homme, sans manteau, avec des cheveux qui s'éclaircissaient sur les tempes, m'a dit : « C'est de la part du ministère. » « Quel ministère ? » Il ne m'a pas répondu. Ils me regardaient, les mains dans les poches. Puis le plus jeune a fait quelques pas. « C'est ici que vous travaillez ? » J'ai indiqué, par la porte ouverte, la pièce où je me tiens le plus souvent; j'étais mécontent d'avoir laissé la lettre de F. ouverte sur la table. « Pouvons-nous entrer ? » Tandis que le plus âgé allait et venait dans la petite pièce, le plus jeune regardait mes livres dans la bibliothèque. Il ne fit aucun commentaire, et ne prit pas de notes. L'autre s'était arrêté devant ma table. Ils me regardaient tous deux, puis le plus jeune sortit une enveloppe de sa poche. « Nous devons vous remettre ceci. » A ce moment, la sonnette a retenti, j'ai pris l'enveloppe que le gros jeune homme me tendait : « Je descends avec vous. » Ils sont passés devant moi. A la hauteur du deuxième étage nous avons rencontré Martha. Les deux hommes l'ont regardée, vite, et froidement, et ils ont claqué la porte.

Une fois dans l'appartement, elle ne voulut pas retirer son manteau, et elle s'assit dans un fauteuil serrant son sac contre elle. Non, elle ne voulait rien boire. L'enveloppe jaune était restée sur la table, je la soupesai sans l'ouvrir. « Ils ne vous laissent pas en paix », dit Martha. Puis je déchirai le papier : mes deux précédents rapports étaient dedans, sabrés de rouge. « Retourné pour complément d'information. » « Excusez-moi, dis-je à Martha, il faut que je téléphone. » Au ministère, après m'avoir fait attendre un bon moment, on me dit que D. était en congé annuel. « En mars ? », dis-je. Mais on avait raccroché.

Pendant ce temps Anne était arrivée. « Je reviendrai », dit Martha, et elle nous quitta sans me dire l'objet de sa visite. « Comme elle avait l'air triste », dit Anne.

Nous sommes restés tout le temps couchés, et Anne a servi sur la petite table près du lit le dîner que Mme. B. m'avait préparé. Mais elle n'a pas voulu dormir ici — à cause de son père. Je me suis habillé pour la reconduire : la nuit était froide, comme au plus fort de l'hiver, et la lune à son premier quartier apparaissait avec netteté sur le ciel sans nuages.

En revenant, j'ai rencontré un homme qui titubait au milieu de la rue. Il n'était pas ivre pourtant.

J'écris ceci devant la fenêtre dont j'ai écarté les rideaux afin de voir encore le mince croissant de lune. Il n'est pas loin de quatre heures.

J'ai décidé de tout renvoyer sans changement : mais il me faut faire une nouvelle frappe, les pages sont marquées par la pointe écrasée du gros crayon rouge.

14 mars.

Il y a quelque chose de si insupportablement pesant dans la situation où je me trouve officiellement placé – jouissant de protections et de privilèges que je n'ai pas demandés, et soumis pourtant aux exigences et aux incertitudes d'une partie invisible dont je ne perçois clairement ni les règles ni les enjeux, que j'ai ce matin pris la décision d'en parler ouvertement avec le directeur de l'Institut. Sa femme était embarrassée quand je l'ai eue au téléphone : « Mon mari ne sera pas à la maison de la journée, il a deux réunions importantes cet après-midi, etc. » Je lui ai demandé s'il pouvait me rappeler : il vient de le faire il y a quelques instants. « Ne vous inquiétez pas, ce changement au ministère ne vous concerne pas. » (C'était avouer que D. n'y était plus, et qu'un autre que lui m'avait donc retourné mon dernier envoi. Il semblait très bien renseigné.) « Entre nous, il était temps que D. soit affecté, disons à un poste plus en rapport avec ses compétences, ne trouvez-vous pas ? » (Tout cela prouve qu'on y a placé un de ses amis; et qu'il attend beaucoup de ce changement.) « Du reste, vous verrez, nous nous en trouverons tous très bien. Et je suis content de voir que cette maladie n'est plus qu'un mauvais souvenir. On attend beaucoup de vous. » Et comme je lui demandais si je devais reprendre mes cours à Pâques : « Il n'en est pas question, pas question ! Vous êtes beaucoup plus utile là où vous êtes. » Je n'ai pas pu tirer autre chose de lui : il m'a invité à le rappeler et a venir dîner un soir. Ce n'est plus l'homme effacé que j'avais connu : des changements se sont produits, d'autres se préparent; que dois-je espérer ?

15 mars.

J'ai essayé de parler à F. de la lettre qu'il m'avait envoyée jeudi : mais il a inflexiblement détourné la conversation vers des sujets moins personnels.

Nous nous rapprochons l'un de l'autre, à n'en pas douter : je sais pourtant que je ne connaîtrai jamais de lui la part la plus intime – le souvenir des choses humbles, le temps qu'il faisait, l'ombre sur les terrasses, la fatigue, les amours. La pensée de sa mort m'est intolérable : et il s'y ajoute l'angoisse de voir disparaître avec lui sa culture et sa mémoire, comme la douleur physique devant l'incendie d'une bibliothèque ou d'un musée – et c'est bien en effet, chaque fois que meurt un homme tel que lui, comme si la matière même – idéale, spirituelle – de leur savoir, de leur humour, de leur sagesse, était vouée à pourrir dans la terre, mêlée à la matière organique qu'ils rendent au Grand Cycle.

Je ne sollicite pas les confidences de F. : je ne les repousse pas non plus. Attentif quand il me parle, curieux quand il me demande de l'être : je ne force rien, je me tais lorsqu'il ne veut pas parler, et ne lui pose jamais d'autres questions que pour relancer sa mémoire distraite, en ranimer le feu.

Voici sa lettre, que j'ai reçue le 13 :

« 11 mars 1967.

Mon cher ami,

Lorsque j'avais huit ans, mon père entreprit le voyage qu'il avait rêvé de faire depuis près de vingt ans : il décida de se rendre à Iasnaïa Poliana, auprès de Tolstoï avec qui il entretenait depuis tout ce temps-là une correspondance régulière en français, car mon père parlait trop peu le russe. Peu de temps avant son départ, il avait décidé de vendre sa charge de notaire – il avait alors à peine plus de cinquante ans, et nous nous étions retirés dans ce qu'il appelait « ses terres ». Ce n'était en fait qu'une vaste maison de campagne qu'il avait héritée de ses parents et dont dépendait une unique ferme. Il est certain qu'elle n'aurait pas suffi à nous faire vivre, mais la vente de sa charge devait y pourvoir, et nous avions toujours eu un train très modeste. Mes sœurs étaient déjà grandes, la première était mariée, et la deuxième à Londres où elle étudiait l'architecture (elle mourut d'une pneumonie double à la fin de la première guerre mondiale). Le déménagement se fit durant l'été de 1902, je me souviens qu'il plut beaucoup et que les grandes pièces du rez-de-chaussée me paraissaient bien tristes, mais le parc entièrement abandonné depuis la mort de mes grands-parents était aussi vaste et inexploré que le Nouveau Monde, tel qu'il m'était apparu dans les récits de Karl May et, dans les clairières que le rare soleil de ce juillet-là perçait difficilement, j'y donnais rendez-vous à l'ombre de Winnetou.

Mon père partit début septembre, et il revint au milieu de novembre. La première chose qui me frappa sur le quai de la gare où nous étions allés l'attendre, c'est que la barbe qu'il portait d'ordinaire en un court collier s'étalait maintenant sur une chemise brodée, boutonnée sur l'épaule et retenue à la taille par une ceinture de cuir tressée que le Maître lui avait offerte, ainsi que des sandales qu'il n'avait toutefois pas osé mettre pour le voyage, et qui étaient le fruit du travail du vieux sage dans l'atelier de cordonnerie où il passait le plus clair de son temps. Les mois du retour furent pour ma mère et moi des moments étranges, parfois lumineux, et parfois pénibles. Ma sœur aînée mal remise d'une grossesse difficile, et dont l'enfant était mort peu de jours après sa naissance, était venue auprès de nous en convalescence et peut-être surtout pour soulager ma mère d'un tête-à-tête difficile avec un homme en proie à une telle volonté de réforme. Par prudence, ma mère avait demandé au clerc de mon père, qui devait reprendre la charge, de ne pas précipiter la date de cession : il était jeune et encore trop peu expérimenté pour se passer de l'appui et du nom de mon père, et il accepta volontiers. Mon père n'était jamais à la maison : il courait les bois, tentait de nouvelles méthodes de culture, mais cela dura peu; notre ferme était trop petite pour permettre des expériences de vaste envergure comme celles du comte. Et surtout, quelque chose en lui se rebellait devant les tentatives trop radicales de réforme intérieure. Il avait conservé la barbe entière, et la chemise russe, mais il n'avait rien d'autre de commun avec Tolstoï, dont je m'étonnais toujours de voir dans son cabinet le portrait de vieux sage embroussaillé, les yeux enfoncés, le visage empreint d'une ironie batailleuse.

Puis ces extravagances, comme disait ma mère, cessèrent tout à fait : nous revînmes en ville, où mon père reprit en partie ses affaires. Il avait coupé sa barbe et renoncé à l'habit de paysan, mais il avait profondément changé, et c'est alors que commencèrent ces longues conversations avec lui qui m'ont entièrement formé.

Il partait chaque matin à son bureau à l'heure où je quittais la maison pour le lycée, et prit l'habitude de faire le chemin avec moi, le plus souvent à pied, même quand il avait neigé. En route nous parlions peu, sinon de ce que nous voyions, cela fût-il aux yeux d'autrui insignifiant : les rideaux des boutiques qu'on ouvrait à grand fracas, les cochers qui lavaient les voitures, ou dégageaient le trottoir de la neige pour le passage des chevaux, les fleuristes, les ramoneurs, tout cela qui donnait aux rues de ce temps un ton dont vous n'avez pas idée. Devant la porte du lycée, il me quittait en me serrant la main, car son étude était un peu plus loin, mais les clercs n'arrivaient qu'à neuf heures.

Il rentrait à la maison dès le début de l'après-midi et s'enfermait pour écrire : des lettres d'abord, car jusqu'à la mort de celui-ci, il ne cessa de correspondre avec Tolstoï, mais il écrivait aussi à beaucoup d'autres, Romain Rolland, etc. Et une sorte de traité qu'on me remit après sa mort, mais qui ne m'apprit rien, l'essentiel en étant fait de la matière même de nos entretiens qui reprenaient dès mon retour du lycée. Ma mère s'en inquiétait : je ne voyais presque aucun camarade de mon âge. En outre, mon père m'avait enseigné les échecs, et nos parties duraient parfois fort avant dans la nuit.

Cela dura dix ans : jusqu'à sa mort. Y a-t-il beaucoup d'enfants à qui leur père ait entrepris de donner une pareille éducation, au sens le plus élevé de ce mot? Je ne le crois pas. Lorsque Tolstoï mourut, mon père n'en marqua extérieurement aucune affliction, mais il me raconta ceci, quelques années plus tard : « En me rendant à l'étude ce matin-là, j'étais entré dans un bureau de tabac. Je tenais à la main le journal qui portait en grosses lettres l'annonce de la mort du Comte (il ne disait jamais autrement) accompagnée de cette phrase : " Une perte inestimable pour la conscience humaine." Ces mots m'avaient irrité, comme je savais qu'ils auraient irrité le Maître lui-même, qui était parvenu vers la fin à vivre comme un homme ordinaire, exigeant qu'on lui servît à table, au lieu des plats luxueux dont sa famille avait l'habitude, de la bouillie de gruau, du lait, des fruits, qu'il avalait rapidement, je l'ai vu de mes yeux, penché sur une écuelle de bois avant de retourner à son atelier ou dans les champs.

Et à ce moment-là, comme un écho à ce que j'éprouvais, une femme est entrée; j'attendais qu'on me rapporte mes cigares et je la regardai : cette femme était rouge et animée, et à son entrée la femme qui me servait s'est tournée vers elle d'un air enjoué : « Alors ? » « C'est une fille. » Elles ont souri. « C'est le père qui doit être content ! » « Il ne le sait pas encore, je pars le lui annoncer, il est au travail, et j'en profiterai pour déclarer l'enfant. C'est la troisième dans la rue depuis lundi ! » L'homme revenait avec ma boîte, je payai, et je les quittai tout à l'expression d'une joie qui s'était communiquée à mon esprit troublé. Elles ont raison, me disais-je, elles sont la vie obscure, humble, anonyme, et le monde n'a rien perdu avec la mort de ce vieillard puisqu'il est apparu cette nuit un petit corps tout neuf, auquel son vieux corps usé a fait place.

Et tandis que je marchais en proie à ces réflexions, ma joie est tout à coup tombée : et je restai immobile au milieu du trottoir, sous le coup d'une illumination subite qui m'avait fait entrevoir l'essence du drame de notre vie. Je comprenais soudain pourquoi la leçon de Tolstoï avait été si lourde à porter : d'abord gagné par une forme de sagesse où j'avais vu se dissoudre les aspérités douloureuses du moi, je m'étais ensuite rebellé, quelque chose d'individuel en moi refusait de céder.

Ce jour-là, devant le bureau de tabac de la rue des Jardins, je compris que nous vivons selon deux ordres : l'un cyclique et matériel, l'autre irréversible, irrépétable, sans recours. La contemplation du premier procure assurément un grand apaisement à notre souffrance : il faut être bien lâche, dit cependant un personnage de Tchekhov, pour se consoler en pensant qu'on revivra dans une pierre, une herbe, un crapaud. C'est du grand cycle humain qu'il faut tirer son secours : à chaque homme qui meurt, rien ne s'interrompt. La vie pousse autour de lui, de nouvelles feuilles, de nouveaux êtres naissent, grandissent et travaillent. C'est cela que le Maître m'avait montré, en me faisant visiter ses champs et ses cultures modèles, son atelier et ses écoles : la continuité du travail humain. Se rendre utile aux autres, c'est faire que la conscience de leur existence, de leurs besoins, de leur vie particulière s'impose à vous comme la vision d'un grand dessein global dont votre existence n'est qu'un rouage infime. L'apprentissage de la souffrance, la fusion avec les désirs humbles et anonymes n'étaient pour le Comte qu'une manière de participer à la vie universelle et de s'accorder à elle, quelle que fût au reste sa volonté de réforme sociale.

Ce désir de fusion me parut ce matin-là une grande duperie : ce qu'annonçait la femme ne me réjouit pas. Je vis au contraire qu'à chaque homme tout était à refaire et que la mort de Tolstoï était bien une perte irremplaçable pour l'humanité. La nature, je le voyais bien, pensait tout autrement : elle tenait toujours prêts de nouveaux échantillons de matière vivante. Mais si nous y regardions bien cela n'était rien de vivre et de vivre seulement. Je vis avec horreur l'insignifiance du cycle vital, tant qu'il ne s'était pas haussé au grand principe d'individualisation, qui me parut ce matin-là le but véritable de l'existence. Car nous avons deux vies et même trois : l'une, purement animale, et il est parfois doux d'y songer en échangeant un regard de connivence avec un vieil animal abandonné dont la chair souffre à l'égal de la nôtre. Puis une seconde, qui en est la traduction en des termes humains : nous naissons, nous grandissons, nous nous marions, nous avons à notre tour des enfants, ceux-ci grandissent, et nous mourons. Assurément, il y avait dans la poursuite obstinée de ce cycle une grande puissance de consolation, dont j'avais été saisi tout à l'heure dans le bureau de tabac.

Et en même temps quelque chose d'immuable, d'abject et de désespérant : car il y a en nous un élan vertical et droit qui vise l'Un, l'Eternité et l'expression absolue d'un sujet irremplaçable. Je me disais : il a fallu quatre-vingts ans d'un travail acharné, non contre la mort, mais contre la vie, pour faire un homme comme celui-là. Voici un être que sa mère a conduit jusqu'à la maturation complète de son corps. Puis elle l'a laissé seul avec lui-même, et il est devenu à lui-même son propre père et sa propre mère, il s'est enfanté lui-même, et au prix de quelle douleur ! Il n'a pas eu assez de toute sa vie pour achever ce chemin interminable. Et je voyais la vie bête et obtuse m'apporter au chevet de cet homme mort la pauvre consolation d'une nouvelle vie sans mémoire. A qui tout restait encore à faire; et le pourrait-il, ce nouvel être ? En trouverait-il, dans ce monde et en lui-même, la force ? » .

Vous savez maintenant pourquoi, mon cher ami, il m'a toujours été si difficile de parler de moi et je dirais même de vivre comme font les autres hommes, entourés de ces affections qui, disent-ils, les aident à vivre, mais en réalité les inclinent doucement à la mort. Pour moi, dont la vie fut un certain apprentissage de la solitude – d'une solitude dont Martha fait désormais partie sans l'avoir interrompue, ni même partagée – j'ai cru que j'avais réalisé ce dont m'avait pénétré l'enseignement de mon père, et la conversation que j'eus avec lui un certain jour de janvier 1910. Je ne sais si j'y ai réussi : il se peut qu'en route j'aie fait du mal à ceux qui s'étaient trouvés liés à moi par des liens dont je ne voulais plus. Il me reste encore quelques étapes secrètes à franchir, pour pouvoir dire si j'ai effectivement achevé mon trajet.

Je vous embrasse,
F. »

16 mars.

Ces temps-ci, tout me ramène à ma mère, aux promenades que nous faisions à la fin de l'hiver ou un peu plus tard, et je me souviens de l'odeur amère de l'herbe nouvelle écrasée sous nos pieds. Le petit chien jaune qui l'accompagnait toujours, allait et venait sur les talus couverts de bruyères, au loin les nuages s'abaissaient vers le fleuve; et ses yeux étaient cachés par le reflet de la lumière sur les verres plats de ses petites lunettes rondes.

J'ai terminé la transcription de deux ballades : toutefois je ne me décide pas à les envoyer.

Ma mère. Que reste-t-il d'elle après tant d'années, dans le cimetière où je ne vais jamais lui rendre visite? *Un si petit tas de poussière :* mais ma pensée se détourne de telles images.

17 mars.

Le soir du 11 mars 1959, on m'appela de B. Je rentrais de l'Institut : « Venez vite, votre mère a eu un accident. » J'entendais très mal, on m'appelait de la boutique de l'épicier, j'entendais des rires, des bruits de verres. « Oui, elle s'est noyée. » Je partis dans la nuit, par un train de permissionnaires mal chauffé qui s'arrêtait partout et sentait la bière et la sueur. Il ne faisait pas encore jour quand j'arrivai à B. Et je dus attendre un moment avant de trouver une voiture pour me conduire à la maison. Nous y passions autrefois nos étés, et après la guerre et la mort de mon père, ma mère s'y était retirée définitivement.

On l'avait ramenée, et couchée sur le divan de l'ancienne salle à manger dont elle avait fait son salon et finalement sa chambre, s'étant repliée là parce que la maison était froide et cette pièce-ci bien exposée et facile à chauffer. Elle avait encore aux pieds ses chaussures boueuses, détrempées, qu'on n'avait pas réussi à lui retirer et on l'avait couverte d'une vieille robe de chambre. Il y avait des feuilles, des herbes et de la boue dans ses cheveux. On ne savait rien, on ne put rien me dire. La veille, la femme qui venait du village apporter le lait et le pain ne s'était pas étonnée de ne pas la voir, il lui arrivait souvent de sortir tôt pour une promenade, mais le lendemain, voyant qu'on n'avait touché à rien, elle avait donné l'alarme. On n'eut pas à chercher longtemps : elle avait posé ses lunettes sur un foulard bleu, sous une pierre, près du petit étang qu'on fit aussitôt draguer. Malgré les apparences qui concluaient au suicide, on ne me parla jamais que « du malheureux accident », des bords si traîtres de la pièce d'eau, et elle s'était plainte d'étourdissements ces dernières semaines. Elle n'avait pas laissé de lettre.

Mais tout était en ordre sur la petite table devant la fenêtre, son lit était fait, et la cuisine rangée. Le jour vient de se lever, une lumière pâle, ses pas font crisser le gravier, elle se retourne, les fenêtres sont éteintes, elle part pour sa promenade. Mais non. Elle est décidée, et ne reviendra pas. Elle n'est pas malade, elle ne souffre de rien, mais elle écarte avec résolution les branches qui la gênent, et ne s'occupe pas de l'herbe qui mouille le bout de ses chaussures de daim. Elle a choisi. C'est une journée comme les autres, peu à peu le soleil gagne faiblement le haut des arbres, et elle entend le cri d'un râle d'eau. Elle se retourne; le soleil éclaire les fenêtres du rez-de-chaussée; celles d'en haut ont les volets fermés. Elle marche. L'eau ensuite, son odeur d'abord, puis le clapotis. Alors elle retire ses lunettes, les pose avec son foulard sur une grosse pierre, en cherche une autre pour les caler. Elle s'avance sur le sol mou, et les herbes froides s'enroulent autour de ses chevilles.

18 mars.

Tout se passe comme si la tenue régulière de ce journal avait ouvert en moi des voies que je croyais obstruées : il me semble qu'il suffit que j'attende, comme quelqu'un qui est resté assis sur la terrasse longtemps après le coucher du soleil, et ne mesure pas, au ciel toujours clair que ses yeux habitués à la pénombre parviennent encore à percer, que la nuit est tout à fait venue. Soudain, la porte du fond s'entrebâille en grinçant un peu : celle que mon père n'ouvrait jamais qu'avec de grandes difficultés lors de nos retours à B., parce que les plantes grimpantes s'y étaient prises, et quand il avait enfin huilé ses gonds et la serrure et dégagé le pourtour à la faucille, c'était vraiment le signe que les vacances étaient là.

Alors, à la porte du fond une tête se montre et quelqu'un dit : « Je ne dérange pas ? La porte était ouverte, je passais. » Je fais oui de la tête, et ils entrent, l'un après l'autre, et commencent à me parler.

Et il en est ainsi chaque soir derrière ma table, comme au fond de ce jardin que je n'ai jamais revu (je vendis la maison aussitôt, en 59) : visages, mémoires, figures, mon père, ma mère, le temps d'avant, Béatrice.

... « mais vous, Dormeurs, vous veillez dans mon cœur, dans mon âme parente repose votre image enfuie... »

19 mars.

Il y a deux portes aux maisons de Gubbio : l'une est large, l'autre étroite, légèrement plus haute que le niveau de la rue; l'une sert de passage aux vivants, l'autre de passage aux morts.

Ma mémoire est semblable aux maisons de Gubbio, parfois cependant elle confond les deux portes.

(Tard, le soir.)

C'était à Pâques, j'avais laissé mes parents partir seuls à la campagne pour mettre au point, avec quelques camarades avec qui j'étais très lié (et dont j'ai oublié aujourd'hui jusqu'au nom) un projet très complexe, visant à créer une nouvelle échelle harmonique. C'était vers le milieu d'avril, tout était calme ici, depuis qu'à la Faculté on avait renvoyé deux étudiants pour avoir rédigé une profession de foi absurde et enflammée dans notre journal. Nous les avions soutenus : nous pensions qu'on ne pouvait mieux le faire qu'en liant leur sort à celui de la musique nouvelle en quoi nous avions placé notre foi, et auprès de laquelle la musique sérielle faisait figure de vieillerie. Pour le reste, je ne me souviens de rien : sauf de l'intensité de notre conviction et de la fougue de nos débats. A vrai dire, moi-même je n'y croyais pas vraiment : il y avait quelque chose d'artificiel, et de forcé, qui me choquait dans cette alliance contre nature d'un projet artistique et de la « grande réforme » politique : mais je m'y tenais, pour quelque temps encore, afin de garder l'estime et l'amitié de mes camarades, et de ne pas être coupé du « petit groupe ».

Nous dînions chaque soir dans un restaurant de mariniers, non loin de l'endroit où je me suis récemment promené avec Anne. On disait que les serveuses y étaient gentilles, et cela me tenait éveillé, la nuit. Nous venions de transformer le monde, et c'était bien le moins qu'il vînt nous offrir en retour du vin rouge et de la friture d'anguilles et qui sait, un peu plus tard, le corps doux et complaisant d'une fille.

Le cabaret mettait en guise d'enseigne un bouquet de fleurs fraîches au-dessus de sa porte quand le vin nouveau était arrivé. Un soir, il y avait beaucoup de monde et de mouvement sur la berge qui descendait en pente douce vers le fleuve : on se penchait sur une barque, un marinier parlait avec de grands gestes. Une fille était sortie du cabaret, les joues rouges, et s'appuyait sur mon épaule. Le petit attroupement s'écarta, on portait quelqu'un par la tête et par les pieds : c'était une femme en sarrau, les cheveux défaits, le visage horriblement gonflé, il me sembla qu'il lui manquait une joue. « C'est l'hélice », dit quelqu'un. De sa poche sortait une pâte de biscuits détrempés. On crut la reconnaître, un gros homme s'avança, l'air contrarié, le crayon derrière l'oreille. Non, ce n'était pas sa mère. La fille était revenue du cabaret et me tendait un verre de vin chaud. Les gens se dispersaient, on emmena le corps. Il fallait dégager le chenal où la péniche s'était mise en travers quand son hélice avait été coincée.

Notre projet s'arrêta là. De toute façon, c'était la rentrée. Je n'allais pas à B., mais je revis deux ou trois fois la fille du cabaret.

20 mars.

Lettre à Clara, sans date :

> « Il n'est donné à aucun d'entre nous de mourir *son œuvre faite.* Si tard qu'elle arrive, la mort est toujours une rupture, jamais un achèvement.
>
> Lorsque quelqu'un meurt, la route s'arrête, le paysage ne change pas. Comme ces voies que le caprice d'un despote ou le rêve d'un conquérant avait voulu percer à travers un désert, des montagnes : et brusquement, parce que le despote est mort, parce que le conquérant a été défait, les travaux ont été suspendus, et la route s'est arrêtée au milieu des pierres. A quelques mètres c'est de nouveau la nature sauvage où l'on discerne encore, mais pour peu de temps, la marque et le reste des projets inachevés : un soubassement, des arbres abattus, un défrichage

> commencé, des mètres de cailloux alignés, des jalons plantés. Car si limité que soit l'avenir d'un homme – et réduit parfois à l'espace qui sépare son fauteuil du lit – il ne peut s'empêcher de continuer le tracé de sa route (...) »

Ma tâche à moi, dont la mémoire se nourrit de celle des autres, c'est de dresser la carte de ces tracés, de ces projets interrompus. De là où je regarde, le temps m'apparaît comme un grand territoire d'où émerge entre les taches blanches des régions inconnues, la butée que font sous le sable les villes disparues. Comment cela s'est-il fait ? Qu'y avait-il en moi qui me disposait à ce rôle d'archiviste ? Quelle angoisse, et devant quelle disparition ?

Je ne suis la source d'aucun récit : j'en suis le confluent. *Je ne prends pas la parole, je la donne.*

21 mars.

« J'aime bien que nous soyons là », dit Anne en montrant un point au centre de l'Europe, tout en retenant le jouet qui grinçait et tentait de lui échapper. C'est un petit chat grossièrement figuré qui tient entre ses pattes une boule où sont vaguement dessinés la silhouette des continents, la mer bleue, les chaînes de montagnes marron, et de grandes plaines vert clair. Quand on remonte le mécanisme, le chat se livre autour de la boule à toute sorte de cabrioles. « Un peu plus haut tout de même », dis-je. « Si près de ses griffes ? » Anne était toute songeuse : « Mais ses dents et ses yeux sont encore pires. » Ses dents sont très blanches, aiguës, au-dessus des babines rouges.

Nous ne nous sommes pas rhabillés, nous avons passé tout l'après-midi au lit, sans ouvrir les rideaux, mais on voyait bien que le ciel était clair et que ce n'était pas la nuit.

« Je vais passer la soirée avec mon père, m'a dit Anne un peu tristement, lui non plus, il n'ouvre jamais ses volets. »

(Plus tard, dans la nuit)

J'ai mis ce soir à la boîte les deux transcriptions, accompagnées d'une étude brève sur leur origine, et leur évolution.

Quelque part dans cette ville où il me semble que nous sommes seuls à veiller, F. a éteint les lumières, il s'est couché, mais il ne parvient pas à dormir. La ville l'éclaire, le ciel est uniformément rouge, et je ne peux pas franchir cet espace qui nous sépare pour aller lui offrir du secours. Mais quel secours ? Et l'accepterait-il ? Sa main cherche à tâtons quelque chose sur la table de nuit, ses doigts s'attardent sur le marbre frais.

Maintenant, il dort, mais sa paupière n'est pas entièrement baissée, et elle laisse voir un fragment blanc et luisant de son œil. Je ne dors pas, je suis à ma table, il est très tard.

L'air est d'une grande douceur pour la saison : peut-être est-ce l'effet de la fatigue, de la nuit, du manque de sommeil et d'un peu de « cognac français ». J'ai entrouvert la fenêtre, rien ne bouge. Un bourdonnement traverse la nuit, comme celui d'un avion volant à bas régime. Ce n'est pas la première fois que j'entends cela : hier c'étaient des sirènes de police, ou d'ambulance. Et une lueur rouge, au couchant, bien après la disparition du soleil.

En écrivant ces mots « tard dans la nuit », il me revient que je commençais ainsi mes lettres à Béatrice chaque fois qu'il ne me suffisait pas de l'avoir vue, de l'avoir tenue contre moi quelques heures et que, ne pouvant m'endormir, je commençais une lettre comme pour abolir symboliquement l'espace qui nous séparait et, en lui réaffirmant ma tendresse et mon désir, exorciser l'angoisse que son absence avait fait naître. En général, je n'allais pas loin, une sorte de lassitude m'envahissait, une somnolence brutale. J'éteignais la lumière, et je retrouvais le lendemain dans les draps le billet interrompu, que je déchirais avec un sentiment de honte.

Je restais souvent des jours sans la voir autrement que dans un café où elle m'avait fixé rendez-vous quelques heures auparavant par téléphone, avec dans la voix une nuance impérieuse et un tremblement que je prenais pour l'exigence de la passion. Elle se tenait dans un angle, à demi cachée derrière le col relevé de son manteau, les mains dans ses manches, et pourtant je la voyais tout de suite : je ne voyais qu'elle, dans la foule la plus épaisse, dans la fumée des cigarettes et le bruit des voix, entre les plateaux des garçons. Isolée, marquée d'un signe noir, cernée d'un trait invisible, m'étant destinée, et refusée, implacablement.

Elle buvait à petits coups son thé noir et presque froid, jetant des regards par-dessus mon épaule vers la grosse pendule du café, et elle me quittait, désespérée, sombre, après m'avoir violemment baisé les lèvres. Elle devait rentrer plus tôt chez elle ce soir-là, pour recevoir des amis de son mari, ou bien c'était sa fille qui donnait un goûter d'enfants. « Tu vois bien, disait-elle, je fais tout ce que je peux. » Mais la semaine suivante, le libraire chez qui elle travaillait la gardait trois soirs de suite pour l'inventaire de fin d'année, et c'en était fait de notre soirée hebdomadaire.

Je ne la suivais pas, je restais un moment après elle dans le café. Il me semblait qu'il y avait, tout près de moi et à portée de la main, une vie tranquille et humble dont je ne voulais pas et qui cependant reprenait son cours doucement, dès que la portière de la rue était retombée sur elle. Dehors la ville était recouverte d'un brouillard épais, ou bien il avait neigé. Je rentrais chez moi afin de retrouver le travail où je m'étais plongé pour oublier son absence et que ce bref rendez-vous avait interrompu, le rendant dérisoire. J'allais et venais dans la pièce, ranimant le feu, je regardais les portées couvertes de notes sans signification, l'élan était tombé, et je restai comme debout sur une terre gelée. J'allais me coucher. J'ai vécu ces mois-là dans une chasteté absolue, et désespérée, entrecoupée de ses visites trop brèves, qui me laissaient insatisfait.

22 mars.

Quelque chose s'est levé en moi hier, que je ne peux maintenant écarter, et qui a trait à la nature de mon amour pour Béatrice. Le souvenir d'un détail de jalousie absurde me fait mesurer à quel degré de folie j'en étais arrivé. Je lui avais donné une petite aquarelle italienne, et je ne peux concevoir maintenant dans quelle fureur d'anxiété ce cadeau m'avait plongé. Elle l'avait accroché au mur du salon, m'avait-elle dit, comme une provocation muette. Cela contrastait si vivement avec les précautions dont elle entourait nos rencontres que je ne l'avais crue qu'à demi. Parfois, dans des accès de ressentiment injustes, j'imaginais au contraire qu'elle l'avait roulée dans un journal et jetée au fond d'une penderie. « Et ça, dirait un jour son mari, qu'est-ce que c'est donc ? » « Oh ! ce n'est rien, un truc réclame. » « Comment cela ? » « Mais oui, avec le réabonnement à la *Revue d'Art,* tu te souviens bien ? » « Mais c'est très joli ! Pourquoi ne le fais-tu pas encadrer ? » « Penses-tu ! » dirait-elle. Et lui : « Au fond, tu as raison, c'est un peu mou comme dessin. » « Mais, mon chéri (une sueur froide me baignait alors le corps : quand je le lui avais demandé, elle m'avait dit : comment pourrais-je ! Ces mots-là me resteraient en travers de la gorge) mais, mon chéri, c'est une aquarelle, le dessin passe en second. » Lui : « Au fond tu as raison, je n'y entends rien, mais ces bleus sont très jolis, etc. »

... Quelques heures plus tôt, je l'avais retenue contre moi, distraite et fâchée. « Non, je t'assure, laisse-moi, il faut que je rentre, Caroline a la grippe. » « Mais je croyais qu'elle était en vacances d'hiver ? » Et je la laissai descendre du lit, et se rhabiller seule. « Non, ne fais pas la tête », disait-elle. Mais je ne faisais pas la tête. J'allumais la lampe, je me rhabillais à mon tour, et je me préparais à une nouvelle semaine d'attente.

23 mars.

Durant cette cruelle époque, je savais pourtant qu'un jour j'aurais cessé de l'aimer : mais, loin de me consoler – occasion plutôt et motif d'une douleur nouvelle – cette idée n'était pas plus un réconfort pour moi que ne l'est pour un malade celle que la mort va bientôt le délivrer de ses maux. Dans ces moments-là, tout s'obscurcissait en moi;

je me mettais à préférer toutes les formes de la souffrance que Béatrice m'infligeait (retards, mauvaise humeur, indifférence) à la perspective terrifiante d'un avenir où ces absences mêmes ne me feraient plus souffrir. Un jour viendrait, que je n'envisageais pas sans terreur, où j'aurais cessé de la voir à travers ce voile de flammes et de fumée qui me brouillait la vue : où elle n'aurait plus pour moi ce visage ardent qui me brûlait le cœur. Mais cette idée ne pouvait pas m'apaiser. Car elle me faisait sentir que le jour où je pourrais vivre sans l'attendre, et la voir sans souffrir, c'est que sa présence comme son absence me seraient devenues indifférentes : en d'autres termes, que je ne l'aimerais plus. Le rêve fou que je poursuivais de l'« aimer moins » afin de « moins souffrir » était une utopie. Dès lors que ses absences me seraient tolérables, cela signifierait que sa présence ne m'était plus nécessaire.

Et c'est en effet ce qui se produisit. Comme si le trajet de l'amour devait s'accomplir deux fois : car, même dans les ruptures brutales, il est des étapes par où l'on repasse nécessairement. Et je les reconnaissais au passage, comme des stations de chemin de fer ou des villages qui, au retour des vacances, ont un air familier, nostalgique, et semblent déjà reflétés dans le triste miroir du souvenir. Je rencontrais Béatrice un peu moins souvent; mais loin de me faire souffrir, ce relâchement était lui-même le signe de ma guérison. De sorte qu'au début et à la fin de cette passion, l'époque des rencontres espacées ne fut jamais une période douloureuse : à l'aller, tout attentif que j'étais de parvenir à mon but – qui était de la posséder et, ensuite, de multiplier nos rencontres et les occasions de la voir – je prenais chacune de ses échappées hors de la librairie ou de son domicile, pour des concessions merveilleuses de la Providence. Au retour, quoique je l'eusse ainsi voulu afin de moins souffrir, de mieux me protéger, puis de me guérir tout à fait, le souvenir des débuts de mon amour et l'allusion constante à cette période ascendante, rendaient l'espacement de nos rencontres un peu mélancolique, mais ils ne me donnaient pas la douleur que le moindre contretemps me causait trois ans plus tôt. Et je me persuadais que ma guérison était l'œuvre de ma volonté, alors que je ne faisais que subir une des lois les plus exactes dans l'histoire d'une passion et de son développement, qui est que la douleur, par suite d'un réflexe quasi biologique de survie et de conservation, est la cause du refroidissement des sentiments, et non comme on le croit généralement de leur exaspération.

Et puis il y eut une troisième étape, qui suivit de près le départ de Béatrice. Lorsque j'eus donc tout à fait cessé de la voir, et de l'aimer – en admettant qu'on cesse d'aimer, ce qui n'est pas sûr : il se peut que le sentiment nuisible et douloureux soit seulement mis hors d'état de nuire, et comme placé en réserve sur une voie secondaire – je devrais donc dire : lorsque j'eus tout à fait cessé de souffrir de l'amour que m'inspirait Béatrice, il m'arriva d'entendre qu'elle avait autrefois beaucoup fréquenté Un tel, et connu tel autre dans les périodes les plus vives de mon amour pour elle. Et je me disais d'abord avec soulagement : comme j'aurais souffert d'apprendre cela quelques mois plus tôt – comme c'est bien d'être guéri et de pouvoir entendre cela sans un affreux serrement de cœur. Or c'était une illusion : car si j'avais appris cette nouvelle au plus fort de ma passion, et cela s'était sans doute produit sans que j'en aie gardé le souvenir, l'amour menacé, comme un poisson aveugle au fond de son creux de roche, aurait aussitôt enveloppé l'ennemi du puissant jet d'encre d'une explication rassurante, afin d'en dissoudre les aspérités, et de rendre telle rencontre, ou tel dîner dont on m'avait parlé, sinon anodin, du moins explicable. Car ce n'est pas seulement à la jalousie que je suis particulièrement sujet : c'est à une forme extraordinaire de la capacité de se rassurer, de se faire illusion, de nier les évidences les plus criantes et les faits les mieux avérés. Ainsi, loin de souffrir, j'aurais échafaudé des arguments, parfois contradictoires, contre toute vraisemblance. En y songeant bien, c'était aujourd'hui que « je ne l'aimais plus » que je souffrais, car l'amour n'étant plus là pour déposer autour du fait gênant sa gomme protectrice, je découvrais dans toute leur nudité et dans toute leur horreur les preuves que Béatrice ne m'aimait pas ou du moins qu'elle en aimait d'autres dans le même moment que moi.

24 mars.

Jeudi dernier (le 19), j'étais sorti dans la fin de l'après-midi sans but précis, il faisait déjà très sombre car la pluie n'avait cessé de tomber. Peu après dans la rue G., j'ai vu de petits groupes se former, qui me semblaient se diriger tous dans la même direction. Des hommes le plus souvent, quelques femmes aussi, et des enfants dont la présence pouvait avoir pour but de donner à cette rencontre une allure pacifique, et d'éviter que la police ne s'en mêle trop tôt.

La pluie s'était arrêtée. J'ai suivi la foule, par curiosité ou par désœuvrement : toute ma force s'était trouvée absorbée ces jours-ci dans le souvenir de Béatrice, et le balancement entre le temps passé et le temps présent m'avait laissé douloureusement flottant, la tête vide et bourdonnante comme après un long voyage en bateau lorsqu'on pose le pied sur le quai.

Des enfants jouaient encore dans une petite rue. Une voix de femme tomba de l'étage : « David! David, tu montes ou c'est moi qui descends! » Une charcuterie était restée ouverte; un garçon brun et court, en tablier, sortit en voyant le petit groupe et abaissa le rideau de fer avec une longue perche. Puis il rentra en se courbant. Nous avions franchi le pont V. et cette fois il n'y avait plus de doute, les petits groupes convergeaient sans un mot. Je me séparai d'eux un instant pour acheter des cigarettes et du chocolat. Le vieil homme qui me servit coinça le tiroir-caisse en rendant la monnaie : « Oh! ça va mal, ça va mal! » disait-il. Je ne savais pas s'il parlait de la situation générale, de la manifestation qui se préparait, ou plus simplement de sa maladresse et des maux de la vieillesse. Une odeur de veau rôti venait de l'arrière-boutique d'où sortit une vieille femme, l'air méfiant, suivie d'un chat qui se frottait à ses jambes. « Votre chocolat, dit le vieux, excusez-moi, il faut que je ferme. » Il rabattit le rideau derrière moi d'un coup sec.

Je retrouvai le groupe deux rues plus loin : un gros jeune homme qui tentait de prendre des photos disparut au premier geste de menace. Nous avions atteint la place H., grande, entourée de beaux bâtiments en demi-cercle, que la foule traversa sans s'arrêter, sûre apparemment de son but. A droite s'ouvraient les grilles de l'ancienne usine à gaz, maintenant désaffectée; on avait jeté des planches sur le sol défoncé où de grandes flaques d'eau renvoyaient l'image du ciel sombre et des lourds portails. Sur une grande palissade, des affiches déchirées montraient des coureurs à pied franchissant la ligne d'arrivée.

Le groupe s'engageait maintenant dans la petite

rue qui contournait l'usine en direction du quartier interdit. Il arrivait des gens de partout, on commençait à piétiner, les premiers devaient être au mur. Un chien aboya, un autre lui répondit. Puis le silence se fit, et j'entendis la musique. Tout au bout de la longue rue qui longeait le mur, un peu en avant des barbelés, un petit orchestre s'était installé sur des caisses empilées. Il y avait un accordéon, deux violons et une petite flûte. Personne ne disait mot, une pluie légère recommença de tomber, au loin on entendit une sirène, puis une autre. Puis plus rien. La foule applaudit. Et comme de nouveau les sirènes se faisaient entendre, le flûtiste esquissa le début de *L'Entrée des gladiateurs :* on applaudit encore et on commença à se disperser. Les musiciens avaient remballé leurs instruments. Aucun soldat, aucun policier ne s'était montré : je suis rentré sans avoir parlé à personne.

25 mars.

« Vous êtes fou, m'a dit F., qui vous demande de faire le moraliste? » « C'est tout de même mieux que de faire danser Jules et Marie. » Il s'est tu. « Je ne sais pas. » Et en me quittant : « Souvenez-vous que vous ne devez rien à personne. A personne. »

Dans les journaux, rien, comme toujours.

26 mars.

Devant moi, derrière moi : ma vie. Comme un projet qui se formerait à mon insu, et presque en mon absence.

Ce corps à corps de chaque jour avec le langage, la mémoire et le temps produit des effets que je ne soupçonnais pas : de même que j'avais sans doute sous-estimé la puissance de la machine du souvenir. Une fois mise en branle, rien ne l'arrête; mais sa marche est capricieuse, imprévisible. Et le progrès que je fais dans la redécouverte de mon passé, n'augmente pas à proprement parler la connaissance que j'en ai : les causes, les conséquences, les liaisons me demeurent obscures. J'observe, comme s'il ne s'agissait pas de moi, la montée d'un personnage énigmatique.

Ainsi par exemple : je pense en ce moment aux étés que nous passions, mes parents et moi, peu avant la guerre dans la petite maison de B. Mais il ne m'est pas possible de dire ce qui a fait reparaître un souvenir si longtemps enfoui. Il est là, il flotte et je le saisis, comme un bloc de glace errant sur une mer dont j'ignore les contours et la profondeur. Ce sont des images libres qui surgissent, et que j'apparie librement. Mais leur fréquence est si grande, ces temps derniers, qu'elles relèguent au second plan tout ce qui n'est pas leur capricieuse apparition.

Le temps se recompose — dans une unité qu'il n'avait peut-être jamais eue.

Mais c'est la musique encore : à tout le moins, des inflexions comparables à celles qu'elle m'avait enseignées.

(Comme ceux de la matière, les états de la pensée sont au nombre de trois : connaître, se souvenir, imaginer. Mais la mémoire est comme la matière en fusion : sans cesse elle invente de nouvelles formes.)

27 mars.

J'ai de ces années-là des souvenirs précis comme des photographies : par exemple, nous nous apprêtons à dîner, mon père porte une vaste blouse grise, avec un foulard noué sous le col – l'été, il s'enfermait des heures dans l'appentis pour modeler dans la glaise de petites statues de femmes. Ma mère est à droite, son bras passé derrière moi, et un peu de vigne vierge descend au-dessus de son front. Et personne ne nous regarde, dans la solitude terrible du village, rien d'autre que le rond rouge du soleil couchant.

Cette nuit et les nuits précédentes, j'ai été traversé par d'étranges images. Un chemin, des ronces, d'énormes arbres jetés en travers, une grande allée de château qu'on n'entretient plus et dont les grilles sont envahies de plantes grimpantes. Ce ne sont pas des paysages que j'ai déjà vus, ni dans mon enfance ni au cours de mes rares voyages ni même en rêve : c'est ma vie elle-même, comment dire? qui m'apparaît ainsi. Et, m'asseyant chaque soir à cette table, je sais bien que je m'apprête à m'enfoncer dans cette forêt inconnue où je me heurte chaque soir à de nouvelles murailles cachées sous la végétation. Comme si, me disposant à traverser une contrée inconnue et que je croyais inhabitée, je rencontrais soudain la trace et le territoire d'un peuple très ancien, aujourd'hui oublié, mais dont ces pierres attesteraient irréfutablement qu'il a existé. En moi, il y a une ville morte, et des restes de murs, et quelque chose qui fut vivant mais que *je ne sais plus*.

La mort de mon père, par exemple, et toutes ces années que je n'ai vécues que dans le brouillard de la jeunesse, de l'ambition, de la détresse. Ma mère avait ramené mon père à B. lorsqu'il fut évident qu'on ne pourrait pas le guérir. Et ils demeurèrent jusqu'à sa mort en mars 1949 – dix ans juste avant celle de ma mère. Cette région était située loin de la zone occupée, et plus tard bombardée; les souffrances de la guerre y étaient parvenues comme assourdies, et les terribles privations s'y étaient trouvées atténuées par les ressources d'une campagne autrefois riche. Et, dans les années qui suivirent, comment auraient-ils été affectés, mon père qui se mourait et ma mère qui le soignait, par les changements politiques qui survinrent, eux qui avaient assez affaire avec la souffrance, la vieillesse, la maladie, la mort ? Fin 46, je m'étais inscrit au Conservatoire, et je ne venais à B. que toutes les deux ou trois semaines, parfois moins, à cause des difficultés de transport sans doute, mais pas seulement. Il y avait mes études, et les jeunes filles ou les jeunes femmes que je rencontrais à toute sorte de réunions auxquelles j'assistais sans toujours m'associer à leur objet. Cette nonchalance empreinte de scepticisme envers tout ce qui enthousiasmait mes camarades me rendait suspect à leurs yeux de tiédeur, ou pire. Le monde entier me semblait plongé dans une brume dont j'émergeais pour de brusques réveils. Et je participais alors dans un sursaut qui ne durait pas à l'élaboration de projets compliqués qui sombraient vite et auxquels je cessais plus rapidement encore de croire. Seule restait la confiance en une musique dont je ne savais pas au juste quelle elle serait, mais que je me croyais destiné à écrire. Plus proche assurément des dernières études de Kaerner, écrites dans la solitude et le doute, que des utopies sociales de mes camarades qui, déçus, se détournaient de moi. Il faut dire qu'ils n'avaient pas absolument tort car je n'apportais aucune preuve de ce que j'avançais, et me contentais de promettre sans commencer à tenir. Et je ne dois pas exagérer maintenant l'influence de Kaerner, dont je ne connaissais presque rien, sur mes premiers essais. Le plus enthousiaste de nous, et sans doute le plus généreux – il devait mourir au début des années 50, de tuberculose je crois – avait inventé un système de notation musicale lisible par tous, et proche de l'ancien chant grégorien, pour les hymnes révolutionnaires. Il y avait aussi Jan K. – qui travaille maintenant à la télévision, et que je n'ai pas revu depuis sept ou huit ans.

28 mars.

Je reçus cette lettre de ma mère le 17 mars 1949 (mon père était mort le 5).

> « (...) Il n'est pas mort facilement. On dira "c'était une délivrance", ou bien "Son corps n'était qu'une plaie, il devait souhaiter la mort." Moi seule je sais que ce n'est pas vrai, et qu'on ne souhaite jamais la mort. Chacun de nous croit à ce mensonge jusqu'au jour où la vérité apparaît dans toute son effrayante nudité. Ce n'était pas du tout une délivrance, mais chaque jour – jour après jour – comme un enfermement encore pire et, avec la disparition de toute autre issue que la mort, la certitude que l'angoisse serait bientôt remplacée par quelques minutes d'une angoisse encore pire. Je suis restée

près de lui durant des heures; je le voyais reculer, lui si prodigieusement immobile, je le voyais s'enfoncer sans bouger à reculons dans le noir; son corps aspiré se creusait, et c'était comme si l'air autour de lui s'obscurcissait. Il étouffait, ses côtes s'affaissaient, son dos ne le soutenait plus. Il me regardait entre les crises et ce regard semblait me dire : Encore une fois je suis remonté, et si loin que j'aie été, je ne t'ai pas oubliée (...)

Je l'ai veillé deux nuits et le deuxième matin, avant de rabattre le drap, j'ai relu le Livre des Morts égyptien dont j'ai placé près de lui cette phrase : *"L'âme va vers la place de ceux qui la connaissent, et ne s'écarte pas de ses chemins d'hier. Aucune magie ne l'arrête."* Ma tâche est terminée. Tout est en ordre. Je vais donner le chien, fermer la chambre, m'installer en bas. Un peu plus tard, tu pourras venir me voir. Mais ne t'attends pas à une autre lettre. Je n'aurai plus pendant longtemps la force d'écrire. Peut-être ne la retrouverai-je jamais. »

29 mars.

Mon passé, ma vie, mon corps, les amis, mes parents, la vie de F., celle de Kaerner : comme une architecture aux styles mêlés, sans aucun désordre pourtant, mais une nécessité absolue dans son ordonnance. Et des colonnes anciennes y sont prises, comme à Rome, dans les arcades de murs récents.

Je suis désormais comme un architecte qu'on aurait chargé de restaurer un palais, et qui découvrirait derrière les murailles, des pièces, des escaliers secrets, des passages que les propriétaires n'avaient jamais soupçonnés.

La part du quotidien s'estompe : plus forte et mieux exercée, ma mémoire sait maintenant se tourner vers des zones obscures. Patient travailleur de moi-même, j'ai donné congé à toutes les autres occupations, je n'ai plus de temps que pour cette œuvre baroque, ce palais de pierres rassemblées au cours de mes promenades dans le temps. Je fouille et je bâtis : je dresse des plans que je ne suis pas, des cartes qu'une nouvelle découverte me fait modifier chaque jour. Je dresse des étais, j'écarte les déblais, je cimente, je mure, et de nouvelles brèches s'ouvrent, il me faut recommencer. L'énormité de la tâche ne me rebute pas : un temps viendra, je le sais, où le présent, le passé et l'avenir seront confondus dans un même mouvement puissant dont je ne serai plus exclu.

AVRIL

2 avril.

« Quel talent ! » dit F. Il me montre les derniers dessins de Paul. « Mais à quoi bon tout cela. » Sur l'un d'eux Saint-Ignace montre ses colonnes à ciel ouvert, sa coupole éventrée. Des animaux nordiques à grandes cornes, des sortes de rennes ou d'élans, ainsi que des oiseaux gris viennent boire dans une eau noire qui stagne au milieu du chœur, entre les dalles effondrées. Cependant le désastre semble ancien et déjà oublié : les feux qu'on voit sont ceux d'un groupe de bergers, dont l'un joue de la flûte, debout contre une statue où il appuie sa jambe repliée. Une grande paix règne sur cette scène, et la nature resplendit.

Ce matin, dans le ciel, la double trace des gaz d'un avion militaire.

On a arrêté avant-hier les membres du petit orchestre.

3 avril.

Anne sur le canapé, le livre posé sur ses genoux relevés; je me suis approché, j'ai passé mon bras derrière elle, ses seins étaient libres sous son corsage, et j'ai saisi doucement sa peau entre mes lèvres, puis la pointe de son sein. Elle ne bougeait pas; ma main descendit sur son ventre, et je la caressai vivement. Son plaisir fut rapide et violent, elle s'était rejetée en arrière, et je l'embrassai dans le cou; puis je sentis qu'elle me défaisait et je vins contre ses cuisses nues, et c'était véritablement de l'amour.

4 avril.

A Bad G. deux serveuses ont été retrouvées égorgées dans l'une des vasques de l'établissement thermal : l'affaire fait beaucoup de bruit. On en profite pour lancer toute sorte d'accusations contre la direction d'abord, soupçonnée de favoriser des trafics illicites : les serveuses auraient pris l'habitude de raccompagner les malades dans leur chambre ou de les y retrouver à des heures convenues. Il y a plus grave : quelques jeunes médecins, récemment revenus de l'étranger seraient convaincus d'usage de drogue. Il demeure beaucoup d'obscurité dans ces affaires dont on ne soulève le voile qu'à demi : à qui en veut-on, pourquoi n'a-t-on pas comme d'habitude tout bonnement étouffé la chose?

On a identifié le coupable, et il a été arrêté; il s'agirait d'un des musiciens de l'orchestre de chambre. On ne dit pas son nom.

Dans les premiers temps de mon séjour à Bad G. en 1955 (je n'avais pas encore réussi à rencontrer Charles Weber), je m'étais lié d'amitié avec un flûtiste de l'orchestre. Nous faisions chaque jour ensemble les cent pas sur la promenade déserte, dans le désœuvrement des débuts d'après-midi.

« Voyez-vous, me disait-il, après la mort de ma femme, je n'avais de goût à rien. Je n'allais plus aux répétitions, on n'a pas pu me garder, cela s'explique. » Il portait un pull-over tricoté de grosse laine verte, dont le col laissait voir les poils gris de sa poitrine. Il n'avait pourtant pas beaucoup plus de quarante ans. Et il demandait toujours une autre bière avant de continuer à parler. « Je ne suis pas ici pour boire leur eau tout de même. » Son teint était pâle et brouillé. La terrasse où je m'installais avec lui était toute proche de la salle du concert où les musiciens se réfugiaient les jours de pluie. « Quand on m'a proposé de faire partie de ce petit orchestre de chambre, je n'ai pas hésité. Je me doutais bien que ça n'irait pas loin. Mais est-ce que j'étais fait pour aller loin ? Après le Conservatoire, j'ai eu de la chance, une période extrêmement favorable. Des engagements en soliste, des voyages à l'étranger. Oh ! pas à Paris, mais il n'y a pas que Paris. Et un poste à l'Orchestre de la Région des Lacs. Mon travail était bien sûr un peu monotone : répétitions l'après-midi jusqu'à huit heures, sauf quand il y avait concert. Trois fois par mois. Mais les matins, je les avais entièrement à moi. Oh ! le public, le public n'était pas vraiment ce qu'on aurait pu souhaiter, ce qu'on aurait pu espérer. Trop vieux, ou trop jeune. Parfois les deux ensemble. Le parterre occupé par les matinées scolaires, les balcons par des retraités. Le reste, vide. L'instituteur au bout de chaque rangée, roulant des yeux pour les faire taire, les empêcher de pouffer ou Dieu sait quoi. Ce qu'ils aimaient, c'étaient les trilles. J'en rajoutais. Mais le matin ! le matin, je travaillais pour moi, j'avais un petit balcon donnant sur le parc. Elle n'aimait pas ma musique, mais cela ne fait rien, elle m'aimait, moi. Et quand elle est morte, quand elle est morte, ç'a été bien différent. Puis l'orchestre a été réduit, on a fait appel à la radio, à des retransmissions du programme national. Il nous restait la musique d'ambiance, les fêtes locales, les petites cérémonies au lycée, le banquet annuel des pompiers, la retraite d'un inspecteur des Impôts. Un jour j'ai appris qu'on cherchait à constituer une petite formation pour les stations thermales qu'on venait de rouvrir, et j'ai posé ma candidature. Nous nous entendons très bien. Le violoncelliste en profite pour faire sa cure, le contrebassiste, lui, c'est sa femme. Mais les voici. » Ils l'attendaient sur un banc d'où la vue sur le lac était partiellement masquée par la rotonde en demi-lune de la salle de concert. Je le laissais les rejoindre, il ne s'asseyait pas, il leur expliquait en montrant son col qu'il devait aller s'habiller. Ils me saluaient d'un signe de tête. Je les regardais, assis sagement dans leurs fracs un peu élimés, un nœud noir sur leur plastron, et l'ombre qu'ils faisaient sur la promenade me serrait le cœur.

5 avril.

Il n'y a plus personne dans la maison de Kaerner. Les volets sont fermés et la porte du jardin barrée de planches en croix. Nous sommes entrés par une brèche dans la haie, nous avons fait le tour de la maison, mais les sceaux ont été mis, il y aurait du danger à les rompre. Le chat est descendu d'un arbre en miaulant, Anne a tenté de le saisir, mais il lui a échappé.

6 avril.

Anne m'appelle, la voix chaude. Paul est entré dans la maison de Kaerner par un soupirail de la cave, cette nuit, mais il n'a pas pu remonter jusqu'à la chambre du vieux Louis. Les infiltrations d'eau ont causé beaucoup de dégâts, ainsi que les rats. Il tentera cependant d'y retourner pour explorer systématiquement la cave, mais cette nuit ils ont été dérangés par un bruit, et Paul s'est contenté d'emporter des journaux dans un petit cartonnier.

« Et j'ai le chat ! » dit-elle.

7 avril.

Les journaux étaient au fond d'un sac, sous une couche de pommes de terre, c'est une collection incomplète de *La Vie musicale* : il a tenu à me les monter lui-même. « Gardez les pommes de terre. »

Vers midi, Mme B. a frappé à ma porte : « Je ne vous dérange pas ? » « C'est votre mère ? » Elle regardait la petite photo appuyée contre les livres. « Oui. » « C'est bien d'écrire tout cela » et elle montrait ma table, les cahiers ouverts, et les numéros dépliés de *La Vie musicale.* « C'est dommage que mon mari n'ait pas eu le temps de le faire, il en avait tant vu ! » Son fils lui a écrit, il voudrait la revoir maintenant que son père est mort. « Mais il n'était pas à son enterrement ? » « Non, ils étaient fâchés. »

« On l'avait monté contre son père », dit-elle. Après la guerre, sous le prétexte qu'il n'y voyait plus assez, celui-ci avait été muté aux ateliers de réparation. Mais c'était à cause de ses idées, elle le savait bien. Puis il avait été mis à la retraite, et il avait perdu toutes ses primes « en n'allant pas jusqu'au bout de son temps ». C'est alors qu'avaient commencé les grandes discussions entre le fils et le père : le fils aurait voulu continuer ses études, mais « après ce qui était arrivé à son père, ça n'était pas possible ». Après, ça s'est arrangé, et le petit est entré à l'école d'ingénieurs. Mais à cette époque le petit était furieux, et c'étaient des scènes tous les jours : « Est-ce que tu penses à moi ! » qu'il criait à son père, « sais-tu ce qu'on dit de moi à l'école ? » Voyez-vous, c'est un enfant que nous avions eu très tard, nous étions déjà fatigués, et il criait : « A cause de Papa ! » Ce jour-là, le père est devenu tout pâle, il a renversé la table d'un coup : « Fous-moi le camp ! » il a crié « Sors d'ici ! » Et il est allé s'enfermer dans la cabane. Il ne touchait jamais au jardin, il avait horreur de cela, c'était moi qui le faisait après les ménages. A partir de là le petit est entré dans un mouvement de jeunes, et il n'en revenait qu'une fois par mois, son père ne lui adressait pas la parole. Et il ne m'écoutait pas quand je tâchais de lui faire entendre raison. Mon mari aussi était très violent, le petit tenait ça de son père. Alors mon mari a pris l'habitude de s'enfermer tous les après-midi dans le cabanon, avec sa casquette de musicien, tant qu'il ne faisait pas trop froid. Après il a installé un petit poêle. Il y avait de tout là-dedans : des journaux, des brochures, et il avait emporté son instrument, et il jouait, pas trop fort, pour que les voisins ne se moquent pas de lui. Mais il avait encore beaucoup d'amis dans ce temps-là. Et puis mon fils est devenu ingénieur, il nous a présenté sa fiancée, et mon mari et lui se sont réconciliés. Mais ce n'était plus comme avant. Le fils disait que les fautes des pères ne devaient pas être reprochées aux enfants, et son père haussait les épaules. Mais il ne répondait rien. Son camarade venait le voir tous les jours, il passait par la porte du fond; je ne sais pas de quoi ils parlaient là-dedans, et parfois il leur arrivait de boire un petit coup de trop. Mais je n'allais jamais y voir, il ne l'aurait pas toléré. Une fois, c'était presque l'été, ils s'étaient installés devant la porte du cabanon, en manches de chemise, et mon mari a joué une marche : (elle fredonne). Tous les voisins étaient aux fenêtres, il y en a même qui ont applaudi. » Elle se tait. « C'était un bon bonhomme, on ne s'est jamais disputés. Et puis la petite est arrivée, en 54, le fils nous l'a amenée et il a dit : « Celle-là je saurai l'élever ! » Le grand-père était si content qu'il a fait semblant de ne pas entendre. Quand elle a été un peu plus grande, les jours où il n'y avait pas classe elle venait le voir, et il l'emmenait dans sa cabane. Il lui montrait les insignes, les drapeaux, il lui racontait de petites histoires. Elle aimait bien son camarade aussi. Elle disait : « J'ai deux Papis. » Mais quand elle a eu dix ans, ça n'a plus été pareil. Son père l'avait chapitrée, enfin ! Elle disait : « Papi, tu piques », ou « Tu sens le tabac. » Et le grand-père ne disait rien. Vous voyez, elle n'est même pas venue à son enterrement. Mais son père lui laisse le droit de venir me voir, depuis quelque temps. » Elle s'était levée, et commençait à ranger les livres. « Quelle belle couronne, quand même ! Et vous avez vu celle de mes anciennes camarades d'atelier ? » Elle restait debout. « En 25 on a fait six semaines de grève pour le droit aux congés de maternité. J'en ai vu, moi aussi. Je suis née en 1900. » Et elle ajoute bizarrement : « L'année universelle ! » Puis : « Mais je laisse tout, je laisse tout aujourd'hui. »

8 avril.

La Vie musicale, 31 mars 1937. Article signé des initiales « B. de R. ».

« Avant-hier, Egon Kaerner est mort. Ces quatre mots, dans leur nudité, qui, en les lisant, ne croira les avoir déjà entendus ? Nous étions un petit nombre cependant à savoir qu'il poursuivait encore, à l'asile de Sonnenberg, une existence recluse et diminuée. Mais pour le public, depuis deux ans, Egon Kaerner était mort ; en fait depuis le soir de la conférence qu'il avait donnée dans la salle du Nouveau Monde après quelques années d'un silence qu'on avait cru définitif. J'étais un de ceux qui avaient réussi à le convaincre de reparaître en public, ne soupçonnant pas la gravité de son état ni les causes réelles de son retrait du monde.

Dès six heures, le public avait envahi la petite salle au plafond peint, qui avait entendu Rubinstein et Braïlovski et la création de sa *Sonate pour deux pianos*. Quelques instants avant l'heure fixée, une voiture noire s'arrêta devant la porte, et Kaerner fit son entrée dans un silence impressionnant ; l'estrade était sur la scène, il dut passer par les coulisses et tandis qu'il s'avançait vers la salle, s'inclinant imperceptiblement, on put voir combien il avait changé. Il se tenait raide, et cependant un peu voûté, le visage légèrement bouffi et rouge sous ses hauts cheveux blancs. Il y avait à droite de la scène un petit groupe de photographes qu'il arrêta du geste.

Au début tout alla bien, et on commençait

à se rassurer, lorsqu'il s'interrompit une première fois pour boire un verre d'eau. Le silence était lourd, et une onde de soulagement parcourut la salle lorsqu'il reprit la phrase amorcée. Un moment après, cependant, il s'arrêta de nouveau, leva la main droite à la hauteur de son front et demeura ainsi, pendant des minutes qui parurent des heures aux assistants figés. Puis il abaissa lentement sa main qui tremblait, mais ses lèvres qui s'entrouvrirent ne laissèrent échapper aucun son. Aucun de ceux qui étaient là n'oubliera jamais la dernière phrase qu'il avait prononcée.

« Comme par-delà l'horizon courbe se découvre au navigateur impuissant à la rejoindre la même étendue circulaire du ciel, à peine différente de l'immensité de la mer... » « De la mer », dit-il alors, une seconde fois, et ce fut tout.

On n'osait pas bouger, mais cette effrayante immobilité faisait peur; quelqu'un alors se leva, je le suivis, et nous rejoignîmes sur la scène le domestique de Kaerner, qui lui avait jeté sa pelisse sur les épaules. Kaerner ne leva même pas les yeux vers nous, et il fallut l'aider à se lever. Ce fut comme un signal. La salle entière s'était dressée dans une silencieuse ovation tandis que nous le guidions par des couloirs obscurs vers la voiture qui l'attendait. Et, de là, jusqu'à l'hôpital dont il ne devait plus jamais sortir. » (...)

9 avril.

« La seule résistance, dit F. en me posant la main sur l'épaule, c'est l'impassibilité. Je vous en conjure; ne faites rien qui puisse vous nuire. »

On a jeté autour de l'Université des tracts extrêmement violents : « Prenez garde, si vous nous bâillonnez, d'autres musiques fleuriront, etc. » Mais ce n'était pas des étudiants qui les distribuaient.

Martha m'a raccompagné : le professeur Gl. est revenu hier. « Faut-il qu'il retourne à l'hôpital ? » Le professeur a haussé les épaules.

10 avril.

Le dimanche, lorsque j'étais enfant, ma mère m'emmenait rendre visite à l'un de ses frères, son aîné de vingt ans, à l'asile où il était enfermé depuis de longues années. Mon père n'était pas censé savoir que je l'accompagnais : et il feignait de nous croire lorsque au retour nous lui faisions le récit animé d'une promenade au Jardin zoologique. Ma mère n'avait jamais cherché à m'expliquer les raisons de ce mystère : et je le trouvais naturel, cet homme me semblait si étrange, si seul et si malheureux, que je comprenais qu'on voulût cacher son existence à mon père.

Cette complicité entre ma mère et moi avait sans doute aussi pour cause une commune disposition pour le trouble, l'inquiétude et l'angoisse, que l'influence de mon père n'était pas parvenue à combattre, pas plus que ma propre résistance. Et je sais maintenant que je n'échapperai pas à cette part de mon héritage : car les morts nous observent, et ils nous dictent de loin les chemins qu'ils veulent nous voir prendre.

L'Institution était située dans un parc, au bout d'une longue allée, dans un quartier que la guerre n'a pas épargné, et dont les vastes jardins d'alors et les villas ont été remplacés après les bombardements par des logements ouvriers construits en longues rangées serrées. Ce village, tard annexé à la ville, avait gardé longtemps ses rues pavées, ses églises entourées d'un enclos de murs et ses quais en pente douce sur le petit canal.

On voyait de loin entre les arbres la façade néoclassique de l'hôpital, avec son fronton triangulaire et la double volée de marches de son perron; des malades étaient occupés au jardin; en les voyant je me rapprochais de ma mère. Ils s'arrêtaient de travailler et nous regardaient passer, nous saluant l'un après l'autre avec des voix lentes et profondes qui me faisaient peur.

Avant les crises qui le firent enfermer, le frère de ma mère avait connu des aventures étranges, dont je ne me fais aujourd'hui encore qu'une idée assez vague. Car ma mère ne commentait jamais ces visites, et ne répondait qu'évasivement à mes questions. Ses récits étaient pleins d'allusions à des actions brutales – animaux étranges, coups de main, fièvres inconnues. Il avait des yeux pâles, hallucinés, et riait souvent silencieusement. Blanc, chauve, édenté, vêtu d'une blouse grise très propre, il me semblait un être d'un autre monde, et je rêvais de lui souvent. Lorsqu'il s'égarait un peu dans ses récits, ma mère lui faisait un léger signe de la tête, et il changeait aussitôt de sujet avec une docilité surprenante.

L'été, nous nous asseyions avec lui sous un arbre aux branches pendantes, dont les racines saillaient sur la pelouse comme des dent déchaussées. On lui avait laissé un petit cahier, où il consignait des choses tout à fait illisibles et il y avait collé aussi des photos qu'il me commentait avec des rires et des mots dans une langue inconnue. Je me souviens d'un groupe de femmes aux oreilles distendues par des anneaux, aux seins nus; d'un chameau agenouillé qui semblait rire et montrait de grandes dents jaunes, qu'il imitait en retroussant les lèvres sur ses gencives nues. Et d'un mouton pendu à un crochet et dont le ventre laissait échapper un flot d'entrailles noires.

Sur le chemin du retour, dans le tramway, je demandais à ma mère s'il était vrai que les chameaux riaient et, de quoi ils riaient, et si mon oncle les avait vraiment vus, ces remparts de bois dont chaque poteau était couronné d'une tête. « Tais-toi donc, bêta, disait-elle, tais-toi donc. Tu sais bien que ton oncle n'a pas toute sa raison. » Un jour, en me retournant, tout au bout de l'allée, je vis deux infirmiers qui le ramenaient à l'intérieur en le soulevant sous les bras. Je ne m'étais jamais aperçu qu'il était incapable de marcher. De dos, il avait l'air plus vieux encore. Une autre fois, il avait épinglé à sa blouse une médaille militaire au bout d'un ruban. Je n'avais plus peur de lui, je m'étais mis à aimer cet endroit, et les oiseaux du parc, des espèces rares dont l'ancien directeur avait commencé l'élevage et qu'on avait gardés après son départ.

Voici que ce pauvre vieux mort, cet oublié de tous, est plus près de moi ce soir qu'il ne l'a sans doute jamais été de personne. Belle éternité souriante des morts, patiente et douce, et qui nous réconforte : car si abandonnés qu'ils aient pu être, les morts sont toujours là, et ne se font pas prier pour répondre à notre appel : à notre disposition, toujours.

Toujours, nous attendant, derrière la porte, et

se levant à notre signe. Et je viens maintenant vers eux, non comme un fils coupable, mais comme celui qui sait.

11 avril.

Parmi les numéros de *La Vie musicale,* quelques feuillets épinglés, probablement de la main de Kaerner.

« En partant pour Berlin mon père me confia, j'avais environ quatorze ans, à l'une de ses sœurs qui était mariée et vivait une partie de l'année à la campagne. Ma mère m'y rejoignit une ou deux fois l'an et de cette époque date entre nous une correspondance régulière qui ne s'acheva qu'avec sa mort en 1905. Je poursuivais mes études au collège des jésuites de R. – et aux vacances, ainsi que certains dimanches, je me rendais à la propriété de mon oncle, par chemin de fer, avec d'autres pensionnaires. A chaque gare, l'un de nous descendait, on l'attendait avec une voiture à cheval et, quand le train repartait, on voyait le petit équipage diminuer à chaque virage de la route entre les collines, tandis que le jeune garçon agitait son chapeau dans notre direction. Je descendais à la gare de F., petit bâtiment de brique rouge surmonté d'une tourelle à horloge. Il n'y avait qu'un quai, et une voie sans issue pour le déchargement des marchandises où j'avais joué, quelques années plus tôt, avec le fils du garde-barrière. A cette époque, je portais des culottes courtes, et une grande cravate bleue nouée sous mon col. On disait que je ressemblais beaucoup à ma mère; j'avais les mêmes cheveux qu'elle, épais et blonds, et le même visage mélancolique. La plupart du temps, mon oncle venait me chercher lui-même, dans son petit buggy tiré par deux chevaux gris. Nous n'échangions pas trois mots, mais je sentais qu'il était heureux de me voir, à la façon dont à plusieurs reprises il posait sur mon genou, durant le trajet, sa main couverte de poils roux. Arrivés au haut de la côte d'où l'on apercevait le château, « Nous y voilà », disait-il invariablement. Au moment des vacances de printemps, la route traversait de grandes étendues de prairies inondées.

Ce qu'on appelait au village « le château » n'était en fait qu'une grande gentilhommière entourée de bois mal soignés. A vrai dire mon oncle et ma tante n'y venaient guère qu'au beau temps. Mais j'aimais mieux cette grande maison, même vide, que leur appartement en ville et les réceptions de ma tante. Le jardinier et sa femme étaient pour moi comme des grands-parents, parfois bourrus : c'est qu'ils n'aimaient pas trop que je vinsse troubler le calme de leurs longs hivers, quand ils pouvaient compter sur six mois sans les maîtres, se contentant d'ouvrir de temps en temps les fenêtres des grandes pièces et de faire un tour une fois par semaine dans la grande maison.

J'étais un enfant solitaire, qui passait toutes ses soirées au piano et ses après-midi dans les champs. La vieille Jacqueline remportait le plateau le long du couloir froid, j'entendais les assiettes tinter, les deux vieux dans la cuisine finissaient la compote avant d'aller se coucher. Je restais seul. Je ne m'ennuyais jamais. Je montais à ma chambre par le couloir étroit, et ils ne me voyaient plus jusqu'au lendemain matin. Je comprends leur étonnement devant une conduite si peu conforme aux habitudes d'un enfant de cet âge : pour eux j'étais l'« orphelin », un garçon étrange que leur maître avait recueilli par bonté d'âme et, presque, par charité. Mais j'aimais les longues soirées d'hiver mélancoliques de ces régions humides, où le froid n'était jamais très vif. Je rentrais à la tombée de la nuit et, jusqu'au repas, je lisais Sénèque ou je me mettais au piano. Songez que je n'avais pas quinze ans. J'avais des habitudes frugales, je me comportais en tout comme si j'avais été un boursier pauvre, j'usais jusqu'à la corde mes vestes et mes pantalons sans que ma tante songeât à les renouveler, et ma mère était trop loin de moi pour y veiller. Ses lettres parlaient de bien autre chose. On en jugera d'après celle-ci, choisie au hasard parmi tant d'autres, et qu'elle m'envoya le 23 février 1885 :

« Tu n'as rien eu de moi ces dernières semaines, mon enfant adoré; sache que je l'ai fait volontairement, afin que tu trouves cette lettre en arrivant à F. où je sais que tu seras seul, ton oncle m'a écrit que ses affaires le retenaient tout ce mois-ci en ville, nous savons toi et moi de quelle sorte d'affaires il s'agit. Tu me liras, mon fils, ainsi que j'aime que tu le fasses, en marchant lentement le long du grand étang. N'oublie pas la grande écharpe, tu sais que tu as les bronches fragiles. Ma vie à Berlin est sans surprises, tu l'as deviné. Ton père est occupé à la Faculté et à l'hôpital, et au lieu de travailler à ma peinture, je reçois des gens importants qui ne m'importent guère. D'autres diraient que je n'aurais jamais dû te laisser seul ici pour suivre ton père dans sa carrière. Je sais qu'un jour pourtant on me donnera raison et qu'on me remerciera pour le sacrifice que j'ai fait du bonheur de te voir chaque jour. Je t'aurai offert ce qu'on n'acquiert qu'à grand-peine et, en général, tard dans sa vie : le goût et l'habitude de la solitude. De tous ceux qui t'entourent, tu es le seul à pouvoir dire quand tu les retrouves, eux et leurs jeux bruyants : durant ces quatre jours, j'ai vécu comme un homme de trente ans, moi qui en ai tout juste quinze, parmi les arbres, avec deux vieillards et un piano. Plus tard, quand tu auras vingt ans, tu connaîtras la vie, et tu t'amuseras : pour l'heure, sois à quinze ans, mélancolique, silencieux et profond. Lis Montaigne, et les tragiques grecs; étudie ton piano. Ma seule douceur, c'est de ne pas t'entendre, et de ne pas voir ta tête dorée au-dessus de l'instrument de bois. »

... Tels étaient les rapports et le ton qui régnaient entre ma mère et moi. Je repliais la lettre, je retrouvais à la cuisine la vieille Jacqueline qui finissait de peler des pommes de terre au-dessus d'un journal, je jouais un moment avec le chat, et je me retirais. Il était cinq heures, l'heure qu'hiver comme été j'ai toujours aimée entre toutes. Je montais à ma chambre par les longs couloirs remplis de meubles très beaux et de tableaux sans valeur, afin de préparer mes affaires pour le lendemain. Là-bas, au collège, les soirées d'études s'écoulaient lentement et je demandais la clef de la salle de musique, qu'on ne me refusait jamais. J'étais un élève doué et rapide, je terminais toujours le premier mes vers latins et j'allais retrouver mon piano. La salle de musique servait aussi au rangement des collections d'histoire naturelle. Je n'aimais pas au début rester seul entre les armoires grillées qui contenaient des boîtes d'insectes et de papillons, de minces squelettes d'animaux et des instruments de mesure, dans la vaste pièce où la bougie posée sur le piano découpait sur le mur l'ombre énorme des moulages jaunis – mâchoires de chevaux, défenses, crânes de mammouths – alignés en désordre sur de longues étagères. J'avais appris l'italien, seul, cette langue douce et admirable que les Pères n'aimaient pas bien qu'elle fût celle de l'Eglise, pour des raisons de pureté grammaticale, car elle leur semblait une sorte de latin abâtardi où s'étaient perdus le rythme et la coupe des périodes cicéroniennes et la souplesse redoutable des déclinaisons. Ma connaissance un peu particulière de l'italien, je l'avais puisée il est vrai dans un exemplaire en deux volumes des *Fureurs héroïques* de Giordano Bruno, trouvé dans la bibliothèque de mon oncle à F. et que j'avais jugé plus sage de ne pas rapporter au Collège pour ne pas déchaîner celles des Bons Pères. Mais je lisais aussi le Tasse, et Galilée, et je faillis un jour mettre le feu à la ferme du collège au cours d'une expérience d'optique. Mes progrès continus au piano, les courtes pièces que j'écrivais déjà, incitèrent mes maîtres à m'inscrire au Conservatoire, où je me rendais seul, de sorte que le Collège était devenu pour moi une sorte de pension que je ne fréquentais plus que par habitude, et par courtoisie envers mes professeurs. Une photographie me montre, en 1887, l'année de mon baccalauréat : assis à une petite table parmi des garçons costumés, je suis en habits ordinaires, je porte la grande écharpe de ma mère, et une nymphe est accoudée au dossier de ma chaise. Il s'agit en fait d'un élève de sixième : c'est la fête du collège. Nos Pères avaient en effet conservé l'habitude ancienne de nous faire jouer et parfois composer toute sorte de sujets dramatiques pour les fêtes de fin d'année. Profitant de mes dons musicaux, ils me demandèrent de composer un oratorio : malgré leur désir, je voulus leur offrir une sorte d'opera-buffa, sur une fable mythologique assez scabreuse, il faut l'avouer, mais en hexamètres latins parfaits. L'on voyait une nymphe (l'élève de sixième) tour à tour poursuivie par les dieux de l'Olympe et d'autres divinités de moindre importance, chercher refuge auprès de Zeus, qui d'abord enflammé par sa beauté, s'apprêtait à son tour à la séduire, lorsque rappelé au sentiment du devoir par la présence de sa sévère épouse Héra, il lui offrait la protection de sa foudre et de ses autels, et chassait de son temple au cours d'un orage sublime les prétendants effrayés, qu'une magie changeait en monstres repoussants. Cette partie fut la préférée des classes enfantines, car il y flottait des souvenirs d'Homère et des pourceaux de Circé. Le chœur final avait emporté l'adhésion des Bons Pères, d'abord réservés, car la nymphe transfigurée y chantait les mérites de la Vraie Foi et la gloire de Zeus « Dieu Unique ». L'enfant qu'on avait choisi pour le rôle écrasant de la nymphe était plus gracieux qu'expérimenté, il dansait avec élan, et faillit même emporter le lustre qu'on n'avait pas réussi à monter assez haut. Mais il avait une voix d'or, qui n'avait pas encore mué, une de ces voix d'enfant qui semblent venir d'un autre monde. Il y eut le cortège habituel de drames, de mères blessées parce que leur fils – un lourdaud de quatorze ans déjà moustachu – n'avait pas été choisi pour le rôle convoité de la nymphe Alcée. Les Pères avaient prêté des tentures d'église pour les décors, et j'interprétai avec mon meilleur camarade une courte pièce pour violon et clavecin qui eut beaucoup de succès à l'entracte après lequel Alcée, plus belle que jamais, reparaissait, en butte aux avances de Mars qu'interprétait notre champion de course à pied, un élève de seconde qui s'éprit malheureusement d'une passion violente pour son jeune camarade, trompé sans doute par la grâce du vêtement féminin. Et on le renvoya dans sa famille lorsqu'on l'eut surpris dans la salle de science avec l'élève de sixième qui n'avait rien perdu de ses attraits, il faut le croire, en reprenant ses culottes de petit garçon. C'est le bruit d'une étagère renversée qui avait attiré l'attention du Préfet des Etudes.

Je n'ai rien conservé de ces premières compositions, je ne crois pas que l'histoire de la musique y ait beaucoup perdu.

Je quittai sans grand regret l'Institution, après un baccalauréat que je passai sans éclat, ne regrettant que l'amitié d'un ou deux de mes maîtres, tel ce jeune philosophe avec qui j'avais, des heures durant discuté de la conception stoïcienne de l'immortalité de l'âme dans la *République* de Cicéron. Dans toutes mes années de collège je n'eus jamais qu'un seul différend avec le Père A. qui le dirigeait. C'était un homme austère, on disait qu'il dormait dans sa bibliothèque sur un lit de sangle dressé sous un grand crucifix de bois noir. On avait découvert de petits poèmes, fort mauvais du reste, dans le placard où je serrais mes affaires : il y était beaucoup question de fruits lourds et de parfums capiteux. J'entrai : le Père A. ne leva pas la tête, à son habitude. Je demeurai immobile, promenant mes yeux sur les rayons de sa bibliothèque où je découvris non sans une surprise heureuse, mon cher Giordano Bruno : je savais dès lors que je n'avais rien à craindre du Père. Celui-ci leva vers moi ses yeux déteints, sous l'abat-jour vert de sa lampe, et me tendant le carnet sans l'ouvrir : « Cármen non dat pánem », dit-il d'une voix grave en faisant sonner l'accent. Je l'entends encore. Et il se remit à lire en me congédiant de la main. »

CINQUIÈME CAHIER

(11 avril, *suite* – 23 juin 1967)

« Mais en passant l'oral de mon baccalauréat, j'avais été rebuté par ce premier contact avec une vie inconnue, des élèves plus nombreux et plus bruyants que nous ne l'étions, et des maîtres en qui rien ne rappelait la douceur inflexible des Pères lorsque commentant Virgile dans la grande bibliothèque, ils allaient et venaient, le livre à la main, froissant leurs robes contre les boiseries. Les cours étaient immenses, grises et sans arbres, les murs hauts et couverts d'éclats de verre, et les portes des toilettes ne fermaient pas. L'oral de mathématiques eut lieu, je m'en souviens, dans le réfectoire, avec des tables mises en chicane qui sentaient l'huile. Je répondis sans élever la voix aux questions qu'on me posait. « Mais parlez donc plus fort », me dit une voix bourrue, qui me désorienta. Dans le couloir, le père O. m'attendait, qui n'avait pas craint d'affronter ce lieu qu'il détestait, et où l'on n'aimait guère sa robe, pour venir réconforter son élève préféré. J'ai conservé de lui une photographie qu'il me remit à mon départ avec ces notes à l'encre noire : « *Dilectissimo disci-*

pulo praeceptor et amicus. » Et les autres candidats regardaient avec étonnement ce vieil homme à cheveux blancs conversant de pair à compagnon avec un adolescent.

Je passais l'été suivant dans la propriété de mon oncle à F. Ils avaient une réputation justifiée de mécènes, et recevaient beaucoup, offrant par ce biais des vacances à plus d'un artiste nécessiteux. Je ne descendais qu'au second coup de cloche pour ne pas avoir à subir les bavardages d'avant dîner, je posais une règle de chêne sur mon livre ouvert, et je jetais un regard avant de sortir sur une photographie de mes parents, prise au temps de leurs fiançailles, et qui les représentait assis dans l'herbe, appuyés dos contre dos, les visages renversés s'accotant comme sur une miniature d'Amour.

La table était mise sous le tilleul, dans le bourdonnement des mouches, on avait pris les hors-d'œuvre à la russe sur un buffet dressé un peu plus loin. Le grand poète R. était un hôte constant, avec sa femme d'origine allemande et d'humeur autoritaire qui se plaignait sans cesse. Il y avait aussi une poétesse belge, accompagnée de son mari qui était beaucoup plus âgé qu'elle, poète lui aussi, tout courbé et silencieux. Et tout le monde avait oublié qu'il était l'auteur de la plus belle *Ode à la solitude* qu'on ait écrite dans un temps de grands bouleversements sociaux. Ceux qui s'en souvenaient feignaient méchamment de croire qu'il l'avait composée à l'occasion de la révolution de 1830... A l'heure qu'il était, il se contentait de somnoler sous un grand arbre, et ne se réveillait que pour composer de courts poèmes érotiques qu'il dictait à sa femme, laquelle en avait honte et les déchirait aussitôt.

Au petit déjeuner, la femme du grand poète était toujours maussade, et tous redoutaient qu'elle ne vînt le prendre au jardin, gâchant la belle matinée commençante. De ses gros doigts aux ongles peints, elle déchiquetait les enveloppes de son courrier, et s'emportait contre tout. J'étais le seul qu'elle pût souffrir, elle avait un goût musical assez sûr, et me parlait avec justesse de mes compositions. (L'une d'elles lui est d'ailleurs dédiée, mais je ne l'ai pas retrouvée.) Puis elle regagnait sa chambre afin de s'y livrer à une abondante correspondance. On se tournait avec soulagement vers le grand poète, son mari, les mains se tendaient vers la théière et les petits pains. Lui-même levant les yeux vers le ciel d'un air las, faisait couler un peu de miel sur une biscotte : « La chose en réalité, est qu'elle a très mal dormi, disait-il, sa chambre est très humide. L'odeur de moisi lui donne des maux de tête. » Malgré les mines furieuses de son mari, ma tante ordonnait qu'on lui donnât une autre chambre et l'incident était clos. Le soir au dîner, réconciliée avec le monde, elle nous régalait d'une de ces anecdotes méchantes dont elle avait le secret et qui lui servaient auprès de ses hôtes à s'acquitter de son écot.

A la rentrée de 1887, je continuai de suivre les cours du Conservatoire, où j'obtins en juin suivant, le prix de piano et celui de composition. J'avais pris une inscription à la faculté de droit pour faire plaisir à mon père. Et je continuai d'entretenir avec ma mère un échange épistolaire serré, dont voici encore un échantillon :

Mars 1889.

(...) « Pouvez-vous me dire, Maman, si à Berlin, lors du séjour que nous y avons fait en 1878, Père ne m'a pas emmené au Tiergarten photographier les tigres ? J'ai gardé en effet le souvenir d'un après-midi d'automne où vous étiez restée à l'hôtel pour achever une aquarelle, du costume de velours que je voulais à toute force mettre et vous ne le vouliez pas à cause du froid. Le tigre était énorme, et il bondit avec un rugissement furieux quand jaillit l'éclair de magnésium. " Dans dix ans il ne vous aura pas oublié, dit le gardien, vous verrez. " Mais nous n'y sommes pas revenus (...) »

On voit que la musique n'était pas le seul sujet de nos entretiens.

La réponse de ma mère fut la suivante : « C'est possible, quoiqu'il me semble surprenant que ton père ait emporté sa chambre noire à Berlin pour un voyage de quelques semaines. »

L'été suivant, j'entrepris un voyage dans les diverses capitales d'Europe afin de compléter ma formation; le poète était mort, sa femme reçut en 1897 le prix Sévigné pour l'édition de leur correspondance.

13 avril.

En donnant à nos relations ce tour d'incertitude qui me faisait tant souffrir – ne s'engageant jamais, ne promettant jamais, remettant toujours, exigeant de moi quoiqu'elle s'en défendît une disponibilité complète, Béatrice prenait inconsciemment sa revanche, je le compris plus tard, des souffrances qu'un autre lui avait précédemment infligées. Elle l'avait aimé avec excès : nul n'avait été en retour plus fuyant que cet homme. Et cette aventure l'avait confirmée dans sa nature exaltée, romanesque et dure : elle avait avec cet homme fait l'expérience de l'absolue équivalence et de la réversibilité de la passion amoureuse et de la douleur. Et il lui fallait sans doute, afin d'en exorciser l'emprise, faire sur moi l'épreuve d'un pouvoir dont elle avait subi, venant d'un autre, toutes les rigueurs.

Elle ne voulait pas que je sache à quel point et de quelle façon elle avait aimé cet homme, combien il avait, comme elle disait « compté pour elle ».

Comme certaines femmes, pour multiplier imaginairement le nombre de leurs aventures amoureuses, inventent des personnages complets à partir d'un détail qu'elles prélèvent à un unique amant, Béatrice, par une démarche inverse, masquait l'importance de cet homme trop aimé en dispersant ses traces, supposant à juste titre que le nombre de ses amants m'inquiéterait moins que le souvenir d'un homme pourvu de tant de défauts admirables. Cet homme rayonnait dans sa mémoire d'un éclat ineffaçable. L'avait-il aussi peu aimé qu'elle le croyait ? Tantôt, elle me parlait d'un amant qu'elle avait réduit au désespoir en ne lui rendant pas le sentiment qu'il lui portait; tantôt au contraire, de « sa folie » pour un homme « qui ne l'aimait pas ». Je compris un jour qu'ils ne faisaient qu'un, mais je ne sais rien d'autre, pas même si elle était déjà mariée, tant elle s'arrangeait pour que les dates ne concordassent pas. Mais dans sa façon même de me faire souffrir, je finis par comprendre qu'elle retrouvait l'image inversée de cette passion, et en prolongeait ainsi le mirage.

En se dérobant ainsi à mon insistance et à mon amour, elle avait réussi à creuser entre le monde et moi un abîme impossible à combler. Cette façon d'être absente même au cœur de nos rencontres les plus étroites communiquait à chaque chose un goût de défaite, et ternissait à mes yeux l'image d'un monde réduit à sa seule présence, et que celle-ci ne remplissait jamais. Et quand je parvenais enfin à l'oublier pour quelques heures – à parler avec des amis, à écouter ou à faire de la musique – soudain fondait sur moi comme un remords la douleur de m'être laissé aller à me divertir, à perdre un instant le souvenir de son absence. Comme un dévot exigeant, passionné de son Dieu, se tiendrait à lui-même grief de s'être un instant détourné de la face de la divinité unique pour regarder le soleil, un arbre, les ébats innocents d'un jeune chat. Quelque chose empoisonnait toute ma vie, et donnait à toutes mes activités une tournure dérisoire : et c'était moins le fait qu'elle n'y participait pas que la crainte de les avoir entreprises par diversion. Pour finir, par un sophisme pervers, je crus découvrir dans cette réduction du monde à une image insaisissable, une mystique nouvelle, une éthique, une théologie. Les calculs retors et probablement inconscients de sa vengeance m'ouvraient donc la voie de l'ascèse et du renoncement : il arrive qu'on soit entraîné au dépassement de soi-même par une erreur de jugement sur la personne qu'on admire, qu'on croit héroïque ou simplement grande, et qui n'est peut-être qu'insouciante.

Je me disais : je dois l'en remercier, elle qui est venue me donner le sens de la solitude, et de la séparation. Elle m'a fait comprendre que cela est sans prix, et je le lui reprocherais ? Cependant ce raisonnement ne me satisfaisait pas entièrement; je ne parvenais pas à m'accommoder de l'austérité qu'elle imposait à ma vie, toute mon énergie s'épuisait dans la lutte contre cette évidence : que je n'écrivais plus de musique, que je ne travaillais plus. Et cela n'était pas bon : nul n'aurait pu soutenir qu'un improbable gain moral pût justifier le désarroi et le marasme où je m'enfonçais chaque jour. Dans ces moments-là, je me mettais à craindre de faire fausse route : je savais que cette solitude imposée ne me convenait pas, que je ne pourrais m'accommoder que de celle que j'aurais librement choisie. Dans un renversement complet de mes désirs, j'allais jusqu'à imaginer qu'il m'aurait fallu, pour créer, une vie austère et réglée, une famille et des horaires : et l'existence d'un musicien d'autrefois, retrouvant ses enfants après avoir dirigé la chorale du Prince-Electeur, pour un dîner qu'on servirait après les Grâces. Ces velléités d'installation ne duraient pas; mais je me figurais avec ironie que j'étais de ceux qui ne trouvent les choses sublimes que dans le contact avec les choses les plus humbles : la femme, l'orgue, les enfants, le pain et la bière.

En tout cas, l'expérience de transcendance quotidienne que m'imposait Béatrice ne pouvait être génératrice d'art : l'art s'y absorbait tout entier, et quand je rentrais chez moi après un court rendez-vous, l'âme déchirée en deux parts dont l'une était restée auprès d'elle, je me couchais, et je dormais.

15 avril.

Grande solitude. Ce soir le ciel s'est éclairci sous l'effet d'un violent vent d'est, mais il fait de nouveau un peu froid. Tout est net, tout est pur, il n'y a de place ni pour le repos ni pour l'illusion.

Je me promène parmi ces matériaux que je

déplace et que j'engrange comme un homme sur un chantier, le crayon à la bouche. Mais à lui, du moins, le désordre des pierres semble provisoire, puisque son imagination lui fait déjà voir le bâtiment qu'il projette de construire.

Moi, non. Je ne suis ni l'ordonnateur, ni le plan, ni le futur bâtiment. Un voyageur tout au plus, un survivant parmi des ruines qu'il tâche de comprendre.

(Plus tard.)

Le temps tout entier derrière moi – comme une pyramide retournée, ouvrant vertigineusement ses lignes de fuite. Ce qui s'engage là, et que je n'avais pas pressenti, n'est peut-être pas moins terrifiant que le désert mathématique où je craignais que la musique ne m'enfermât. Mais sans doute d'une nécessité plus grande.
(Delacroix : « Il est plus facile d'écrire que de peindre. »)

16 avril.

A presque dix ans d'intervalle, ce congé et le mouvement irréversible d'écriture qu'il a déclenché, renouvellent sans ses effets dévastateurs la Grande Rupture qui s'était accomplie dans ma vie sous l'influence de ma passion pour Béatrice. A cette époque, je n'arrivais plus à composer, à peine à faire mes cours. Le monde se dressait tremblant devant mon regard brouillé – ce n'était pas le monde qui tremblait, mais moi. Et je me tenais immobile, de peur de voir disparaître le peu de sens que j'y lisais encore. Que me veut-elle ? me disais-je. Qu'est-ce qui, à travers elle, veut quelque chose de moi, me sollicite, m'appelle et me requiert avec cette urgence ? Chaque fois qu'en rentrant de voir F., je traversais le pont ouvrant, je m'arrêtais en son milieu, saisi par un vertige qui n'était pas seulement physique. L'armature métallique tremblait, le tablier et les câbles tendus vibraient sous le passage des camions et le souffle du vent. Il y faisait terriblement froid. Et, tout en haut du pont, juste au milieu de son ample courbure, j'occupais une place que j'étais incapable de comprendre, et qui me paraissait pourtant choisie pour moi de toute éternité, à l'image de ce point central de ma vie où Béatrice avait allumé le feu qui me consumait stérilement. Je restais là, glacé dans le vent coupant, sans pouvoir avancer davantage. Puis je rentrais, je dînais d'un peu de fromage et de vin; je me mettais au piano, rien ne venait. Je comptais les heures qui me séparaient d'elle, j'essayais de trouver un motif raisonnable à son silence, à son absence, de croire qu'elle était autant que moi la victime d'un ordre qui nous dépassait tous deux.

Je peux bien l'avouer maintenant; je craignais par-dessus tout qu'elle ne voulût pas ou ne pût se refuser à son mari, par une forme de jalousie où j'entrevoyais la dimension métaphysique de l'amour. Car une fois refermée sur eux la porte de leur chambre — et sur elle les bras de cet homme que je ne connaissais pas — ma déréliction eût été totale, et sans recours. L'image du corps de cet homme m'était intolérable; je ne pouvais m'empêcher de le voir arpenter d'un pas lourd la chambre conjugale (qu'elle m'avait pourtant dit qu'ils ne partageaient pas, mais pouvais-je la croire ?), son sexe épais dépassant d'une courte veste de pyjama. Plus les heures passaient, plus l'évidence de leur union me hantait. Enfin je m'assoupissais et, m'éveillant un peu plus tard d'un sommeil lourd, je me disais avec soulagement : il est trop tard maintenant, il est plus de minuit, à cette heure-ci il doit dormir, il se lève tôt. Et sur ce calcul hasardeux, je m'endormais épuisé.

J'ai compris plus tard que je m'étais doublement trompé, qu'au début de mon amour pour elle (lorsque la moindre réticence me plongeait dans le désespoir), contaminée en quelque sorte par la violente exigence d'une passion qu'elle ne partageait peut-être pas, elle avait cherché refuge dans l'ancienne chambre de la bonne : et c'était le moment où j'avais le plus douté d'elle. Au contraire – lorsqu'un peu plus tard je me fus apaisé, et que ses assurances réitérées m'eurent à peu près convaincu, la tension que je lui imposais se relâcha et elle ne ressentit plus le besoin de se fixer une loi qu'elle n'était pas disposée à respecter facilement, n'attachant pour sa part que peu d'importance à la fidélité du corps – elle réintégra par commodité, et pour éviter des questions gênantes, la chambre de son mari. Lorsque je le compris, il était trop tard pour que j'en souffrisse : j'étais entré dans la période mystique de ma passion, celle de l'absolu sacrifice à ses nécessités. Tout en moi s'absorbait dans ce puissant foyer. Et même, que je n'arrivasse plus à composer ne me paraissait plus si terrible ni si désespérant. Au contraire : si parfois quelques inquiétudes me gagnaient, il suffisait que je me dise avec une exaltation un peu forcée que je consacrais tout mon temps, toute mon énergie à l'amour, pour que l'idée terrifiante de la stérilité (et d'une stérilité dont elle aurait été responsable) s'évanouît et fût remplacée par celle du sacrifice. Cet amour-là, me disais-je, dont personne ne saura jamais ce qu'il a été, cet amour-là sera mon œuvre, mon chef-d'œuvre inconnu.

J'avais obtenu, trois ans auparavant, un poste

de professeur de composition, puis de piano, à l'Institut : ma vie se déroulait avec une régularité implacable. Lorsque Béatrice eut quitté la ville, je fis un court voyage dans la région des Lacs – où vont d'habitude les convalescents, mais c'était bien ce que j'étais : un homme qui relevait d'une longue maladie. J'achevais de réparer en moi les désordres que cette passion avait causés, et de restaurer l'édifice atteint jusque dans ses fondations : mais des mois après, de nouvelles lézardes devaient me confirmer la profondeur de l'ébranlement qu'il avait subi.

Et puis la vérité se fit un jour en moi que, des années plus tard, je n'étais toujours pas sorti de l'état romantique et désespéré où m'avaient fait vivre les trois années de ma passion pour Béatrice : qu'à travers lui, que j'avais sans doute choisi en croyant qu'on me l'avait imposé, je n'avais fait que repousser un peu l'heure du choix nécessaire. Que cette heure était maintenant venue, maintenant, ou jamais.

17 avril.

Ce que j'avais projeté cependant ne s'est pas produit. Et ce pour quoi je me suis libéré ne s'est pas accompli : le temps que j'avais dégagé pour la musique s'est trouvé aussitôt employé à une chose que je n'avais pas prévue. Mais bizarrement, chacune des grandes ruptures de ma vie s'est présentée sous les mêmes espèces : comme l'irruption d'une énigme formidable. Béatrice d'abord; puis la décision de me consacrer à la musique; ce journal enfin. A chaque fois, la question a retenti, solennellement : « Veux-tu ? » et je me suis embarqué.

De ce qui vient, cependant, je ne sais rien. Je ne vois rien au-delà de ce temps de congé où j'aurai commencé à écrire.

Mais – dans cet intervalle hors du temps qui s'est malgré moi ouvert – j'ai vu les morts, les vivants, venir occuper les places qu'ils avaient prévues. Souriant, disant : « Quand va-t-il s'y mettre ? » Comme au théâtre des acteurs expérimentés ou des figurants blasés, pressés que le travail commence, et qui m'ont encouragé, moi metteur en scène novice, par des signes de tête amicaux, acceptant d'avance que je les aie convoqués pour un petit bout de scène, un essai, et que je les congédie ensuite sans motif. Et leurs voix chuchotent dans le silence : « Oui, c'est cela, aucun autre que toi ne pouvait le faire, nous étions impatients de te voir commencer, certains d'entre nous déjà dormaient, et il a fallu les réveiller. Tu en as mis du temps à comprendre. »

Et j'entrevois le moment, que je n'atteindrai sans doute jamais, où ma vie m'apparaîtra comme une œuvre. Non pas : parfaite, ou achevée, mais : douée de sens. Le temps de ma vie non plus linéaire et réversible, mais comme une sphère, comme une entité globale sans commencement ni fin, comme une architecture soustraite et non plus soumise au temps. Et, quelle que soit l'entrée qu'on y aura choisie, on sera aussitôt en son centre.

Après – dans quelque sens que l'on donne à ce mot : il y aura *le repos.*

18 avril.

Mais Anne : ce qui de l'amour est revenu avec elle, j'ai failli ne pas le reconnaître, tant j'avais pris l'habitude de la passion et de ce que le poète appelle « son hideux visage de Gorgone. »

19 avril.

Graves incidents hier dans le quartier interdit : quand les camions sont arrivés le soir, les jeunes gens ont refusé d'y monter; ils s'étaient barricadés dans l'ancienne fabrique qu'on achève en ce moment de démolir, et ils s'étaient armés de pioches et de barres à mines. Les camions ont fait demi-tour sans insister et sont revenus une heure après remplis de soldats. La suite est confuse, et à cet endroit les récits divergent : tantôt on dit que les soldats auraient riposté par des coups de feu à une violente offensive des assiégés, tantôt qu'ils auraient tiré les premiers derrière l'abri des grilles. Quoi qu'il en soit il y aurait au moins cinq morts.

Les premiers jours on avait abattu les maisons : vieilles constructions pour la plupart insalubres. Les choses se sont gâtées quand les démolisseurs ont abordé les bâtiments de la fabrique : le bruit court, mais ce n'est qu'un bruit, qu'on aurait découvert des corps incomplètement brûlés dont certains portaient des traces de blessures par balles, et que le froid aurait conservés depuis l'automne.

Alors? Une première révolte, matée par la troupe, et un incendie artificiellement provoqué pour en effacer les traces? Comme d'habitude, les journaux se taisent.

21 avril.

Anne se laisse glisser contre les oreillers et se rapproche de moi : « Il dit que si les choses sont découvertes il sera certainement envoyé très loin. » « Qui donc? » « Mais Paul. » Les deux facultés d'art sont en effervescence : les étudiants n'assistent plus aux cours, et préparent secrètement une brochure d'information sur les événements. « Il est très seul, tu sais, il n'a que moi. » Je la serre un peu plus fort. « Mais non, dit-elle, je t'aime. »

Elle m'a quitté avant six heures; des patrouilles parcourent la ville, elle ne veut pas que son père s'inquiète.

(Tard, dans la nuit.)

Entre Anne et moi il n'y a pas de place pour la souffrance. Je n'ai pas trouvé en elle où fixer cette capacité de désirer et d'être déçu qui me rendait intolérables les absences de Béatrice – et jusqu'à sa présence –, cet élan sombre et désespéré qui vous porte vers ceux qui sont le moins capables d'y répondre.

21 avril.

F. vient de passer deux jours à l'hôpital pour une nouvelle série d'examens longs et douloureux, et probablement inutiles. J'irai le voir demain, mais nous n'en parlerons pas, nous ferons comme s'il revenait d'un court voyage.

22 avril.

« C'est certain, ils vous tiennent », m'a dit F. « J'ai l'impression de jouer une partie d'échecs avec un adversaire invisible et peut-être plus sot, ou au contraire, mieux intentionné que je ne le suppose. Sa seule supériorité est qu'il me voit, alors que je ne le vois pas, moi. » « On voit bien que vous ne jouez pas aux échecs. Votre comparaison ne tient pas debout. Qu'importe que vous ne voyiez pas votre adversaire, puisque vous voyez les coups qu'il joue ? » « Justement, jusqu'à maintenant, il me semble que je suis le seul à avoir joué, et que je me suis imprudemment découvert. »

Et il me dit encore ceci, un peu plus tard : « Il faut accepter, quoi qu'on vous propose : pour assurer votre liberté, ou si vous préférez, votre survie. »

23 avril.

Déjà la rumeur est tombée, et les esprits s'apaisent. On a envoyé la troupe pour achever les déblaiements et, avec les bulldozers, tout sera bientôt effacé. Comment cela est-il possible ? Nous sommes tous ici comme une eau difficile à remuer, lourde. L'indifférence générale est-elle si grande, ou la résignation ?

24 avril.

Jamais une guerre, une révolution, un bouleversement social n'auraient ouvert dans ma vie une brèche aussi vive que ce temps de congé. Car l'Histoire quand elle s'empare de vous, ne vous laisse rien : et si elle vous retire à la répétition quotidienne, c'est pour vous jeter dans un mouvement vertigineux dont le sens et la direction vous échappent. Au contraire, ces vacances imprévisibles m'ont rendu à moi-même : par elles tout a été suspendu et j'en ai d'abord éprouvé la même mélancolie qu'un homme qui écoute le tocsin, et regarde ses mains pendantes, ses outils inutiles. Et le désœuvrement commence.

Mais cette suspension des tâches n'affecte ici que moi seul : autour de moi tout continue d'aller son train. Le monde tourne et c'est comme si j'étais dispensé d'y participer.

Un pas de côté : imperceptible, et soudain les couleurs changent, les perspectives se modifient. Et mes souvenirs qui au début étaient de la couleur uniforme du songe – un gris sans épaisseur, sous une lumière d'orage – se sont dégagés comme un paysage après un coup de vent. Les distances se réduisent, les fonds apparaissent, les lointains se découpent : tout est restauré.

Depuis quelques instants il neige. Une pluie froide, qui s'est transformée en flocons.

25 avril.

Dès huit heures ce matin, les rues se sont animées. Animées est un mot très impropre, parce qu'elles sont en fait restées absolument vides, mais les haut-parleurs installés depuis plusieurs jours aux carrefours et dans les arbres ont soudain lâché des musiques entraînantes, entrecoupées de vigoureuses admonestations où revenaient souvent les mots « espoir », « avenir », « victoire », coupés par le vent. Anne m'avait annoncé par un billet qu'elle ne viendrait qu'à deux heures. Je suis sorti. Sur la place V., un vent vif secouait les tentures des tribunes; on achevait de dresser des barrières pour contenir le public, et des techniciens réglaient le volume de la sonorisation. Assis sous un haut-parleur un chien hurla. Le vent dérangeait tout, drapeaux et feuillages tressés. Tout était fermé, les rideaux des boutiques tirés, puisque c'était un jour férié : mais cela ne ressemblait guère à un jour de fête.

Un peu plus loin, une nouvelle rafale de vent faillit emporter la toile d'une rotonde qu'on avait montée pour le bal du soir. Anne était devant la porte quand j'arrivai chez moi : « Montons, dit-elle, je t'ai apporté un cadeau. »

Un peu plus tard, elle se penche pour atteindre son sac sur une chaise près du lit. « Regarde, dit-elle, c'est une cravate qui reproduit les motifs de notre drapeau, un semis d'étoiles vertes sur fond rouge, mais les couleurs sont inversées. »

« Voilà, c'est fini. » « Je ne suis pas l'amant de Lady Chatterley, arrête, tu vas me faire mal. » Elle pose sa joue contre la poupée de soie; nous restons encore un long moment sans bouger. La musique nous entoure, venue de partout, tombant dans les rues comme de la neige.

Le soleil était sorti, quelques autos passaient, Anne sauta du lit. « Les voici, habille-toi, n'oublie pas la cravate. » Elle se tenait devant la fenêtre, nue et douce; je vins derrière elle et la serrai contre moi. « Non, je t'en prie, habille-toi, ils arrivent. »

A trois heures, il faisait un temps admirable. Un soleil chaud, un vent vif dans le ciel dégagé.

Devant le palais présidentiel, la foule s'amassait sur les pelouses. Et le bruit des voix, les rires, les cris des enfants, s'ils ne couvraient pas la voix des haut-parleurs, la rendaient soudain inutile, vaine comme la répétition d'un rite oublié. Que pesaient ces paroles embaumées face à la joie de cette foule simple ? On leur avait donné un dimanche, ils n'en demandaient pas plus. Peu importe ce qu'on fêtait. Au coin de la rue des Jardins, il y avait un orchestre de pompiers, qui jouait de vieux airs connus, et on applaudissait beaucoup. Et les enfants tournaient autour des instruments de cuivre énormes, où se reflétaient des groupes entiers.

Il est tard, Anne est partie. On tire un feu d'artifice sur le fleuve. La foule s'est entassée sur le pont V. J'ai appelé F., c'est Martha qui m'a répondu, il dort. Encore de grands éclairs, des exclamations, des rires, puis une sirène d'ambulance. Je ferme la radio qui diffuse les mêmes airs que les haut-parleurs, je me lève, je tire les rideaux. La joie factice de cette journée me pèse comme celle d'une déclaration de guerre, quand les appelés qui ont bu de la bière montent dans le train, blêmes et crâneurs, et qu'il y a des fleurs écrasées sur le quai, après le départ du convoi. Je vais me coucher.

26 avril.

La cérémonie s'est terminée hier à Saint-Ignace : nous nous y sommes rendus quand elle était déjà terminée, remontant l'avenue à contre-courant au milieu d'une foule qui se dispersait. Partout, de petits drapeaux, des galettes, des cocardes, des visages fatigués et des enfants endormis.

Après la guerre, Saint-Ignace dont la coupole et le chœur avaient été détruits par un bombardement, ne fut pas rouvert; un réseau de planches et de barbelés en barrait l'entrée. L'hiver, sous la neige, les corbeaux se perchaient sur la ruine noircie. On fit quelques travaux, mais on s'arrêta vite. De toute façon, les toiles étaient conservées au Musée national et l'édifice n'était lui-même qu'une pompeuse cathédrale néo-jésuite.

Et puis, un jour, les travaux avaient repris – il y avait à peu près deux ans – derrière les hautes palissades, dans l'indifférence générale. Tout ce qu'on pouvait deviner, c'est qu'on n'avait certainement pas l'intention de la rouvrir au culte. Les derniers mois, le bruit avait couru que tout serait terminé pour le 70e anniversaire du fondateur du régime, et on en profiterait pour inaugurer à Saint-Ignace un Musée du Souvenir qui lui serait consacré.

Comment dire ce que nous avons vu ? SA tombe même y est prévue, derrière le maître-autel. Et chaque chapelle a été aménagée sur le pourtour, avec des figurines de cire qui rappellent un épisode de sa vie, probablement fictif.

Le chœur était vide, et nos pas résonnaient. Anne ne disait rien. Dans la deuxième chapelle à gauche, assis sur les genoux de sa mère, un gros enfant lisait, la main sous le menton, les yeux plissés dans un effort de concentration intense. Anne se rapprocha de moi et nous fîmes de nouveau quelques pas. Le gardien allait et venait dans l'entrée. Au plafond, un immense visage nous regardait de ses yeux énormes sous un imposant bourrelet frontal. C'était lui, notre Fondateur, planant au-dessus de la foule comme, dans les églises byzantines, la figure souveraine du Pantocrator. Une musique vigoureuse, aux accents funèbres, baignait tout cela. Le roulement des tambours s'entendait encore sur le parvis. Je me retournai, songeant à la bombe qui eût éventré la hideuse coupole, et laissé voir les oiseaux et le libre ciel.

En sortant, nous avons rencontré Jan K. « Vous en revenez ? » Il me sourit avec embarras. « Alors tu sais ce que nous écrivons, maintenant. Quelle merde. » Il se tut, et je ne lui posais pas de questions. « Que veux-tu ! » Et, au moment de nous quitter : « Venez un soir, tous les deux, je vous ferai entendre certaines choses que j'ai faites. Je ne veux pas d'histoires, tu comprends ? Pas d'histoires : vous voulez du Berlioz, en voilà. Un point c'est tout. » Il me sourit de nouveau, et me serra la main avec chaleur : « A bientôt, n'est-ce pas ? »

27 avril.

... Comme si, ayant cessé d'écrire de la musique, j'avais retrouvé le droit d'en jouir.

Ecoutant ce soir le *Quatuor n° 16* de Beethoven : Il n'y a rien de commun entre le temps où je vis (et où j'attends l'irruption de la musique) et ce temps où me fait entrer la première note – pas même : la première râpeuse vibration sonore. Car dès lors, c'est comme si la musique avait toujours été là. Et lorsqu'elle s'arrête, je m'aperçois qu'une fois encore je ne serai pas parvenu à saisir l'instant où les choses ont basculé. Le monde musical supplée à tous les autres même si la couche sonore que la musique superpose aux bruits du monde ne les couvre pas : je ne cesse d'entendre ni les cris des enfants dans une cour d'école, ni le passage d'un avion, ni le battement des ailes d'un oiseau posé sur l'appui de la fenêtre. Mais la musique, en ouvrant de force son temps propre dans l'espace du mien, dispose autour de moi une trame de signes matériels et pourtant idéaux qui est comme le revers intelligible du monde. A ma propre durée – irréversible, coulante, mortelle, elle substitue la sienne, qui est répétable et réversible à merci. Toutes les ombres (terreurs, angoisses) s'évanouissent alors sous la pure lumière de la Pensée : un ordre naît qui ne durera pas, et dont pour cette raison on accepte avec joie l'emprise. Tout en sachant que derrière lui se cache le Rien – énorme, indifférent, qui ne vous veut ni bien ni mal.

28 avril.

Je me suis réveillé exténué ce matin, couché sur le côté, une jambe repliée, l'autre tendue derrière moi; les bras comme enfouis dans l'épaisseur du lit, et je pensais à cette lettre que ma mère m'avait écrite quelques jours avant la mort de mon père : « Sais-tu que dans certaines régions du Sud on dispose encore le lit des mourants parallèlement aux poutres du plafond, afin que celles-ci ne gênent pas le passage de l'âme qui s'envole? J'ai entendu ce matin le volet qui s'était détaché et battait contre le mur; je suis monté à sa chambre, ton père ne dormait pas, mais il ne m'a pas vu, ses yeux étaient fixés au plafond. Je suis redescendue sans bruit. Ces journées sont très longues. »

Ecrasé contre le matelas, je me sentais y disparaître, je sentais disparaître aussi les limites de mon corps. De même quand j'étais enfant, je ne pouvais regarder sans terreur le cadavre d'un oiseau ou d'un petit animal aplati au milieu d'un chemin, reconnaissable encore, mais déjà la tête et les pattes étaient retournées à la terre, de la couleur même des champs, et il me semblait que les lignes de l'horizon lointain, les champs et les clôtures les prolongeaient indéfiniment.

Et je me disais : oui, allongé déjà, et c'est bien.

MAI

3 mai.

J'ai eu quarante ans ce matin.

7 mai.

Dans les premiers jours de l'été de 1957, une nouvelle vague de manifestations avait fait écho aux grands mouvements du printemps; quand les eaux avaient inondé les quartiers bas d'abord, puis lorsqu'on avait en juin procédé à des expulsions brutales afin de rénover cette partie de la ville constamment menacée par les crues. Une colère aveugle, un désir de crier vengeance avait rassemblé la foule sur le pont du Grand Canal, et on sait la suite.

Comment se fait-il qu'à cette époque je me sois si peu soucié de ce qui se passait à quelques mètres de moi ? Qu'il n'ait existé dans la ville que les trajets de Béatrice, et non pas ceux de la foule qui s'était rassemblée, et sur qui on avait tiré ? L'indifférence dans laquelle j'ai vécu ces moments-là me cause plus de remords et de douleur maintenant qu'un oubli général en a recouvert les détails. Car il me faut aujourd'hui faire un effort pour me représenter ce qui était alors mon unique obsession : si sa fille part pour une cure, si son père l'accompagne nous aurons peut-être deux jours, une semaine à nous. Je lisais les journaux et je n'y voyais rien, j'entendais comme à travers une eau ces mots qui ne me disaient rien, ils sont venus au-devant de la troupe, ce n'était la faute de personne, le pont de bois s'était rompu, le fleuve était haut, on a sauvé des enfants. Je relisais le journal, le temps était radieux et je courais rejoindre Béatrice.

En cherchant un peu, j'ai retrouvé ce matin une photographie prise ces jours-là, de petit format, aux bords dentelés. Béatrice porte des sandales à talons épais, et une robe à pois un peu courte, serrée à la taille par une ceinture large. Sur son front les branches font une ombre qui devait bouger, et que la photo a éternisée. La lumière est unie, dorée, il doit être environ quatre heures de l'après-midi. Mais j'ai tout oublié; de son départ proche, et de ma douleur, il ne me reste que le sentiment d'une souffrance diffuse et sans objet, comme la couleur uniforme de ces journées-là. Elle tourne vers moi la moitié éclairée de son visage que la photographie durcit, et dont j'ai presque oublié maintenant les traits. Elle me sourit et cependant il y a quelque chose de dur dans son regard. Derrière elle, au-dessus de sa tête, on voit des feuillages épais, un bosquet sur la droite, et le fronton d'une maison avec des tuiles à la génoise. Et de l'eau qui brille : on pourrait croire qu'il s'agit d'un golfe ou d'un fleuve, ce n'est que le bassin du Parc zoologique, près du Muséum d'histoire naturelle. Je ne me souviens de rien d'autre. Et il y avait pourtant tout près, sûrement, des femmes, des enfants, une vieille qui nourrissait des pigeons ou des chats : mais il ne m'en est rien resté. Je ne sais plus qu'une chose : c'est qu'elle s'était retournée à contrecœur : « Attends, oui, ne bouge pas », « Mais non, pas maintenant », « Je t'en prie ». J'avais encore le vieil appareil à soufflet de mon père. Sa tête est un peu rejetée en arrière, elle semble dire : « Si tu le veux vraiment. » Et je lis tout ce qui nous séparait déjà, et que je ne voulais alors pas voir, dans l'aisance un peu tendue, distante, de sa pose. Après sans doute — mais de cela non plus je ne me souviens pas — il a fallu rentrer, le soir tombait, et mon cœur se serrait parce qu'elle ne parlait pas.

Nous avions acheté un jouet qu'elle apporterait à Catherine; et pour donner plus de vraisemblance à son mensonge, elle avait passé une partie de l'après-midi dans la maison d'édition à moitié vide, et je n'avais rien dit, parce que je savais que je l'aurais de nouveau contre moi cette nuit-là.

Sur la photographie, on voit encore un banc de jardin et, derrière, la haute grille du parc. A cette heure-ci on devait sûrement entendre les cris des hirondelles et les appels des paons.

Son absence imminente, inévitable, je la devine à la sérénité du monde qui nous entoure comme déjà conscient qu'elle ne faisait que passer. Mais cette indifférence des choses, loin de me consoler, me renvoyait alors à ma solitude avec une froideur qui me révoltait. Je sais maintenant qu'il n'est d'autre consolation que de croire au contraire à la durée des choses, et à leur impassibilité.

Je regarde encore cette photographie. L'ombre va tourner, d'ici peu il fera nuit, et son visage sera confondu dans une obscurité sans formes. Partout les lumières s'allumeront, et au-dessus du parc plongé dans la nuit, le ciel redeviendra clair. Et ce sera le début d'un nouveau cycle de jours, lui-même divisé en cycles plus petits, au bout duquel, inéluctablement, nous ne nous verrons plus. Et les malades mourront, cette femme enceinte que nous avions vue dans l'après-midi accouchera, cette maison à demi effondrée s'écroulera et il poussera des arbres et de l'herbe sur ce coin de terre dégagée.

Au bout de ce long temps qui commençait alors, en cette fin d'après-midi, il y avait le temps d'aujourd'hui, où je devrais vivre sans Béatrice.

8 mai.

F., le visage tiré, amaigri, ses poignets osseux dépassant de sa veste de pyjama. Il m'accueille assis dans son lit, et se dresse contre les oreillers en me voyant entrer.

Martha cousait auprès de lui, elle ne s'est pas retirée. Devant cette présence immobile et muette, toute occupée à des travaux quotidiens, quelque chose de l'innommable devient presque acceptable.

9 mai.

Après la guerre, faute de moyens, des quartiers entiers de la ville n'ont pu être rebâtis; mais partout où la reconstruction a pu être menée à bien, on a laissé des traces des anciennes destructions, comme sur un tableau restauré un petit carré brun qui atteste l'état de délabrement où on l'avait trouvé. Et je ne les regarde jamais sans un battement de cœur, comme si la perspective du cataclysme me semblait parfois absurdement préférable au lent enlisement où nous sommes condamnés. On y a placé des pancartes, on y mène les enfants; la ville est ainsi pleine de souvenirs embaumés.

On pourrait croire que des ruines sont éternelles : il n'en est rien, et de fait elles ne subsistent que par un entretien constant : on a étayé les pans qui menaçaient de s'abattre et on coupe chaque année les arbres dont la croissance les aurait déjà recouvertes. Entre les immeubles neufs, l'avenue est ainsi bordée de petits amas noircis que le temps aurait déjà achevé de défaire, si des travaux minutieux n'en conservaient la figure qu'on a choisi de leur laisser : noirs, enfumés, les vitres brisées, mais entourés de terre-pleins soigneusement gazonnés.

Devant les restes de l'ancienne Académie militaire, j'ai rencontré tout à l'heure le vieil ami du mari de Mme B. Il était assis au soleil, parmi d'autres vieillards comme lui; par une sorte de mystérieuse affinité, c'est là leur lieu de rendez-vous. Des enfants jouaient au ballon autour d'eux. Il m'a reconnu tout de suite. « Vous n'êtes pas venu me voir. » « Je n'étais pas trop bien. » Il me sourit, puis hochant la tête et levant sa canne vers la muraille noircie : « C'est bien ce qu'ils auront fait de mieux », et d'un mouvement large, avec une moue de dédain, il enveloppa les grands bâtiments neufs où le soleil se reflétait sur les surfaces vitrées. Je m'assis près de lui, il faisait de petits trous avec le bout de sa canne dans le sable. « On ne reconnaît plus rien. Remarquez, avant, je n'y venais pas tellement, ce n'était pas un quartier pour nous autres. » Un ballon roula vers nous, il le renvoya d'un coup léger du bout du pied. Puis il se leva et nous fîmes quelques pas ensemble le long de l'avenue. A l'arrêt du tram, il me dit :

« Voulez-vous venir dîner un soir à la maison? Moi, je ne me déplace plus guère. » Il cherchait ses lunettes, du papier : « Je n'y vois plus sans mes lunettes, et je ne m'habitue pas à les emmener partout avec moi. D'ailleurs, pour ce qu'il y a à lire. » Nous étions arrêtés sous les grandes affiches déjà déchirées qui annonçaient les fêtes du 25 avril. « Ne cherchez pas, je me souviendrai. » « Mardi prochain, est-ce que ça vous va? » Le tram arrivait, je fis oui de la tête, et il me donna son adresse, que je n'entendis pas. Cela ne faisait rien : je demanderais à Mme B.

11 mai.

Dante, *Vita Nova :* « Et moi, d'où j'étais, je voyais ma béatitude. »

14 mai.

Dehors, il faisait très froid. Nous étions en décembre, et je savais que c'était la dernière fois. Nous avions rendez-vous comme d'habitude dans un des grands cafés du centre, fréquentés presque exclusivement par des diplomates étrangers. Il fallait descendre quelques marches, une portière retombait sur vous, ses plis sentaient la poussière, comme ceux d'une loge de théâtre. Il arrivait même qu'on y jouât du piano en fin d'après-midi ou le soir, comme avant la guerre. Tout cela est fini maintenant.

Elle était arrivée un peu avant moi; elle s'était assise sans enlever son manteau. Le garçon se mit à jouer — d'où venait-il donc celui-là, avec son air perdu, et ses grosses mains rouges ? – un air dont j'ai longtemps cherché un enregistrement, même rayé. « Je ne peux pas rester longtemps », dit Béatrice. Elle ne me regardait pas. La chaleur excessive du bar, après le froid coupant du dehors, me donnait le vertige. Je tendis la main vers elle, je savais qu'elle ne la prendrait pas. Quand le pianiste reprit le thème, elle dit : « Nous partons samedi, je ne te reverrai pas. »

Et en effet, nous ne nous sommes pas revus. Elle se leva, et la phrase de Dante me revenait absurdement à l'esprit. Le garçon élevait les verres avec ennui jusqu'à la hauteur de son œil. Debout dans l'entrée, Béatrice m'attendait. Nous nous sommes quittés à un carrefour, au milieu de la foule de six heures que le froid dispersait.

Alors le tourment cessa, et je fis, dans la douleur de la séparation, l'expérience d'une forme inattendue de joie. J'avais connu la jalousie, l'absence, l'attente, et cette absence définitive, que j'avais imaginée pire que la mort, c'était en effet comme si la mort était advenue et qu'il n'y eût plus désormais rien à craindre. Car ce n'est pas la peur qui empêche de dormir, mais le calcul des chances. Maintenant que les miennes étaient réduites à rien, il ne me restait plus qu'à réapprendre à faire usage de ma vie, et cela me fut moins difficile que je ne l'avais cru tout d'abord. Je pouvais désormais sortir de chez moi sans angoisse – puisqu'elle ne m'y téléphonerait plus pour fixer ou remettre un rendez-vous. Je pouvais écouter sans un serrement de cœur des bruits de pas s'éloigner dans la rue, passer sans s'arrêter sur le palier. Par un retour raffiné de l'ancienne capacité de souffrir, je faillis m'en affliger, persuadé que le monde avait perdu de son sens puisque le claquement d'une portière de taxi ne me faisait plus souffrir. Mais l'ivresse de la liberté recouvrée dans les premiers moments l'emporta sur tout, et je me faisais l'effet d'un grand malade guéri, à qui le monde apaisé n'adresse désormais plus de ces messages obsédants qu'y suscitait son propre délire.

Le temps m'était rendu. Auparavant, chaque moment qui passait, en me rapprochant de Béatrice, ne faisait que m'éloigner d'elle, puisqu'il annonçait l'instant où de nouveau elle me quitterait. Ce cercle infernal déchirait ma vie. Mais quelques semaines après son départ, tout reprenait petit à petit sa place, avec quelques zones d'ombre encore, quelques élancements douloureux à la vue d'un carnet, d'un mouchoir, d'une lettre. Mais ces signes modestes qui autrefois auraient été des occasions de douleur, maintenant que j'étais dans un univers allégé, retrouvaient leur figure bonasse et humble. Je pouvais voir les choses se transformer sans les relier à ma souffrance. Une maison qu'on abattait ne me renvoyait plus à la longueur d'une absence que j'aurais pu mesurer à l'importance des travaux accomplis, et la vie pouvait continuer, les enfants naître et grandir, la rue se couvrir de nouveaux immeubles, et les arbres de nouvelles feuilles, sans qu'une voix me dise : de tout ce temps-là elle n'est pas venue, tout ce temps-là elle l'a passé loin de toi. Je l'aimais sans doute encore; mais j'avais désormais le courage de reprendre possession de l'espace après avoir retrouvé celle du temps.

De la même façon, je me voyais rendu aux travaux dont m'avaient détourné la nécessité d'offrir à Béatrice une disposition sans réserves de mon temps (qu'elle ne me demandait peut-être pas, et qui l'avait peut-être rebutée comme une ostentation de sacrifice), et l'impatience irritée où me plongeait tout ce qui m'arrachait à la contemplation de ma douleur. Je repris donc mon travail de composition musicale, avec timidité d'abord, tout étonné de la souplesse retrouvée de mon imagination, autrefois raidie autour de quelques postures monotones – comme un convalescent qui à sa propre surprise franchit une barrière d'un coup lors d'une de ses premières promenades. Le temps était revenu où je pouvais de nouveau errer sans but dans les quartiers les plus anciens et souvent les plus pauvres de la ville : là où les chats se faufilent entre les grilles rouillées des anciennes fabriques. Devant les églises fermées, je m'arrêtais, je retrouvais dans ma poche un bout de papier où j'avais griffonné la date et l'heure d'un rendez-vous et je le froissais. L'eau qui tombait goutte à goutte des branches noires ne me disait rien de mauvais, elle ne m'apportait aucune condamnation, elle était redevenue indifférente, et sans doute disponible pour de nouvelles associations douloureuses. Mais en attendant, le monde était comme vierge. Par habitude, je jetais en rentrant un coup d'œil à la boîte aux lettres, et quand j'y trouvais une lettre, je ne l'ouvrais plus avec cette rage au cœur et ce ressentiment absurde qu'on éprouve envers un importun. « Il n'est venu personne? » : cette question que j'évitais autrefois par une fausse désinvolture, je pouvais maintenant la poser, puisque la réponse ne m'importait plus. Mais un reste d'habitude m'en empêcha longtemps.

Et le temps fit disparaître la mystique factice que je m'étais forgée afin de donner à ma solitude une signification supportable : il m'en est cependant resté la sensation d'un voile posé sur l'existence, comme une ombre diffuse planant sur toutes les choses et leur donnant la couleur du deuil.

16 mai.

Quand je l'ai quitté à sept heures, F. a laissé un moment sa main sur mon épaule sans se lever, et il avait gardé l'autre dans la sienne : « Ne m'en veuillez pas, je parle peu en ce moment. Revenez demain. »

J'avais apporté deux bouteilles de vin. « Voici ma compagne », me dit le vieil homme en montrant, dans son fauteuil, une femme âgée aux cheveux très blancs. Elle me tendit la main : « Je suis content de vous voir, monsieur, pardonnez-moi, mais je ne marche plus depuis longtemps. » Elle lit, oui, elle lit beaucoup. Ils ne voient personne, mais ils ne s'ennuient pas, et elle désigne les rayonnages qui entourent un gros poêle de faïence verte vernissée. Elle avait fait des gâteaux qui refroidissaient sur une plaque. Un petit moment de silence gêné s'installa. « Voulez-vous que je vous montre mon musée ? » « Allez », dit-elle. « Non, non, je n'ai pas besoin qu'on m'aide », et elle roula son fauteuil vers la cuisine. Le « musée » occupait toute la pièce voisine : des livres encore, des brochures syndicales, et la collection complète d'une revue qu'il avait rédigée et tirée lui-même pendant des années sur une machine à alcool. Il y avait des drapeaux, des insignes, des affiches au mur, et des photographies dédicacées, dont celle de Romain Rolland barrée d'une inscription en diagonale.

La table était mise quand nous sommes revenus dans la grande pièce, et le chat avait sauté sur une chaise. Nous commençâmes à manger en silence, le vieux semblait d'humeur sombre. Elle me regardait en souriant, comme pour me dire : Ne vous inquiétez pas, il est souvent ainsi, cela va passer. Elle lui tendit son assiette, où elle avait coupé la viande en petits morceaux comme pour un enfant : « J'ai de mauvaises dents », dit-il d'un ton bourru. Un nouveau silence s'installa. Et j'étais entre eux, heureux et gêné, comme chez de vieux parents de province qu'on a longtemps négligés (« Tu viens si rarement, ça fait tellement plaisir à ta tante de te voir », etc.) Le vieux termina son verre et me sourit : « Il est bien bon ! » Et il soupira :

« Ce qui m'inquiète voyez-vous, ce sont les jeunes, ils ne se rendent pas compte. » Elle me regardait en hochant la tête à petits coups. « Forcément, ils n'ont pas vu comment c'était avant, ils étaient trop jeunes. Je comprends qu'ils se montent quand on voit tout ce qui s'est passé là-bas, cette histoire de terrain contaminé. Mais ça ne peut pas finir bien. Et tout ce qu'on a regagné petit à petit, on le perdra d'un coup. » Il n'avait pas tort, je ne répondis rien. « Avant la guerre, c'était bien autre chose. Des grèves, des luttes, et nous gagnions. Pas à tous les coups, mais dans l'ensemble, oui. C'était un combat incessant, et de petites victoires. Mais des victoires tout de même. » Il avala un grand verre de vin, et me sourit : « Fameux, j'ai toujours aimé ça, mais nous n'en buvons pas souvent d'aussi bon. » Le gâteau aux pommes était tiède, elle m'en servit une grosse part. « Et puis il y eut la guerre – et après tout a été à recommencer. Ils n'ont pas connu ces dix années-là, mais vous, vous savez bien de quoi je veux parler. Dix années, à l'écouter jouer du bugle dans une cabane de jardin, elle vous a raconté ? et mon " Musée " était caché dans une cave. Je l'ai ressorti il y a deux ans, alors vous voyez. Je n'ai pas perdu grand-chose quand on m'a retiré mon emploi : j'avais l'âge de la retraite, ou presque. » « Mange donc, dit-elle, ça se mange chaud, tu attends trop. » « J'avais été de tout avant la guerre, et on ne pouvait pas me le pardonner. Alors voilà, j'ai tenu bon dix ans, que faire d'autre ? Maintenant, le couvercle s'est levé – un peu ! On respire, j'ai la paix, nous pouvons lire tranquillement, qu'est-ce qu'on peut demander de plus ? Et ils veulent tout remettre en question ? » Elle l'écoutait d'un air grave, sans doute d'accord avec lui, mais craignant peut-être que je m'ennuie, ou que je n'approuve pas ce qu'il disait. Il but un deuxième verre de vin. Il était un peu rouge, et plus détendu : « Maintenant, je veux la paix ! » Elle caressait le chat qui avait sauté sur ses genoux. « Et vous, monsieur ? », dit-elle. Il haussa les épaules, tout à son idée. Je dis ce que je faisais, et que j'avais demandé un congé. Soudain, tout devenait clair. « Profitez-en, vous qui êtes jeune. Ne soyez pas buté comme je l'étais. Si une occasion se présente, ne la laissez pas passer. » « Qu'est-ce que tu veux dire par là ? », dit-elle. « Je me comprends. Cela ne se compare pas, je n'étais qu'un ouvrier. Mais en 57, on m'a invité à un congrès à Londres. A l'époque, elle marchait encore très bien, cela nous aurait fait un beau voyage. Nous avons beaucoup hésité. J'aurais peut-être eu l'autorisation. Et maintenant c'est trop tard. » Son humeur s'assombrissait à nouveau. « Vous qui en voyez beaucoup des jeunes et des étudiants encore, les autres ils n'ont guère le temps de penser à ça ! Dites-leur, essayez de les raisonner. » « Est-ce qu'on aurait pu te raisonner, toi, à leur âge ? », dit-elle tendrement. « Tête de mule ! » Il sourit et posa à travers la table la main sur la sienne. « Heureusement que je l'ai. » Et il s'arrêta.

« Voyez-vous j'ai lu cela quelque part, la vie d'un homme ne vaut rien, mais rien ne vaut une vie. Il ne faut pas tout sacrifier à une idée, je n'aurais jamais dit ça il y a dix ou vingt ans ! Il n'y a rien à quoi j'ai davantage cru qu'aux idées, et maintenant, je crois à ça. » Il montrait la petite pièce, le poêle, les livres, les rideaux tirés et sa femme. Au café, il ne parla plus, mais il bourra sa pipe, et me regardait en plissant les yeux.

« Il faudra revenir, me dit-il sur le pas de la porte, n'est-ce pas ? » J'étais resté seul un instant avec sa femme, tandis qu'il allait chercher son manteau : « Il est un peu abattu ces temps-ci, un de leurs amis est mort. Il m'a dit ce matin : tu vois, je suis le dernier, si je ne raconte rien, on ne saura jamais tout ce qui s'est passé. »

Trouvé en arrivant un petit mot d'Anne qui était passée vers six heures, puis de nouveau aux environs de dix. Tout est découvert : la ronéo a été saisie ainsi que les documents et la maquette du journal. Paul a été exclu de la Faculté l'après-midi même, privé de sa bourse, et interdit dans toute université pour dix ans. Six autres de ses camarades sont dans le même cas, dont deux filles. « S'il doit partir, je le suivrai. »

Il y a dix ans, Paul aurait risqué la prison, et peut-être pire. Oui, le vieux a raison : faut-il en revenir à l'état antérieur des choses ?

18 mai.

Cette nuit, j'ai fait ce rêve. On m'amène dans une charrette sur les lieux du supplice auquel j'ai été condamné. La guillotine est dressée sur les berges d'un fleuve; je vois de loin les bois de justice, et le métal luisant du couperet. Quelques badauds, des femmes, des soldats armés de piques et coiffés de bonnets contemplent le spectacle en silence. Lorsqu'on abaisse les ridelles pour me faire descendre, je m'aperçois que sur un côté je ne suis pas gardé, et que mes mains sont libres. J'ai le temps de me glisser sur la berge, et de là sous un pont, tandis qu'on me cherche en vain là-haut. A ce moment, l'époque change : j'entre dans un café de mariniers où sans me poser de questions on me donne un annuaire pour que j'appelle un taxi. Je saute dans la voiture en donnant au chauffeur le nom d'une ville située à une centaine de kilomètres de là. Il ne dit rien, mais me jette des regards prolongés dans le rétroviseur. Non loin de là, les gendarmes m'attendent, derrière un barrage fait de branches d'arbres hâtivement coupées. Le taxi s'arrête de lui-même : le chauffeur était de la police. Et tandis qu'on me ramène sur les lieux de l'exécution, je me dis : « Je savais bien que je n'étais pas innocent. »

Tard dans la nuit. La lune apparaît dans le ciel dégagé. Toute la soirée les nuages ont couru, masquant et démasquant sa lumière, comme on fait devant une lanterne pour envoyer des signaux.

Pas de nouvelles d'Anne.

En rentrant de chez F., dans la fin de l'après-midi, j'ai fait le détour par le quartier du Mur, comme on l'appelle maintenant. Tout semble rentré dans l'ordre; les démolitions sont achevées; le printemps revient, les oiseaux piaillent dans les arbres fruitiers qu'on ne taille plus. Il y a de nouveau des chats aussi, et des enfants qui jouent à la balle contre le mur. Il y aura sept étudiants de moins à la faculté d'Architecture, qui donc s'en soucie? Les enfants chantent : « As-tu vu, as-tu vu / Le petit bonhomme, le petit bonhomme? / As-tu vu, as-tu vu / Le petit bonhomme au chapeau pointu? »

19 mai.

Mme. B parle de sa sœur, âgée et impotente, qui vit dans deux petites pièces au milieu de ses chats : « Je lui dis, ils finiront par te manger toute crue! » Elle montre à ses jambes des marques rouges : « Ils s'attaquent aux personnes, avez-vous jamais vu ça? »

Non, Anne n'était pas passée. Après son départ, j'ouvre le livre de Kubin, que F. m'a donné cet après-midi. Une lettre est glissée dedans, entre deux gravures dont l'une porte le titre : *Der beszte Arzt.* Un corps long et maigre est étendu sur un drap froissé. Debout, la main sur la hanche, une femme en robe du soir très ouverte sur sa poitrine osseuse, penche vers lui son visage mort, et son crâne chauve d'où pend une longue mèche noire. De la main droite, elle maintient fermés les yeux et la bouche du malade qui se raidit, et joint les mains.

« Oui », dit la lettre de F. « Oui, la mort est le meilleur médecin. Ne prenez cependant pas, mon cher ami, pour une allusion à mon départ proche, ou pour une manière grandiloquente de vous faire mes adieux, ce dessin outrageusement symbolique où je serais tenté de lire tout aussi bien une allégorie des bienfaits du silence. Vous aimez ce livre, je suis heureux de vous l'offrir. Je vous en conjure, ne faites pas d'éclat. Gardez-vous des satisfactions illusoires d'un refus ostensible. Acceptez ce qu'on vous proposera, quoi que ce soit, quoi que ce doive être. Ne soyez pas la première victime d'une conception erronée de l'honneur, et qui ne repose sans doute que sur un sophisme pernicieux. Ne vous croyez pas compromis parce que vous aurez bénéficié de ce qui vous semble être un privilège, ou parce que vous vous serez tu devant ce qui vous semble une injustice. Vous vous useriez avant de parvenir à en éteindre les causes; d'autres s'y sont tués avant vous.

Je ne crois pas être un lâche, mais je sais que le silence est la vraie condition d'une parole libre, donc haute. Méditez cela. Continuez dans le secret ce que vous avez entrepris, même si vous devez le payer du prix de quelques concessions dérisoires. Donnez à César ce qu'il demande de vous – et rien d'autre.

Bientôt, vous serez un peu plus seul, parce que je vous aurai quitté. Parce que la jeune Anne aussi vous aura quitté : Paul est venu me voir cet après-midi et il m'a annoncé qu'ils allaient se marier. Ne venez pas cette semaine, j'ai trop de choses à régler encore. Qu'il vous suffise de penser que nous sommes unis, et complices, par-delà tout ce qui pourra, et ne manquera pas, d'arriver. »

Et il signait : « Votre ami. F... »

La nuit est tombée, je n'ai pas le courage de dormir, ni de continuer ce journal. La lune s'est levée sur la place vide.

23 mai.

Anne n'est pas encore venue, mais je sais qu'elle ne partira pas sans me dire adieu. J'ai passé la matinée à ranger des papiers, des livres, comme si je devais les abandonner bientôt.

Mon grand-père maternel était un homme très grand, avec des moustaches tombantes et des yeux clairs. Je n'ai pas de photo de lui. Lorsqu'il partait, c'était toujours les mains vides, disait ma mère. Il n'emportait rien que son violon. Je ferai de même : je partirai les mains vides, ces cahiers dans une boîte.

25 mai.

Au courrier de ce matin, une lettre du nouveau directeur des enseignements artistiques. « Vous êtes mis à partir du 1er juillet 1967 à la disposition de la Section de Recherches Expérimentales de R... Votre entrée en fonction est immédiate, le congé anticipé dont vous avez bénéficié en vue de l'avancement de vos travaux excédant la durée légale de vos vacances. Vous êtes prié de vous mettre en rapport avec le professeur V... chargé de recherches et directeur du Centre. Un logement de fonction vous sera attribué. »

Mon poste est rendu à l'Institut qui devra y pourvoir à la rentrée. Je n'ai aucune chance de le retrouver après ce travail dont la durée est fixée à trois ans.

J'ai aussitôt essayé de joindre le ministère par téléphone, mais on m'a dit que le directeur était en conférences, et qu'il partait en vacances la semaine prochaine.

J'ai placé mes cahiers dans la boîte à violon de mon grand-père, et je me suis assis à ma table vide. Soudain, je me suis senti libre.

26 mai.

Il fait un temps admirable. J'ai donné son congé à Mme B. Quelque part, Béatrice se promène, et l'herbe a poussé sur la petite tombe du cimetière de B. Il n'y a pas de malheur, pas de malheur – rien que la continuité de la vie.

JUIN

2 juin.

Anne est venue. Elle part demain, Paul a trouvé du travail près de B. dans une scierie. Ils se marieront là-bas. Nous avons tiré les rideaux, et c'était comme si rien ne devait changer jamais.

A six heures, elle est partie. Le monde a tourné d'un cran, cela a suffi pour nous séparer.

14 juin.

J'ai rêvé cette nuit que je dérobais dans un musée une petite main de porphyre rose. Elle était posée sur un coussin, dans une vitrine qui me rappelait celles où F. range ses collections, comme un petit sceptre étrangement froid et cependant vivant. La vitrine s'ouvrit sans effort, et je glissai la petite main dans ma manche en la retenant du bout de mes doigts pliés. Le contact des doigts de porphyre froid contre mon bras me donna le frisson et, quand je lâchai le bord de ma manche, je m'aperçus qu'ils s'étaient refermés sur mon poignet et ne le lâchaient pas. Je quittai le musée sans être remarqué; la petite main était devenue chaude et douce. Cependant, je craignais toujours d'être découvert et, arrivé chez moi, je cherchai un endroit où la dissimuler aux regards. Il me vint à l'esprit de l'enterrer dans le jardin, mais celui-ci était déjà creusé de grandes tranchées comme si on l'avait bombardé, ou comme si on y avait préparé des tombes. Je fis un trou à sa taille, et je l'y déposai après l'avoir enveloppée dans une étoffe. Mais le tertre que j'avais amassé sur elle de mes mains était visible de loin, et il fallait à son tour le faire disparaître. Avec beaucoup d'efforts, je parvins à y faire rouler une statue de marbre très lourde, un lion, ou une sorte de sphinx. Cette fois, la petite main était bien cachée. Je m'éveillai avec un sentiment de grand soulagement.

23 juin.

F. est mort ce matin. J'ai envoyé au courrier de ce soir une lettre au ministre, par laquelle je refuse ma nouvelle affectation, et demande un entretien avec lui dès son retour.

FIN DU JOURNAL DE S.

QUELQUES FEUILLETS SANS DATE

Je suis descendu de l'autobus sur un signe du chauffeur. A vrai dire, j'étais encore loin de l'adresse que le vieux Louis m'avait donnée. « C'est dans le quartier neuf, au n° 56 de la rue de l'Alliance. Il ne travaille plus à l'hôpital depuis longtemps, mais il vit toujours » et j'ai marché un bon moment le long de l'avenue déserte, bordée de petits jardins et de maisons à un étage vouées à disparaître bientôt, la plupart en bois, déjà abandonnées. Une fumée, çà et là, indique qu'on y habite pour quelque temps encore. Mais les grands immeubles les dominent de toute part, avec leurs escaliers de secours en métal zigzaguant sur les façades. Je demandai mon chemin à des enfants qui jouaient dans de grosses conduites cylindriques de béton. C'était un peu plus loin, à droite, par-delà une palissade où des fragments de pancarte clouée indiquaient une déviation maintenant inutile. Çà et là, des constructions commencées et des bennes remplies de neige attendaient le printemps. Je trébuchai contre des pierres et j'arrivai enfin à la maison que je cherchais, près d'une boulangerie dont la vitrine avait été remplie, pour consolider la façade, de blocs de parpaings cimentés. Derrière, il n'y avait rien, que des poteaux de soutènement noircis. Le ciel se plombait dans l'attente d'une nouvelle chute de neige. La maison était en bois, et sans doute occupée par plusieurs familles à en croire les cheminées de guingois qui fumaient. Une femme maigre m'indiqua sa porte, et il vint au premier coup que je frappai, me faisant signe d'entrer d'un geste impérieux. Il ne voulait visiblement pas parler avec les autres locataires. Il y avait un poêle dans un coin, au mur toutes sortes d'images et un portrait de Baudelaire. Sur le carreau sale, un chat dormait; un journal près de lui portait des restes de nourriture. C'était un gros chat gris et blanc, très sale, qui me sauta sur les genoux en miaulant dès que je fus assis.

Oui, avant d'être infirmier à l'asile psychiatrique, il avait voulu être écrivain, il avait été poète. A vingt ans, il animait une petite revue futuriste, mais à trente, sans ressources, il s'était mis à boire et on lui fit faire un premier séjour à l'hôpital. Quand il en sortit, sa mère était morte, il ne savait où aller, il y fit un deuxième séjour et, une fois guéri, il ne voulut pas quitter l'institution. Sa sœur s'était mariée, il n'avait plus personne, il n'en sortit plus. On lui donna d'abord de petits travaux de jardinage, d'entretien, puis on lui apprit à faire des piqûres. Il était très doux, on le garda comme aide-soignant. « Quand le docteur m'a convoqué pour me dire que j'étais guéri, j'ai demandé à rester. J'aimais m'occuper des arbres aussi, et des fleurs, personne ne me cherchait d'ennuis. Et puis j'ai pris ma retraite, et on m'a donné une petite pension. Mais j'y retourne souvent. Le malheur, c'est qu'on va détruire le quartier, et que je ne sais pas s'ils voudront me reprendre. »

– En février 1937, j'avais juste trente-cinq ans. Je me souviens bien du soir où ils ont amené Egon Kaerner. Votre lettre m'a tout rappelé. A l'époque je faisais un peu de tout, même portier de nuit. Les malades m'aimaient bien, la plupart, vous savez n'ont besoin que d'être traités gentiment. C'était le soir, tard. Oh! je l'ai reconnu, je l'ai bien reconnu.

– Comment était-il?

– Un grand monsieur, très blanc, de cheveux et de figure, très majestueux.

– C'était le soir de sa dernière conférence.

– C'est possible, je ne sortais plus depuis longtemps. En vous attendant, j'ai réfléchi à tout cela, j'ai tout noté sur un bout de papier. Il était dix, onze heures du soir, j'étais à la petite table dans l'entrée. Il n'y avait plus que des vieillards ici, ou des malades incurables, mais inoffensifs. Le reste de l'hôpital avait été transféré dans des bâtiments plus modernes. Le parc était magnifique l'été. La nuit, je ne dormais pas, j'avais donc demandé à être veilleur de nuit. Je lisais des poètes que j'ai toujours aimés, Rilke, Biely, Essenine. J'écrivais encore un peu, mais plus beaucoup. Oh! j'ai tout jeté, ça ne valait pas grand-chose. »

« L'auto est entrée très vite dans le parc; deux hommes en sont descendus et ils en ont aidé un autre à sortir de la voiture. Il avait beaucoup de peine à marcher, il fallait le soutenir sous les bras. Sur le moment, cela ne m'a pas beaucoup impressionné, nous en voyons souvent arriver de semblables. J'ai eu du mal à le faire asseoir en attendant le médecin de service, il était raide, et il tremblait de tout son corps. Le docteur Fl. est arrivé – attendez, ce n'est pas lui, mais V., un jeune – et il lui a aussitôt fait une piqûre et on a pu l'emmener. Et je les ai entendus parler, les deux hommes et c'était bien Egon Kaerner. J'ai fait semblant de ne rien voir, cela ne me regardait pas. Le professeur m'a fait appeler le lendemain, j'étais un peu son homme de confiance, il m'a dit : « Pas de

« journalistes, hein, et vous n'avez rien vu hier « soir. » Les ordres étaient formels, je ne devais laisser entrer personne.

— Pourquoi ?

— Je ne sais pas. On voulait que les gens oublient tout ça, probablement. Une fois une dame est venue, une dame grande et maigre, et j'ai dû faire celui qui ne savait rien. Elle a demandé à voir le directeur. Je ne sais pas ce qu'ils se sont dit. On l'avait inscrit sous le nom de « Professeur André ».

— C'est vous qui vous êtes occupé de lui ?

— Au début, non. Mais petit à petit, je me suis attaché à lui, et lui à moi. Il était prostré, il ne répondait à rien. Puis il s'est mis à parler; on ne comprenait pas toujours ce qu'il voulait. Il criait qu'il fallait qu'on la fasse taire, alors je lui faisais une piqûre et il s'endormait.

« Puis il s'est calmé. Mais il ne marchait plus. Je le roulais dans son fauteuil devant la fenêtre, il aimait bien entendre le garçon jardinier jouer de l'harmonica.

— Il n'a jamais reçu d'autres visites ?

— Jamais. Il y avait un homme en noir qui venait souvent demander de ses nouvelles, mais comme on ne lui répondait rien, il parlait avec l'aide-jardinier, un simple. Kaerner restait près de moi, je le poussais partout dans sa petite chaise, il aimait bien me regarder éplucher des légumes. Un jour, j'avais sur les genoux un grand journal pour écosser des pois, il l'a tiré à lui et s'est mis à dessiner avec son doigt. J'ai compris ce qu'il voulait et je lui ai donné un cahier et un crayon. Le médecin-chef était d'accord. Il écrivait beaucoup, des heures entières, et il fallait lui prendre le crayon des mains, il aurait continué à écrire dans le noir. Tout ça je l'ai remis à l'homme en noir, son valet de chambre à ce qu'il semblait, par l'intermédiaire du garçon jardinier. Je crois que j'ai bien fait, aux docteurs je leur ai dit que j'avais tout brûlé.

– Et c'est tout ?

– Non, la dame est revenue une fois, elle m'a fait pitié. Je l'ai conduite dans le parc à un endroit d'où on pouvait le voir, assis dans son fauteuil derrière la fenêtre. Il allait déjà très mal. Elle s'est mise à pleurer, et m'a donné son adresse à l'étranger, mais je ne lui ai jamais écrit, même pas quand il est mort.

– Vous avez lu ce qu'il écrivait ?

– Jamais, je ne m'en sentais pas le droit. Il pliait toutes les feuilles en quatre, et il disait : Des lettres, ce sont des lettres.

– Vous parlait-il parfois ?

– Oh ! il y a bien longtemps qu'il ne parlait plus vraiment. A six heures, j'entrais avec le plateau, je le faisais manger, il n'avait plus la force de le faire lui-même, puis on le laissait dans le noir, il ne s'en plaignait pas, je ne l'ai jamais entendu se plaindre, et il continuait à griffonner sur son cahier ou sur ses draps. Je le nourrissais comme un enfant, il me regardait de ses yeux clairs quand ça n'allait pas assez vite, et il riait quand la nourriture lui coulait sur le menton, ou quand je lui retirais ses chaussettes. Les derniers jours, il ne parlait plus, mais il chantait, d'une petite voix à faire pleurer.

« Quand je le quittai, il me retint par la manche. « Ce n'est pas tout à fait vrai, j'ai gardé un « petit carnet, mais il faudra me le rendre. Ce « sont les dernières choses qu'il a écrites, deux « mois avant sa mort. »

« Je l'ai quitté à sept heures. Le carnet qu'il m'a remis est couvert de moleskine noire; les dernières pages en sont illisibles, l'écriture se perd dans un fouillis de dessins et de ratures, et la répétition de ses initiales : E.K.E.K.E.K.

« *Brume devant ma fenêtre, la neige monte entre les barreaux, les oiseaux ne viennent plus y frapper. Neige et brume et comme un sifflement au loin. Un bateau sur le fleuve, le vent ? Neige, et brume. Le soleil rouge pâlit, et va bientôt s'éteindre. Neige et brume : silence. Les oiseaux se sont tus. Neige et brume. Rien n'agite plus la surface gelée du monde. Blanc, tout est blanc.* »

Ainsi donc la pire de ses craintes s'était envolée : ou plutôt elle avait perdu tout objet. Toute sa vie, il avait été hanté par l'idée de la folie, mais quand celle-ci s'était effectivement déclarée il n'était plus assez lui-même pour en avoir conscience, et c'était comme si tout cela était arrivé à un autre. Ce que l'audition constante de la note lui avait fait redouter s'était produit, mais à un degré tel que sa conscience en avait été abolie, de sorte que la charge d'en souffrir lui avait été épargnée. Quant à lui, ne pensant plus, ne faisant plus qu'écrire sur des bouts de papier des tracés incohérents, que lui importait ce qui était arrivé à ce vieillard grand et droit, devenu totalement, irrémédiablement fou ? Le nuage noir de la déchéance qu'il avait vu venir du fond de l'horizon, et s'abattre sur lui, était maintenant passé, le laissant loin derrière, comme une terre dévastée. Désormais, assis dans son fauteuil face à la fenêtre, il subissait le passage des jours, sans en être autrement incommodé que s'il avait été une pierre ou un arbre. Quand le soleil venait sur lui, il fallait déplacer son fauteuil, il n'aurait même pas songé à fermer les yeux. Et les heures tournaient, déposant sur son corps leurs ombres successives. La nuit tombait, qui n'était pas bien différente de ses jours, ni plus obscure qu'eux. Les veilleuses s'allumaient, les bruits de pas s'atténuaient dans le couloir, l'infirmier de nuit passait deux fois. Il restait là, les yeux grands ouverts. Dormait-il ? Et un autre jour recommençait dont il était devenu un témoin impénétrable et comme éternel : le temps avait cessé de couler. N'était-ce pas ce qu'il avait cherché dans toute son œuvre ? Mais cette patiente immobilité n'était que la caricature dérisoire de la sagesse qu'il avait rêvé d'atteindre; fallait-il, pour la découvrir, qu'il eût sombré dans le stupide aveuglement des bêtes ? Oui, il était immortel : mais ce qui lui était donné maintenant, sous sa forme abominable, c'était le bonheur des pierres, une sorte d'éternité effroyable, sur laquelle le gel n'a pas de prise.

TABLE

AVERTISSEMENT DU TRADUCTEUR . . 9

LE JOURNAL DE S. 23

PREMIER CAHIER
OCTOBRE 27
NOVEMBRE 59

DEUXIÈME CAHIER
DÉCEMBRE 97
JANVIER 137

TROISIÈME CAHIER
16 janvier 155
FÉVRIER 176

QUATRIÈME CAHIER
25 février 225
MARS 227
AVRIL 274

CINQUIÈME CAHIER
« Mais en passant l'oral de mon baccalauréat... » 297
MAI 319
JUIN 337

QUELQUES FEUILLETS SANS DATE . . . 339

ŒUVRES DE DANIÈLE SALLENAVE

Aux Éditions Flammarion :
(collection Digraphe)

PAYSAGE DE RUINES AVEC PERSONNAGES.
LE VOYAGE D'AMSTERDAM OU LES RÈGLES DE LA CONVERSATION.

Traductions :

ROBERTO CALASSO : LE FOU IMPUR *(P.U.F.)*.
PIER PAOLO PASOLINI : LA DIVINE MIMESIS *(Flammarion)*.
ITALO CALVINO : SI UNE NUIT D'HIVER UN VOYAGEUR *(Seuil)*.

« Composition réalisée en ordinateur par IOTA »

IMPRIMÉ EN FRANCE PAR BRODARD ET TAUPIN
7, bd Romain-Rolland - Montrouge - Usine de La Flèche.
LIBRAIRIE GÉNÉRALE FRANÇAISE -

ISBN : 2 - 253 - 02871 - 1 30/5605/8